雄安人家

吴海涛 著

百花洲文艺出版社
BAIHUAZHOU LITERATURE AND ART PRESS

图书在版编目（CIP）数据

雄安人家 / 吴海涛著. – 南昌：百花洲文艺出版社, 2023.3
ISBN 978-7-5500-4826-3

Ⅰ. ①雄… Ⅱ. ①吴… Ⅲ. ①散文集－中国－当代
Ⅳ. ①I267

中国版本图书馆CIP数据核字(2022)第222393号

雄 安 人 家

XIONGAN RENJIA

吴海涛 著

出 版 人	陈 波	
策划编辑	朱 强	
责任编辑	杨 萍　田 瑞	
书籍设计	唐 玄	
特邀编辑	刘 蔚	
出版发行	百花洲文艺出版社	
社　　址	南昌市红谷滩区世贸路 898号博能中心I期A座20楼	
邮政编码	330038	
分　　销	全国新华书店	
印　　刷	北京盛通印刷股份有限公司	
开　　本	889mmx1194mm　1/32　印张11.25	
版　　次	2023年11月第1版	
印　　次	2023年11月第1次印刷	
字　　数	210千字	
书　　号	ISBN 978-7-5500-4826-3	
定　　价	88.00元	

赣版权登字 05-2022-287
邮购联系　0791-86895108
网　址　http://www.bhzwy.com
图书若有印装错误，影响阅读，可向承印厂联系调换。

目录

人

**我喜欢听你温柔的笑声
看你孩子般的笑容**

遥望星空···　　　3

拨弄弦音···　　　5

大雪无痕···　　　8

乡村夜话···　　13

醉汉黄昏···　　17

夜路惊魂···　　　20

土泥墙下···　　　23

驴儿记事···　　　25

张记药铺···　　　30

胡傻八爷···　　　34

董氏老妪···　　　38

淀上人家···　　　41

一枚莲子···　　　46

喊山的人···　　　51

关于父亲节···　　60

母亲哲理···　　　63

三仙并拐···　　　66

情

一束光
照亮了每一个在黑暗中的心灵

音符聚光——暮春的三月

· · · 73

子雌孵卵 · · · 76

茗听净莲 · · · 84

小河柳荫——村支书漫谈

· · · 88

故乡冬塘 · · · 91

知秋萧瑟 · · · 94

书箱记事 · · · 97

故乡咏柳 · · · 101

故乡端午 · · · 104

邀月故里 · · · 107

梨园童年 · · · 109

杏儿黄了 · · · 112

听雨 · · · 115

淀上风光 · · · 118

精耕抒怀 · · · 122

锄禾道情 · · · 125

粽情示语 · · · 128

事

曾经的荒山
已经染上了蓝天白云眷顾的绿色

绿缨冬储···　135

樱桃溪里···　139

乡土口诀···　142

丈量故乡···　148

思农欲语···　153

几度黄昏···　157

咸菜轶事···　159

秋伴三伏···　162

草木知己···　165

汤泉小镇···　169

方门益正···　173

西山晴雪···　177

上巳雅集···　181

物

青青原野雨蒙蒙
清明归乡踏垄行

视野刷屏···　187
生活羞涩···　189
书上画痕···　191
土地候望···　194
一方古砚···　202
疏季成章···　206
乡土气氛···　210
故乡小河···　214

蛙鸣声声···　218
西河大鼓···　221
房山散记···　225
豆里淘章——抒豆
···　239
碾盘轶梦···　246
品读为鉴···　249
花魂···　251

家

芝麻粒虽小
可以成大器

追逐铃声··· 257

殷实家道··· 261

芝麻小事··· 266

初秋蒲获··· 270

蹚河女人··· 273

过年纪事··· 276

故乡年集··· 282

老铁匠铺··· 287

捏面人儿··· 291

鼓键悠长··· 295

五举班输··· 299

金光大道··· 309

道乔花事··· 311

故乡情在··· 314

脱坯筑巢··· 318

河笛声··· 322

阳春白雪··· 326

烟雨福踪··· 330

宋三算卦··· 332

桑甚红了··· 339

捡豆拾穗··· 341

村童进京··· 343

麦场彩虹··· 346

人

我喜欢听你温柔的笑声
看你孩子般的笑容

遥望星空

天上有无数颗弱小的星星，星星里一定有我仰慕的那颗。那就是我最亲近的——奶奶。

时光荏苒，穿着单薄的衣服在深秋感受到丝丝凉意，身体再也扛不住时光的折磨，静下来沉思，无时无刻不在脑海中如放电影般地回忆着童年的往事。我站在高高的房顶，遥望布满繁星的夜空，星星则眨着眼睛看着土地上的儿孙，不止一次看着生命的延续。

十六年了，您走了整整十六年了，奶奶我没有看过您年轻时候的模样，您说，那个时候穷，没有闲钱去照相。但我知道，那时候的您，一定很美，很温柔。我知道您永远地离开了我，留给我的将是一生中抹不去的回忆。

童年，模糊的记忆里，您手里总干两件事，一件是手里抱着孩子，一件是手里忙着活计。淘气的我永远地趴在您怀里，小手紧紧抓着您的衣衫，可您烧火做饭哄孩子两不误，听母亲讲只要放下我，我会哭个不停总把嗓子哭哑，直至哭累自然睡着了为止，醒来不在奶奶怀里，又是哭个不停。

自从我懂事起您总是那么瘦，原因很明了，您受的苦太多太多。每次牵着您的手，我总是很心疼，皱皱的皮肤紧贴着骨头，隆起的血管像是皮肤上的一条条路，通向苍老。您佝偻着的背承受过太多苦痛，看您的身影在风中摇曳，涌出的泪水模糊了我的双眼。

记得有一次村里夜晚唱乡戏，激昂的锣鼓点催促着我，可漆黑的乡间路又让我胆怯，奶奶牵着我的手，奶奶大而又温暖的手紧紧地握着我，祖孙俩走在坑坑洼洼的乡间路上。当戏台上那满脸凶相的花脸上场时，我害怕，奶奶紧紧搂着我身体，当出现惊险的杀人场景，奶奶遮挡住我双眼，过后松开，告诉我没有事了。

　　在顽皮的童年，我喜欢逗您笑，将他人从您身上剥夺的快乐争取回来。我喜欢听您温柔的笑声，看您孩子般的笑容。每当那时，我总是很感激，您在经历过那么多的苦痛与无奈之后，依旧不忘微笑，不忘温柔。您总是喜欢一个人静静地坐在角落，佝偻着背靠着墙，手安静地放在膝盖上，眼光眺向远方，似乎想要看到远方的尽头。我不知道您在想什么，但是我猜一定是一些很深很沉的记忆，您就这样静静地，不说话，许久许久，最终和时光融在了一起。

　　您走的那年，我在学校，为了不影响我学习，咽气前始终不让家人告诉我，等您出殡三个月后的春节，父亲才告诉我，奶奶走了，只能在坟前上香烧纸，磕头祭奠。

　　寒风里飘摇残破的灵幡，新坟的土依然透着新，告诉躺在棺椁里的奶奶，我回来了，泪水融化了僵硬的泥土，用力地呼喊再也惊不醒那个沉睡的人，奶奶柔弱的形象永远地刻在脑海里。

　　时至今日，偶尔闲暇的夜晚，站在楼台上遥望星空，不知哪颗小星星就是奶奶的眼睛，悄悄地看着我。当我经过无数艰难，而奶奶伴随着风雨落泪，当我获得成功您会带来晴朗的笑脸，可能这就是故乡人常说的在天之灵吧。无数次地想念我的奶奶，我亲爱的奶奶，我温柔的奶奶。您总是那么温柔，您温柔了岁月，我愿您长眠在岁月里。

　　从此您带给我的只剩一生的回忆，我亲爱的奶奶！

人

拨弄弦音

　　故乡整个村子，就这么一座桥，桥是汉白玉的，桥面除凿刻的痕迹外，就是两道深凹的车辙，由于年代久远也无从考证，牲口车走在上边，碾压得胶轮发出"吱吱"声外，就是马蹄留下响亮清脆的"哒哒哒"声。

　　桥边住着一户人家，高大的门楼边，有一棵风雨飘摇的大榆树，一块石头，已经放置在树下，从房屋外观的包浆看，也已经饱经风霜。这户宽敞高大的院子破败陈旧，其实只住着一个人——一位腿跛的残疾的老人，年近古稀，虽然衣着陈旧，但干净无暇。他有个高雅无比的手艺——拉二胡。

　　明月高悬，弦音升起，乡村平原空旷幽静，容不得一点声音，胡弦的声音，在大榆下的石头上，悠长如曳，似惊，似喜，似悲，似忧地撩人，即便是躺在土炕上的大人孩子，都知道这位拉琴人，在拨弄心曲。他手中那把二胡，既疏解了自己心中寂寞，也撩动乡村劳累后寂静。静悄悄的乡村，除几声犬吠外一片寂静。有弦音入耳，有闲人围观倾听，在贫寒中多了几分滋味，村里人喜欢琴奏，不愿其停歇，有人家伴弦音入梦，是一种别有情调的享受。

　　拨琴人姓何单字月，祖上是"引子"门庭，也就是婚丧嫁娶的"唢呐"班。上辈好赌输光家业，家道败落，除几间房外，所剩无几的产业，幸未被殃及。只是个中农，他的腿疾，有人说小儿麻痹引起，也有人说是小时无人看管从白石桥上掉

拨弄弦音　　　　　　　　　　　　　　　　　　　　　　　5

沟底，受伤留下的残疾，因为与我年龄差距甚大，无从考证，但他那胡琴声，让我对他有几分崇拜。

村里成立了文艺宣传队，那时没有伴奏，跳舞唱歌少有配曲，农村少有乐艺之人。有人举荐何月，为姑娘舞蹈伴奏。乡村舞台窄小，当报幕员喊出"舞蹈《骏马奔驰保边疆》，伴奏何月"时，先上场的是乐队，当何月手提二胡，扭动身躯向台上走来时，台下乡民哄堂大笑，何月内心受到了冲击，强忍着莫大羞涩，坐在舞台的一角，只见他微微点头，随着欢快音乐的起伏，一身草绿色军服的姑娘，伴随清脆的弹奏扬鞭催马进入舞台中央。激情澎湃的声音，把人带入浩瀚无垠的草原；蓝天白云下，扬鞭跃马英姿飒爽的女兵，仿佛巡逻在祖国的边疆；音乐与舞蹈的结合，把节目推向了高潮。一阵阵激烈的掌声，给予了何月最大的鼓励，当节目接近尾声，有人高喊"再来一个，再来一个"。

从此何月有了自信，他的演奏也赢得了一位姑娘的芳心。有一个舞蹈演员，被何月的音乐天赋所折服，渐渐地对这个跛腿的青年产生了爱慕之情，沿清河岸边经常听到《化蝶》。乐曲奏出碧草青青的场景，如同一对翩翩起舞的蝴蝶，展翅飞舞在花丛。乡村对这对相爱的人持有不同看法，流言蜚语里带着蔑视的口吻。

事实也是如此，姑娘的真情打动了何月，身残志坚的小伙子，努力地争取女方家人同意。但女方家人用强硬的手段拆散了这对恋人，在最短的时间将姑娘嫁到了三十里地之外的村子。

河水弯弯曲曲，一桩桩感人的男女爱情故事，如大清河的水，流淌在冀中平原，演绎着一场场悲剧。

大石桥沟通着南北，桥边堤岸的高台，是古代烽火的瞭望哨，是经过无数次风雨的苍凉之地，姑娘远嫁那天，一迎亲队伍从河堤岸走过，虽然没有鼓乐开道，一辆搭了席棚的牛

人

车载着众多而简易的嫁妆，在赶牛人牵引下，沿大堤缓缓向远方走去。

忽然，在河对岸的高台上，一阵弦音听得人心酸，悠长的曲调里倾诉着酸楚，《走西口》如一串串泪滴落在心窝窝上，棚车内一身红衣，一块盖在头上的红布，被琴声化作泪水浸湿，诉说着难以割舍的情长。

从此何月消沉了，一身打有补丁洗得泛白的中山装和一把知心二胡，无冬历夏的那双解放鞋，拖着那跛脚，行走在乡间地头，从英俊少年，到被无情地染上白发，也许是忠于誓言，一生再没有恋爱，孤独地在大榆树下，用琴声诉说着往事，特别是夜深人静的时候，琴音像一把锤，敲打出人生酸楚。每到此时母亲总是说："瘸子的命好苦呀。"

而何月还真的不那么认为，他说："胡琴有两根弦，一根是天，一根是地，在天地间，一推一拉，推就是生命，而拉像是生活。不管你努不努力，天地间早就安排好命运，而拉琴就不一样，要不断地追求，才能奏出生活的强音，人就像驴一样不停地拉车、拉磨，我之所以到今天，就是没有拉好人生的每一天。"

虽然语言浅薄，但有几番道理。

让人感到，他不寻常的人生，如果上苍睁着眼，对这有才有德的人，应给予眷顾。

大雪无痕

大柱与长生和我，都是爷爷的孙辈，我们都是奶奶的三个孩子的后代。大姑玉的孩子，大伯金的儿子，父亲银的孩子。我小大柱两岁。

父亲是在大姑背上长大的，常言"老姐比母"，这一点也不错，父亲常说，相差十多岁的姐弟关系比与父母的关系还近，还亲。

大姑结婚那年，父亲跟着远去的迎亲队伍，追了三十多里路，哭着喊着不让姐姐出嫁，奶奶不止一次提过："玉比俺与银还亲喽。"

大姑结婚的第二年有喜，生了大儿子大柱，小日子过得还不错。

生活像一条弯曲的路，总会遇上沟沟坎坎，大姑突然得病离世，年轻的姑夫再婚又娶。有了后娘，就有后爹，大柱经常挨冻受饥，同村的人捎来信，看姥姥家能不能帮助，父亲一听就急了眼，当天，父亲与大伯去三十多里外姐姐家，把大柱接了回来，从此，大柱和我的爷爷奶奶，他的姥爷姥姥生活在一起。

那年大伯家长生出生，我也在两年后出生，大柱必然成了大表哥，也成了长我两岁的最高统帅。

冬天寒冷的风雪，席卷了华北平原，那时天花病是孩子绕不开的天灾。连续几天大雪，已封锁了通向外界的通道，高烧不退

人

的我在母亲怀里，折腾了整整一夜，天见初亮，我才安静下来。

忽然听到，"梆，梆，梆……"急促的敲门声（我家和大伯同院，俗称对面笑的农家院）。父亲、大伯，听出是爷爷的呼唤，不敢怠慢，急忙开门，爷爷说："大柱发高烧一宿，说胡话，'妈妈接他来啦'，时常晕厥不醒，你俩快去看看吧。"

大伯、父亲急忙去了爷爷奶奶家，可同院的两个孩子，被外边的惊扰吵醒，同时号啕大哭，急躁的大娘，破口大骂大伯无情，自己的儿子不管，去管别人的孩子，母亲也紧紧将我搂在怀里，无声无息地掉着眼泪，心里默默怨恨着父亲对亲生儿子患病的冷漠。

当推开门，看到热烧不退的外甥小脸通红，大伯没有犹豫，背上烧得昏迷不醒的大柱，将绳子把大柱捆绑在腰间，怕孩子冷，外边套上大衣，冒着齐膝深的雪，向县医院走去。二十多里的路谈何容易，茫茫大雪，是史无前例的大雪，大堤上，除枯柳树上饥饿的乌鸦在叫，沿途几乎没有动静，到医院已近中午，大伯又累又饿，长时间出汗大伯几乎虚脱了，抓一把雪，放在嘴里解渴。

到了，到了，大伯累得瘫软在地上，汗水湿透棉袄，浸透了大衣，棉裤上的雪，变成硬邦邦的冰坨。医院接诊后，说如果来得不及时，孩子将很危险。

大伯走后半个时辰，父亲怀揣着家里仅有的几元钱，沿雪痕追了上来。看着雪上走过的痕迹，就知道行走多么的艰难，雪一直还在下，飞落的雪花马上掩盖了痕迹，一切恢复了原来的模样。

当父亲推开主治大夫的门，说明要找的人，大夫轻轻地抬手，让父亲坐下，指指墙角。

大伯依偎在医院的炉火旁的墙角，弯曲着双腿，双手抱着膝盖坐在那里，鼾声震惊医院的通道，如雷声震撼着人心。

大柱几天后出院，但大伯的双腿变成了O型，弯曲的形状，像永远地骑在马上，每逢阴天下雨总疼痛难忍。他咬着牙从未向家人透露过痛苦，脸上始终挂着一丝笑容。

大伯和父亲非常疼爱大柱，总把好吃的好玩的给我这大表哥，大伯出差买新衣服给他，却不给我带，父亲出门给他买新鞋，却不给我买。有时母亲絮叨几句，父亲还责怪母亲没有爱心，告诉我母亲："照顾他不是应该的吗？他不是没有妈妈吗？"

我爷爷奶奶更疼他们这外孙，好吃的，好喝的惯着大柱。我和长生，只有眼巴巴地看着，心里总憋着一股火，但我从来不敢发，怕父亲用不文明的方法教育我。

到了上学年龄在俩舅舅的帮助下，大柱上了小学、中学。

大柱高高的个子，两只眼睛炯炯传神，性格里带有几分姑姑的孱弱，也许是没有母亲的原因，总感觉内心有道不出的压抑。

大柱哥，二十岁了。

到了结婚的年龄，大伯与父亲筹备着新房，几次向大队申请宅基地，都没有批。正赶巧，一户人家要搬迁到城里住，要卖掉一个小院，三间瓦房，两边各有两间配房。爷爷、奶奶、大伯、父亲看后感觉超值，整个院子三分三的土地，标准的农家院，问表哥大柱的意见，没有回答。大伯和父亲心里明白，一个刚刚二十岁的孩子，什么都不懂，也只腼腆的一句话，"听舅舅们的"。

房子买了，大娘和母亲百般阻挠也无济于事，还是为了"大姐唯一的血脉"，尽着当舅舅那份责任。大伯和父亲的想法就是外甥娶妻生子，了却养育的心愿，终于在亲戚朋友的撮合下，相中了一门亲事，准备定下这门亲事入冬就结婚。

爷爷奶奶总算盼着外孙有个归宿，好了却一桩心事。

今年冬天，雪来得特别早，小寒刚过，天空中就飘落下雪花。大伯连续几天都没有吃东西，躺在炕上，大娘用羹勺，一勺勺喂下一些汤水。大伯黑红的脸变得苍白，长生看着病重的爹，也无从下手。爷爷耷拉着脑袋，用力吸着一袋又一袋旱烟，呛得人干咳，奶奶不时擦着泪水，手帕早已浸透，拧出很多的泪水，父亲忙前忙后地请大夫。

戴着一副老花镜的中医，把着大伯的脉搏，慢条斯理地说："脉象虚弱，阳气见微，只因寒气攻身，久病不医，多病合一，开几服药调养几日。"说完便到其他屋开药单，并嘱托家属，"病以归心，病患想吃想做之事就依他吧。"听后全家震惊，不知该当如何。

大柱哥，从镇上拿来药，大娘亲自煎熬，从紫黑砂锅里，飘出呛人的药味。过滤掉药里的药渣，紫色粗瓷大碗，上有酱色釉面，下露白沙足底，大娘颤抖地端到大伯面前，轻声细语地说："当家的，你喝药吧，咱一大家子，都等着你哪！"

大伯强撑起身子，长生赶紧用被子给他垫好，大柱和我，父亲、母亲、爷爷、奶奶都围站在他的面前，原本高大的汉子，显得特别脆弱。一勺药放到嘴边，嘴唇颤巍抿食着汤药。奶奶哽咽地说："儿子你要坚持住，娘还等你。"爷爷转回头，轰奶奶出去，"少废话，喝完药再说话"，大伯强打着精神，将大柱叫到面前，拉着他的手，没有说一句话，又用眼睛看大娘和长生哥，从神态里看出，这是他放心不下的几个人。最后大伯拉着父亲的手，用脉脉的眼神嘱托，又用同样的眼神告诉大娘"一切重担都落在了你的肩上"，从他眼角边滚落下一串泪花。

阴沉的夜色，像一只无情魔爪。大伯就像被拎着的小鸡，生命被无情地掠夺，渐渐地闭上眼睛，撒手人寰。

此时像一颗爆炸的地雷，哭泣声响彻整个的小屋。

奶奶心里牵挂的儿子走了。是母亲的本能，伟大的母爱瞬间释放，朴实的农村女人是边数落边哭诉，更增添了小院的凄凉。

大片的雪花，染白了华北平原，狂风带着哀号声，呼啸而过。

那一杆招魂幡，长生哥扛着引路，大柱哥和我穿白戴孝，在哭泣声中，引领着那口大红棺材，缓缓行走在洁白的大清河岸。

爷爷搀扶着奶奶，站在村口的高台，含着泪水，用嘶哑的声音喊"我儿一路走好"，凄凉的声音回荡在大清河岸。

人

乡村夜话

说起乡村夜话，就要提及闲暇时的闲话。

放下活计，冬天，夜黑得特别早，太阳落下，乡村街道上一片漆黑，常言"远怕水，近怕鬼"，劳累了一天的勤快人家，早早关门闭户，也有游手好闲的人，在这漫漫寒冬长夜里，与人促膝长谈。

冬夜是漫长的，不知疲倦的人经常熬夜。他们大概分为几波。

首先出场的是，刷完锅洗完碗的女人，她们哄好孩子，拿着手里的活计——鞋底，就开始串门，这个人群所扯的是东家西家的闲事，故乡给个定义叫"扯老婆舌头"。

开始，就是："他二婶，你知道吗？你看村西头，那刚死几天丈夫的小寡妇家，东头的老光棍来回跑好几趟，你看那老光棍，见女人总笑眯眯的。"

李大妈说："他大妈，我说小寡妇在她丈夫出殡那天，在哭的同时，眼珠子转来转去，心里指不定是找那老光棍哪。"

接着张二婶："瞧你俩说的，咱们那个队长才有意思哪。你看他壮实得像头牛，从寡妇的丈夫生病，村长就跑前跑后，接医生找大夫都是队长，出殡那天还不都是队长，给她张罗着，一会看开席，一会放炮吧，一会起灵吧，你没有听队长劝寡妇。"

眼睛都聚在张二婶身上，张二婶不慌不忙地用力纳着鞋底，由于用力过猛，针扎在了手上，疼得她直抖手，不住地用嘴吸被扎的手指。

其她人在催问："队长说什么啦？他二婶你快说呀。"

此时的张二婶，甩甩手指头，不紧不慢地说："你不要伤心过度，人已经走了，日子还得过，不是还有孩子吗？"

七嘴八舌的争吵声，像是要把农家小院的房屋都要抬上天一样，他们的新闻，多来源于街头巷尾的猜想，更多的是为乡村的狭窄生活，增添了无穷无尽的嚼劲。

而男人则不同，他们也分成不同方队，根据个人关系和兴趣爱好组成小组，张家、李家串家聊天，村里自古有"吃惯了嘴，跑惯了腿"的说法，串门就是跑惯了腿的那种，他们有谈不尽的话题，讲不完故事，结下深厚的邻里关系，在劳动中互帮互助，产生乡村传统的友谊的结晶。

吃过晚饭，老汉披上棉袄，烟袋里拧上一锅，叼在嘴里，倒背着手，掩上院门，哼唱着故乡小调，踩着不平坦的路，身形却是那样的平稳。

候在家里的主人，早沏上了上好的茶，炕上的烟笸箩里，搓好烟叶，刀切的卷烟纸码放整齐。

不一会，几位长聚的老汉坐在一起，开会盘算，开春，东洼地种植什么？手指掐捏着节气，盘算着天象，"大寒不寒，春分不暖"意思是明年开春倒春寒。

张大爷，皱褶的脸上带着沧桑，深深吸瘪着双腮，狠狠地吸了一口烟，鼓起嘴巴，吐出一条飘悠的丝带状烟雾，打着卷升上了房顶，干咳一声说："看这大寒节已过，天还算嘎巴的冷，肯定是倒春寒，只能趁着地不解冻，先把肥运到地里，省得地开化地软，车会陷进去。"

李大叔花白的头发下，两道浓厚的眉毛，紧皱双眉说："最先想的是地洼麦田地里的封冬水，有的人家，劳力少，始终还没有浇上，我看咱们劳力多人家，出来搭把手，帮助下渡过下，不然浇不上封冻水，影响来年的收成。"

人

张大爷的儿子，猛地站起，健壮的身体，鼓起厚厚的胸肌，插话说："大爷，你放心明天一早我就去西洼看看怎么能让大伙一起搭帮，放完封冻水，好过年。"

李大叔点点头："这孩子有出息。能明白咱合计事的点子。"

郑老屁，卷着旱烟，用舌头边抿着纸，边说："南洼还得耕播玉米和高粱，南洼低，近邻大清河岸，特别是堤外分洪道里，不知哪天雨大，山洪下泄淹了低洼处的庄稼。"

你一言我一语聊的都是庄稼地里的事，合计着开春操持的大事。

还有一波，多是村里的饮过一点墨汁的知识人，他们讲的是开天辟地的历史，说的是"四书五经"外的民间野史，特别是学过几天开口饭的田宝珠，天天开书讲《杨家将》，杨家的故事就发生在脚下这片土地。

白沟河曾是宋辽的边界线，那悠长的几百里大堤，就是六郎杨延昭巡边的"六郎堤"，杨六郎守着三关口——瓦桥关、益津关、淤口关。河北民歌《小放牛》里有唱词："赵州石桥什么人修……什么人把守三关口……"

也有人讲孤魂野鬼，《聊斋志异》里讲往往胆小的人，要结伴而行，总怕遇上妖魔鬼怪。

年轻人则不一样，聚在一起，谈人生、谈理想，男女谈恋爱，抓住黑夜时光，编织美好梦想，不负好时光。

村里也有顽皮的年轻人，夜深人静的时候，跳到刚结婚的新房外，去偷听窗户根。过去的窗户都是一层白纸，吐出舌头润湿窗纸，睁一只眼闭一只眼，向里看去，新婚的男女在被窝里，甜蜜的恩爱，故意发出调情的尖叫。未婚的小伙子冻得颤抖，支挺着双脚，坚持听，突然，窗户打开，一盆凉水从屋里泼出，窗外的年轻人一哄而散。

乡村的夜是漫长的，散去人引来几声狗叫声，闩门声，接下来便是酣睡声，漫漫长夜，迷茫在黑暗中，沉思当年的冬夜悠闲无助。如今人们已经从那无聊寂寞中走出，多媒体的发展带人们走进手机里喧嚣的世界，借助电子信息产品的交谈减少了人与人面对面的交谈。

人

醉汉黄昏

　　小镇不大，靠桥北沿岸，那座招风的酒幌摇曳在空中，早晨小镇，赶集人匆匆忙碌着各自的摊位，一辆家乡固有的鬼头独轮小车停在一处空地，有位头发苍白脑门秃缺的老人，鼻梁上架着的一个圈套着一个圈的眼镜，身上泛旧皱褐西装和露了脚趾头的军用胶鞋上沾满了黄泥，青蓝色对襟衣和戴着蘑菇顶草帽的农民形象显得格格不入。从穿着上看，他与周围淳朴农民相比，总感觉这位推车卖菜人，背后隐藏着不可猜测的神秘。

　　他迈着漫不经心的步子，迟缓地来到吴家饭铺的柜台前，从旧西服口袋里掏出一发亮的扁形酒壶，要上三两白酒，二两提装入满酒壶，一两打在酒碗，用颤巍巍的手，端起酒碗一饮而尽，用黑漆漆的手，在长胡须的嘴边上用力一擦，接着手在背后裤子一擦，嘴里发出"嗞杂"声，脸上露出了满足笑容，掏出钱放在柜上，拧好壶盖，装在西服口袋，抓起找回的钱，都不看一眼装在上衣口袋，随口说声"谢谢"，便趔趄着走出饭铺的门口。大集上吃饭的人多，掌柜的也没有多注意来人的行踪。

　　那独轮车上，推着一些时令蔬菜，他摊位上的倭瓜、冬瓜、西红柿和黄瓜都有所不同，瓜形硕大，蔬菜新鲜，唯独的就是数量不是很多，因量小自然卖得比那些田园种植的菜种好卖得多，而且他的价格也比同样的摊主便宜。最奇怪的是卖菜人连个秤都没有，他靠在小车边，头枕推车顺手掏出亮闪闪的酒壶，一会儿抿一口，一会儿抿一口，若你买菜还要自己动手称，有时喝着喝着睡着了，响起雷鸣般的呼噜声，从嘴里流下长长的口水，垂落在地上，他的举动招引着赶集的人的注意，任凭鼎沸的嘈杂的吵闹声都不会影响他的鼾声，当从迷茫中醒来，也是从口袋里掏出酒壶，先抿上两大口有事再说。抢手的菜一会儿就卖完，他也从不清点买主给的钱多少，一律装在西服的另只口袋。

第二个集市，老人又来了，还是一样，打上三两酒，当时喝一两，灌在银光闪闪的扁酒壶里二两，给完钱匆匆地倒推车，选一个舒适的姿势，任凭集市上熙熙攘攘，依然是我行我素鼾声不减，引得大家围观，而且醒来照样吧唧吧唧嘴，视如往常，散集了老汉照样把喝完的酒壶掏出，打满三两，扬脖喝一两，同样不要菜和吃食，跟跄着走出门，推车向家走去。

常赶集自然引起了饭馆掌柜的注意，在打酒过程中，偶尔闲聊上几句，想深入地了解这位酒痴："老先生也不吃口菜，一饮而尽。"说着掌柜的抓一把五香豆递到老人手里，老人摇头："不用，酒这东西就是灵丹妙药，用不着用菜送饮。"

一来二去熟了才知道他是一位从城里回乡接受农下中贫再教育的高级知识分子，也是蔬菜种植专家，其喜酒如命，遇事讲真理，因此得罪了不少人，与城里媳妇离婚，闺女和他划清了界线，自己回到老家住在老宅，利用专业技术在老宅的房前屋后开出了几分荒地，种上了试验田，利用一口老井浇灌才结出来果。改革开放后也曾召他回城，他年岁大了，也不愿回闹市，内心充满了压抑，所以经常是借酒消愁，渐渐地成了酒精依赖。

别人喝酒是越喝越糊涂，而他喝完酒越清楚，一次聊起了生活，他说："人生在顺境固然欣喜，像我现在这样要面对现实逆境，也没有必要太忧伤，因为顺境和逆境都有其独特的魅力。人生最大的错误是用健康换取身外之物。往往越是想在困难时期解决掉自己麻烦，反而心里这个沉重的包袱越重，不如放下一切，麻醉自己的神经；

人

不如喝两口酒，享受现实的生活。与其徒劳无益地抱怨命运的不公，不如淡定从容地面对生活，放下所有一切。生命太短转眼就是一生，没有时间给自己去遗憾，身外之物生不带来死不带去，微笑着走向终老。让积极打败消极，让快乐代替忧郁，让勤奋扼制懒惰，告诉自己只要努力就能喝口酒，早起把菜种好，带到集上卖掉，才能打到酒喝，喝了酒自己才能感到快乐。"听起来有几番道理。

老汉酒经常喝，偶尔带的零钱不够，也同样打，来时三两，散集时再三两，同样不会影响别的客人，即便是酣睡也同样是趴在小推车上，不会在饭铺的桌上。秋天将至一身单薄的衣服，抵御着风寒，每次推车上是几棵壮实的白菜，但酒一次不差的是来时三两，走时三两。

又是逢五排十的大集，一上午的集，人走得差不多了，掌柜放下手里的活，眼睛不时地看着外边的行人，渐渐地街上清静了，只有那桌几个酒鬼还在不停地划拳叫板，老头现在还没来不知道出了什么事，心里有了几分惦念。

突然，门外一辆只有县长级别才能坐的绿色吉普车，停在了门口，接着一位年轻漂亮的女人搀扶着老汉从车上下来，老汉今天穿一身整洁干净的衣服，照样蓬松着花白的头发，颤巍着双手，来到掌柜的面前，打三两酒，从干净衣服口袋里掏出酒壶，装二两，一口喝一两，从口袋里掏出钱，"欠账共二次，加这一次共计九两，这是欠你的钱，我要回城市了，"说到这老人眼里落下泪水，"不知道我能不能再回来。"

老人在女人的搀扶下上了车，车后留下了一股尘土，掌柜呆呆地立在那里，久久地回忆着醉醺醺的老者。

后来听赶集的人说他是蔬菜种植专家，他出版的《农业蔬菜种植技术》得了大奖，上次来接他的是他女儿。之后再也没有见过他，听别人说他的大名叫邵文彦，是位教授。

醉汉黄昏

夜路惊魂

常言，"远行夜路怕水，近走黑道怕鬼"。

那年，秋风呼啸的黑夜，故乡辽阔的青纱帐没有灯的光明，雨后的坑坑洼洼处积满雨水，在风的吹拂下，泛着冥冥亮光，一明一暗，偶尔传来不知名凄惨的叫声，令人头发竖起、心虚胆破，那是我少年时期在故乡所走的夜路。

姥姥走得早，最疼爱母亲的就是她姐姐。我的大姨，无微不至照顾我们一家。大姨家住在离我家十二里路的开口自然村，一听就知道那是有河道泄洪的地方。大大小小的水泊分布在故乡"柳廊堤"内，每到秋后盛产鱼虾足够家里冬储食用。

一天，途经我村赶集的人，捎来大姨的口信让母亲农闲时来取表哥打捞的小鱼。母亲农忙让我步行去姨妈家，周日早晨，我愉快地踏上了远行的路程，那年我十一二岁，已经在摸爬滚打中适应了农村的生活方式。

穿越邻村时正有一家办丧事，大红的棺材和满地白孝花圈占满半个街道，凄惨的唢呐声和孝子的哭泣声听得人心里酸楚，让我心里感到特别的害怕。我壮着胆子悄悄地从墙边溜过，小跑进入主路。

迎着徐徐的秋风走向那乡村土地，此季正是大秋庄稼地秀穗拔节时节，密密的玉米地和大片的谷子地，高粱正被太阳的热情涂上羞涩的红润，秋天的好，莫过于丰收后的富足。随手可摘的瓜果，洼坑里可捞的鱼虾，这是我童年不可忘却

人

的记忆。只有秋天才是农村最期待的好时节，路上行人稀疏，农民们没有顾及此时的风景，匆匆地忙着地里的劳动。

姨妈家热情地招待了到访的我。

吃过准备好的午饭，便与表兄弟一起玩耍，表兄长我七岁，正是青春正旺的小伙子，一身木工手艺活，承担着这个家的重担，姨父在公社当干部，表弟小我一岁，姨妈说好等表兄放工后骑自行车送我一段路，天黑前送我到家，耽误不了周一上学。我自然放松了对时间和天气突变的警惕。

天空突然阴云密布，表哥匆匆地从工地赶回来催着送我，急速的雨点也随之落下，表哥着急地蹬车，带我快速地向村北驶去。当行驶在村北那座大桥时，因是泥土路，车轮陷入泥坑不能前行只能停下，我只有壮着胆子步行回家。

刹那间，天地之中，我那寂寥而孤独的身影隐没于幽昧而宁谧的黑暗之中。踏步走在泥泞的路上，心里又害怕又紧张。

黑暗的天空乌云如同一只蹲在树上的大鹰的翅膀，用尽力气地下垂，先遮住地里的青纱帐，又掩盖住路边的小草，像一双锋利爪子马上要落在我身上，吞食这条路上唯一的一条生命。

静静的，大地一片静静的，走在湿漉漉的土地上，周身一点力量都没有，越是想快快走出这片黑暗，自己越像一只渺小的精灵，完全毫无力气，来扭转眼前局面。

几里路是那么的漫长，越是想快走，泥泞的泥土却把腿牢牢抓住，赤着脚一手提着鞋，一手紧紧地抓着装着小鱼的编织袋，恐惧的心理让初出茅庐的我产生出无数恐怖的想法，密密的玉米地里叶子在秋风作用下，好似千军万马的漆黑魅影，等待着伸出魔掌吞食我弱小的身体，也许像《聊斋志异》里的鬼怪，扮做鬼狐狸来戏弄我。

远方隐隐的火光蹿动，好像是夜里寻得一线希望，我加紧脚步努力前行，可又一想不对，那不是来时那丧事灵棚的火光吗？一切失望反而增添了更大的恐惧，咬着牙硬着头皮只能前行，突然，一个东西从路边窜出，很快消失在路边的野草里，让这紧张的心理又增加更大的恐怖。只能定下心来，自己给自己鼓劲，一切都是牛鬼蛇神。

走吧！怕什么——常言不做亏心事，不怕鬼叫门。黑暗给恐惧涂上的颜色，眼睛看到的毫无用处，可内心控制不住地担心，一切都是自己吓唬自己。靠着强大的心理作用闯过这片最害怕，活人怕死人的恐怖之地。

家里的门永远开着，明天的东方晨光会消磨一切黑暗，我战胜了恐惧，只有偶尔想起觉得十分有趣。

时过境迁，少时幻想中的鬼从来未曾出现，而成年人世界的鬼魅却有时出比传说的恶魔更可怕。往往有人用尽心机，在暗地使计谋。

多少年了，对鬼的概念渐渐地淡化，但社会上的缺德鬼、害人鬼、吸血鬼，依然猖獗。现在的鬼和以前想象的鬼一样，总有一套漂亮的外套和甜蜜的口齿，一旦被咬住，在劫难逃，轻者受伤，重者被吃。

要想避开鬼，就得立正自身，光明磊落，远离妖魔鬼怪，踏踏实实地做个好人。

人

土泥墙下

　　在我的老家有一处老院子，我就在这个老院子里出生长大。当时附近与我同龄的孩子经过了风雨磨砺，也都成了老者。每当想起往日和他们一起玩耍的情景，我就会不由自主地童心复萌……我家的老屋是"里生外熟"的房子，里面用坯子，外面用砖。因砖是土窑烧制过的而坯子没烧过，人们即形象地称之为"里生外熟"。那时盖房大都是青砖，盖房用的砖和坯子比现在的个头都大，房子墙厚，有冬暖夏凉的效果。条件不太好的人家，盖空斗砖房，外面的砖一层卧着，一层立着，里面是空的，这样能节省不少砖。也许"里生外熟"的房子今天不被人所知，但在二十世纪六七十年代非常流行，是非常结实的砖土结构，外形也非常讲究。母亲说，我家老屋土坯是用上好的河泥脱的坯，砖也是上好的砖，整墙接合，看起来非常坚固。

　　小院四周一圈的土泥墙，从外观看，墙体已经被雨水冲刷得沟壑纵横了。它比"里生外熟"的房子早建很多年，是老墙了。童年时对土墙没有什么概念，但我常常蹲在墙角玩弄西瓜虫和小田螺，有时也会"钻研"一些消灭毛毛虫和蚊子的方法。当然我最感兴趣的就是"逗引"老墙下面的蚂蚁。

　　当知了在树上奏出美妙音符的时候，入夏的草丛在老墙下散发出清香。阴凉的老墙下一只成年蚂蚁推着比自己大几倍的食物，慢慢移动，几只头顶树叶的蚂蚁匆匆地走过。也许它们是在准备秋天的食物。蚂蚁分为了两队，一队从左边进，一队从右边出，看似杂乱，实则行走有序。

我用一根木棍在一只蚂蚁周围画上了一个圈，蚂蚁顿时惊慌失措，害怕地倒退了几步。我又画上了一个圈，它再次吓了一跳，没有办法的它只好硬着头皮向前冲。它小心翼翼地碰了碰那条线，感觉没事，这才放心大胆地迈开腿跑了过去。

哈哈，我要制造一场水灾，看它如何应对。我从老屋的水缸舀了一瓢水，轻轻地、一点一点地往蚂蚁身上倒，它一下子就漂了起来，六条腿飞快地滑动，身子拼命地挣扎。没过几秒它又被水冲倒，它再次顽强地站了起来……

经过两次考验之后，我觉得应该奖励它一下。我掰了一块窝头蘸上香油放到地上，看它如何搬运。它看到食物后，急匆匆地向洞穴跑去，不一会儿它就领着几只蚂蚁跑了过来。它们观察了一番周围的环境，然后就用它们的信号通知了洞穴里的所有蚂蚁。过了一会儿，黑压压一片蚂蚁就出来了。蚂蚁们把这块窝头围得严密，有的推，有的抬，有的拖，有的把窝头咬成碎块往回运。就这样，这群蚂蚁一步一步地把窝头搬回了家。整个过程我至今记忆犹新。

劲往一处使，齐心协力，这不正是我们应该学习的团队精神吗。

童年是快乐的，如同泥土墙周围的野花，自由欢快地开放。童年，任何东西都显得那么神秘：那爬满墙壁的牵牛花，像喇叭似的呼唤朝阳；墙上的壁虎，静待蚊虫送上美食；土墙下的野菊花洋溢着无拘无束的幸福……

童年是多姿多彩的，老土泥墙承载了我许多记忆。

如今，"里生外熟"的房子和老泥墙找不见了，取而代之的是红砖瓦房和砖墙。每次回到老家我都会站在院内回顾那段往事……

驴儿记事

"真正的幽默板着脸孔，而周围的人们却围着他笑；虚假的幽默本身笑个不停，而周围的人们却板着面孔。"这是句名言，确实有些人长得模样可笑，可总让人笑不起来，有人为了寻找笑料，总拿着身边的智力有障碍的人取笑，我认为被取笑的人淡定，而取笑的人才成了笑料。

开春，回了趟老家，绿油油的华北平原，在一层薄薄的晨雾下，拉开了春季的序幕，今年的麦苗浇上了第一次返青水，自古农村谚语，有返青水似黄金的说法，看着茂实田里麦苗郁郁葱葱，感觉到今年又是一个小麦丰收年。

从村子的陈砖旧墙可以看出它的悠久历史。从整齐的街道和新农村构建的两层楼房别墅，又感觉到家乡新时代的变化。

从每家门前新年刚刚贴的手写的大红对联来看，这个村有厚重文化底蕴，用现代时尚的新名词和古人名句结合，染红了喜庆新春。这才是赶上时代的特色发展的新农村。

一条被春天洗礼过的街道，显得那么久远，我这个长居异地的家乡人，亦熟悉又陌生。每条老街道，童年都深深烙印在心里，而陌生的是走在新的街道上，行人除少数老人认识外，很多都不认识。

也许随着时光变迁，久居异乡的家人，早已把我忘记了。

忽然，一个熟悉的声音，喊我的乳名，似一股暖流冲上我的心怀。辣辣的，酸酸的。顺着声音，朝着吸引我眼球的地方看去，一个头发蓬松，衣衫褴褛满脸脏兮兮的人，蜷缩在墙角。噢，对，是他，是驴儿，是多年不见的驴儿。从他的穿戴与迷茫的眼神里，看出他生活得很不好，已经多年没有见过他，但是他能清楚认出我，用不清晰的口齿喊出我的名字。既高兴又惊讶，因为他是一个头脑有问题的人。

都说农村每个村都有一个守村人，如同老天派下的使者，不管刮风下雨都守护在村里。驴儿就像是这样的存在，他长着一张自然逗你笑的娃娃脸，从他的穿戴和言语中，让你想笑也笑不出来，只因他的背后写满了童年的心酸。

当年有无事者取笑于驴儿，问驴儿："你知道驴儿几条腿吗？"驴儿用正经而含糊不清语气回答："四条腿呀。"又问："如果跑起来多少条腿，你数数。"他回答："我数不过来，你数吧。"弄得大家哄堂大笑，请问取笑者，你怎么问这个低级的问题，我认为这个人才是最可笑的人。

驴儿从外表上看傻乎乎，实际他心里明白得很，并且他知道做的事是对是错。

家乡流传着童年时驴儿的童谣，"驴儿，驴儿你快到，到了你就快上套。劈柴挑水都是你，拉车套磨老人笑"。这里的驴儿，其实驴儿不是驴，是个人，因为他有个倔强的脾气，常言，牵着不走，打倒回。

他父亲根据他性格，起了这个叫个响亮的小名：驴儿。叫惯了人们忘记他的真实的姓名，只知道他叫驴儿。

他姓许，大名全乐，顾名思义是生了个儿子全家都乐的意思。

农村都有守村人，驴儿就是我们这个村的守村人。他每天穿梭于大街小巷，累了依偎在街口的老槐树下，守候着生他养他的这片土地。都说他是个傻子，我看他根本不傻，只是反应迟钝，口齿不清。用现代医学解释是缺一条染色体。而用唯心的说法，就是祖上缺了阴德，生了个半傻不精的儿子。

人

驴儿的父母都是老巴交的农民，驴儿出生时他母亲因难产大出血去世了，保住了儿子，驴儿却有傻毛病。

　　父亲老许抱着刚出生的驴儿，向街坊邻居求奶喝，在乡里乡亲善良帮助下，才保住了驴儿这条命。

　　驴儿到了八九岁才开始上学，连续上了多年的一年级，都没有认识几个字。若要问他你学了什么，他都半吞半吐地告诉你学了个"一"，再问多少遍只一个字："一"。因父亲老许是贫民代表他才勉强上了三年一年级，之后只能辍学在家闲逛，田园里的瓜果梨桃，倒是他常得他"关照"。都说他傻，偷吃偷喝，我认为是他饿，要解决肚皮的温饱才去偷。

　　家乡在白洋淀岸边，支支叉叉的河水通向村镇，密密的芦苇长满河堤，村里的池塘长满荷叶，在风的摇曳下，托浮着盛开的荷花，到了雨季，密集的雨点打在荷叶上炒豆似的，村里的孩子，裸露着身体，泡在池塘抓鱼捞虾，水性极好。驴儿和其他孩子一样在池塘里，泡在水里游玩。驴儿性格执着，从早到晚不离开水边。身上被火辣辣的太阳晒得黝黑。水性自然比其他孩子好，游的时间长。

　　连续几天的大雨后池塘涨水了，生长在淀边的人从来不怕水。再宽再深的水，他们从不畏惧。不知危险的孩子和往常一样游戏在水里，暗涌像恶魔把手伸向了孩子，一个孩子渐渐体力不支，被水流卷入下游。大点孩子想救这个孩子，两个孩子都十分危险，水边的孩子向岸上呼救，眼看着两个孩子有生命危险。这时一个似一条鲨鱼一样的人，向危险的孩子急促地游去，抓住那个最危险的孩子，顺着水势向岸边靠去，直到把孩子托上岸。

　　他上岸向顺水流的方向跑去，等他见到了另外那个危险的孩子，他一个老虎扑食跳进河水，快速将孩子救起。两个孩子得救了，大人们也赶到溺水的地方，围着孩子问长问短，而躺在一旁的驴儿没有力气，没有人去理会这位救人的人，他躺在岸边大口地喘着气，自言自语地说："我没有事。"

驴儿救人的事传遍了全村，舍身救人的事也是被淡淡地一笑了之。只因他傻，没有人赞扬他救人的事迹，渐渐地被人淡忘。

在村里驴儿从来不怕脏，不怕累，全村大事小情都离不开驴儿，他常为村里婚丧嫁娶出力，修屋盖房担水劈柴。多年来成了惯例。

村东，村西，各有一口井，一副挑水担子。他的劳动是出了名的，而到吃饭坐席时他自己从不进人群入桌。也没有人劝他入席，若有人请他，他总摇头："不用，不用。"时间久了有人问他为什么，他回答说自己脏，怕别人讨厌。

不要看他傻乎乎的，实际他心里都明白。

正月十五是全村最热闹的时候，家家户户张灯结彩，燃放爆竹。从太阳西下，燃放到后半夜，密集的鞭炮声和村里的锣鼓声，汇集成欢乐的海洋，但危险也无时不在。

村里大大小小的柴火垛就在街道两旁，若燃烧起来随时可能会发生火灾。驴儿挑着两桶水坐在村中心，守候着街上买卖商铺的安危，守候着消防安全。有一次燃放的爆竹引燃了一家面铺边的柴垛，大火顺势蔓延，烧掉了门窗，驴儿不顾一切，冲进屋里，背起卧床的老人向外冲出，燃烧的门上框一下砸在驴儿脸上，把驴儿的脸烧伤，留下了多半脸的疤痕。使本就丑陋的脸上又多了一层丑陋的疤痕。可驴儿又救了人，这才得到了村里人的喜欢。

欢乐的锣鼓如滚滚春雷奏响着欢乐的元宵节，恋爱的男女和虔诚的信徒追逐自己的梦想，谁都没顾及身边燃烧的危险，这次若不是驴儿相救又是将要失去一条生命。

时光淡化了我对驴儿的印象，多少年来，驴儿的事，有时浮现在脑海。这次回来是我离开家乡二十年后的第二次。上次

人

还是父亲去世的时候，在守灵的晚上，驴儿始终守在门口，用他的眼神告诉我，我陪你，有事你吩咐。那时他已经是四五十岁的人了。从满脸的沧桑和皱褶的疤痕上，已经看到他没有了原来的神气。我给他烟抽，他会用感谢的目光看着我。

　　驴儿老了，老到只会和你用眼光交流。他不愿意用吐字不清的半哑声音和你交流了，这就是现在的驴儿。

　　再回来又过十多年，上了岁数的驴儿已经老了，他的吃喝村里人都供给，而且每月还有政府给的五百元补贴。一个远房亲戚赡养了他，晚年还算幸福，除了年岁长的人喊他驴儿外，村上的人开始叫他大名——许全乐，年长的人也叫他老许。谁叫他都一个反应，似笑非笑地点点头。这就是今天的老许全乐，过去眼里的"驴儿"，他有这样的归宿，也是老天对他的眷顾吧。

张记药铺

小镇上童年的故事，记录了往事。

桥北的大街靠东边，有一座布瓦大檐的老式建筑，一块长方黑漆大匾上书"济仁堂"三个大字，透明的玻璃窗内是一格一格小抽屉，整齐排列在东墙，上面写满多半不认识的红字。一排老式的木柜台，上放似猪的铁碾，有铁饼式的轮，中心穿过外露的两个柄。还有一金光闪闪的铜捣药罐，锤头柄小头大，外边有一张白色的长方桌，桌上放着脉枕和听诊器。最可怕的是坐在桌后，摇头晃脑的老头，他是这家中药铺的医生，故乡人称其为大夫或先生，文雅人也叫郎中，记忆里这位就是张怀璧先生。

这家老药铺门前，挂着一串方木块，中间涂上一层圆圈黑漆。要不是因为门前天天打开的门板，我无数次想用砖头砸他的玻璃窗。为什么仇恨他？是因为每次母亲带我去他那，不是给我喝苦汤药，就是给我屁股上打针。

夜幕降临，药铺打板关门歇业，我和几个淘气的孩子，口袋里装满砖头，埋伏在中药铺周边，还要派上一个小伙伴，扮成侦查员到中药铺打探消息，确定里面没有人时，便开始对药铺进行攻击，嘴里喊"冲啊，杀呀，打倒日本帝国主义，冲啊"，口袋里的砖头瓦块投向插好的门板和膏药的幌子。一阵袭击后，便撤出"战斗"各自回家，连续几次"战斗"后，不知哪位小伙伴当了"叛徒"告了密，中药铺就摘下了那膏药的幌子，

人

并且自己写了"安民告示"贴在了门板。"日本鬼子投降了"，从此中药铺相安无事。

实际这家"济仁堂"药铺的张怀壁是一个好人，不管三里五村，有个头痛脑热大灾小病，只要是敲他的门，不管是天寒地冻夏暑雷雨，老中医一把雨伞、一个药箱背在身，行走至千家万户出诊看病，从店里一面面锦旗便知道了大夫的为人。

听太爷爷讲，"济仁堂"的张怀壁老家是安国，大家都知道安国是全国四大药都之一，清朝中期小镇因大清河水系航运发达，通畅南北，有游医张氏祖先，看上了这块风水宝地，开设药店把脉问诊，济世救人。因大清河经常水患，大灾过后必有疫情，张氏父子便支锅舍药，赈灾治病救人，给小镇造福。诚信行医后家道兴旺，在街中心购置房产建造前后院落，请名人书写匾额"济仁堂"，开始坐诊行医。

抗日战争时期的中药铺，也饱经风霜受尽摧残，因救治抗日队伍伤员，曾受到过鬼子汉奸的质问，药铺通过保守秘密躲过劫难，鬼子华北大扫荡那年药铺差点被放火烧毁，此后张怀壁更坚定了抗日决心，经常给八路军配药治伤，也曾受到过表扬。

中药铺的先生，与太爷爷在小镇上是商界朋友，每关门打板，张先生与太爷爷私聊小酌，经常谈天说地，调侃中各敞心扉，关系十分融洽。

交谈中张怀壁讲述了行医救人的往事。在一个炎热的盛夏，前夜的一场雨缓解了连日的闷热，坐在葫芦架下沏上一壶茶，摇曳着蒲扇。突然急促的敲门声，打破了寂静，趿拉着鞋边走边穿衣服，打开门板，一位三十多岁的壮年汉子，进门就跪在张怀壁面前，央求张先生，救救他媳妇。汉子家里上有老下有小，媳妇突然肚子疼，神志不清并出现晕厥，张怀壁来不及多问，背起药箱，在这位壮汉的搀扶下，踩着泥泞的小路，向河坡的泥土房走去，进屋看一位老婆婆和几个孩子围着躺在炕上的妇女。妇人脸色蜡黄满身大汗，观其舌苔，舌尖苔厚血红，嘴角发乌。脉搏虚弱，因呕吐嘴带白沫。看症状诊断食物中毒，引发肝胆脾胃不和，当务之急是使人从晕迷中醒来，张大夫随手从药箱掏出携带的针，在穴位处行针，并把病人脚心手心划破出血，在人中扎针，病人渐渐地苏醒过来，一会便感觉浑身轻松，并能在炕上坐起。

问患者得知，原来是昨晚的一场雨滋生了野蘑菇，上午采摘，中午食用。在这个贫瘠年代，媳妇心疼老人和孩子把主食给了他们，自己以蘑菇为主食多吃了些，只有媳妇中了毒，为了消炎止痛张大夫还开了几服草药，叮嘱煎后服用以备解除毒素，壮年汉子和被救媳妇及全家千恩万谢，感谢张大夫救人一命。

这种出诊救人的事很多。

一天冬夜，天上飘着雪花，刺骨的寒风督促着人早点进入梦乡，张大夫早早合衣入眠，忽然听到急促敲门声，心里知道若不是人命关天，不能够冬天夜里敲药店的门，张怀璧起身披衣，提着灯打开门一看，是一位壮年汉子，哭丧着脸，扑通跪在了面前："救救我爹他老人家，他老人家快不行了。"

张大夫踩着大雪，跟着来人顶着漫天大雪前行，身后留下一排深深的脚痕，沿着大堤来到病者的家里，见患者已经穿好寿衣，直挺挺地躺在床板上，家属已经盖上白布，就等明天早上送信发丧，在县城工作的儿子，见父亲是因煤气中毒，冒雪来小镇请郎中看看是否还有救。

当张怀璧来到患者床前，老人身体已经僵硬。解衣号脉听诊，脉象减弱，翻看瞳孔暗淡，打开药箱拿出银针，在冰冷的身体跑马行针，突然老人手指有微微抽动，稍过片刻躺在床板准备发丧的人，竟神奇地有了生命迹象，渐渐地恢复体能。

人

张大夫又用精湛的医术又救活了一条生命，这位县城当干部的儿子，送锦旗表示感谢。

　　之后张大夫进入乡级卫生院，依然治病救人，他的那块"济仁堂"的匾也退出了历史舞台，他那成排装药的多屉柜也出现在乡医院的药房。那温文尔雅的张大夫，也从我表面认知的坏人，一下成了救死扶伤的大善人。

胡傻八爷

傻八爷的名号，在小镇大街尽人皆知，街坊四邻为了显示一下对他的礼貌，长一辈的当面都叫他"八叔"，可背后一律叫他"傻八爷"。傻老八爷脾气好，对谁说话都和气，在北街胡氏家族大排行，他排行第八，所以叫八叔与名号没有多大区别。过去老人生了孩子，为好养活都带上个"傻"字，傻儿子，傻孩子，八爷带上了个"傻"字，外人便称之"傻八"，真实姓名叫胡大海，是老党员。

生产队时期，老八爷岁数不是很大，论乡亲辈分，我该叫他"八爷爷"。

乡亲辈分为什么大？后来我弄明白了，凡大辈人多为家庭繁育缓慢，有钱人家十几岁就娶妻生子，而贫苦人家三四十岁还没有娶上媳妇，早婚的已经繁育了两代，晚婚者还没有起步哪。年龄差距大的之间的称呼在农村常见，这一类人的辈分越积累越高，这是乡村的常事。

因为他大儿子年岁和我相当，童年时经常一起玩，他家在北边胡同里边，院子不大，三间北房，出院门一鞭杆子宽斜窄路，外边是一个深深土坎，人路过不注意很容易掉下去。吃水也很不方便，家离井台只隔几个门口，但要想挑水，弯弯曲曲要绕拐上几道弯坡，大冬天挑水需要加倍小心。

三间很老的房子，在镇上找不到第二家，闷闷沉沉的"四不露"，一根被烟火熏得漆黑的歪把子柁，几根瘦檩条，外墙

人

抹一层黄土泥，当初打根基时为防碱放几圈砖外，壁上边有芦苇隔碱层，上边便是大泥。最为神奇的是三间房顶没有檐子，一层厚厚的苇箔直接露在雨搭外，家乡称"哑巴房"。窄小的对开门里黑洞洞的，进门就是水缸锅台，里间屋是一个大火炕，炕沿是一块方木，年头长磨得漆黑锃亮，一领飞边的芦编炕席上，放着两床凑合叠着的黑不溜瞅的被子，进屋的地面不平，迈进门槛就像"跳井"一样，谁到他们家都得吓一跳，老八爷一直住在着这历史悠久的房子里。

这样的居住条件，登门入户的下乡搞运动的干部才最放心，别看傻八爷也是生产队优秀的基层领导——生产队副队长。

八爷当生产队副队长的时间太长了，但从来不是"正职"，他熬过了多少任正队长，都没转"正"过，永远带个副字。

可是说来也怪，不管谁当正队长，领导班子怎么换，副队长总有他。

有人问为什么，因为他顺从、听话。或许他原本看出的问题，都不是问题；或许他看不出的问题，或认为不是问题。人家有什么脏事，他都不管，也许这就是他最聪明的地方。

都知道，正队长可以不参加劳动，他的任务是安排各项队里的工作。

如果检查生产队里生产情况，哪里出现问题，哪里装糊涂，他心里一清二楚。

队里平常晚上有好事发生，饲养员夜里敲门：生猪崽啦、下马驹啦，他披上衣服提着马灯就跟你走，一干就半夜。

如果有不好的事，谁家抬杠拌嘴、打架斗殴，不分时辰找上门来，哪怕嘴里嚼着饭也得马上解决，这些杂七杂八的烦心事，队里都让傻八爷解决。

有这种人掌权，当然是私心太重，对集体的事业马马虎虎，对领导溜须拍马，见了干部舔大舌头。对平级干部发号施令，指东说西没有实际的。对普通百姓横挑鼻子竖挑眼。指手画脚，对社员耍威风。

傻八爷当副队长从来不这样，谁家有事都跑前跑后，婚丧嫁娶他必到，而且是实实在在地做事。他当了这么些年生产队干部，却一点便宜没有得到，自己常说："就是一个领班干活的，卖头把子力气，挣和社员一样的工分。"他没有一点权威，有调皮的社员敢于顶撞他。他有时也发脾气，只是自己生气，他越生气越做活，效率越高。那时生产队收割麦子，由于落后，靠的都是手工作业，他总是第一个又快又干净地带头领做，还要检查别人。

傻八爷是给地主家当长工出身，场里、地里都是一把好手。队上都爱听他摇耧耩地，他嘴上叼着短烟袋杆，脚踩着田垄，迈着方步，听着"圪嗼儿，圪嗼儿"的耧铃声，神态安详，步履从容。他拿耧耩过的地，垄垄苗齐。他总说："提耧紧三摇，停耩慢三摇。"大家都愿意和他一起，这样更加轻松。

镇桥南老槐树上挂着一口上工叫起的"钟"。说是钟实际是挂在树上的半拉犁铧，当傻八爷一敲响，社员们就走出家门，在钟下听候派遣，谁当队长都不愿意早起，打点敲钟的事都是傻八爷做，等人到齐了队长才披着衣服发号施令。一副领导的样子给大家派活。

傻八爷的钟已经敲出了水平，长期的敲打给打出的钟声赋予了乐感，让人爱听。

傻八爷家也照样缺粮食，青黄不接的春三月和大秋之前，家家如此，都闹粮食荒，当着副队长那份差事，张口借粮不是什么难事，可当头的摸透了他的脾气，不借给他，他也不反抗。

到了大秋之前玉米刚定珠，一掐一兜水的时候，他家就没有粮食吃了，就去自留地里掰青玉来吃，或扒刚长成的白薯，完全是剜肉补疮啊！待到秋后收的时候，这些庄稼已经消耗殆尽。

人

我总以为他家是尝鲜，一问伙伴才知道他家又缺粮了。只要是看他眉头紧皱，面挂饥色时就知道他家又开始刨白薯了，等大秋作物下来，傻八爷脸上才有亮光。

　　傻八爷家里穷，他媳妇应负主要责任。母亲曾告诉我，他家不会过日子，不知道节省，粮食下来不节省着吃，等看到囤底才慌。花钱上也不会算计，杏下来买杏，瓜下来买瓜，到时连打酱油醋的钱都没有，我亲眼看过八奶奶端着小瓢四处借盐。

　　傻八爷这辈子就算在现在，也得过穷日子，就像永久看不到光明一样。冬天一身露着棉花的破棉袄，夏天光着膀子的时候多，腰间系一条绳子，别着烟袋，他牙齿掉得早，内腮瘪瘪的脸上净是褶皱，就连吃白薯都费劲。

　　在他勒紧的腰绳别的烟袋上，坠着一枚小小的印章，可他极少用，当扣上"胡大海印"的字那就是为别人证明，以他老党员的身份做入党介绍人。

　　无论是下乡领导、大队干部，还是小镇上的全镇百姓都承认他是个忠诚的好党员。

董氏老妪

　　小镇的桥南，靠西墙缩进的随墙门里住着一位白发蓬松的老人，她弯着几乎对折的腰，走在这条泥泞的路上时，因长期车辙碾压的轮沟里被水填满，夜色里看上去平整，使她似如一个只有腿而没有上身的鬼影，但引路的灯笼倒影在水洼中泛着亮亮的光。

　　这是我对门的高上坡的一家，一棵又粗又大的老槐树下住着的一位老人，每次回村必去看看董氏老人，董氏老人今年103岁，牙没了，背驼得头快碰到膝盖了。

　　董氏老人一般情况下脸是朝着脚背的，有人喊她老太时，她才费劲地抬起那张布满沟沟壑壑的松树皮似的脸，脸的皱纹里足以盛上一碗水，面庞上没有了眉毛，几缕灰白的头发挽成一个髻儿竖在头顶，可她的眼睛从一条缝里透出闪亮的光，老人说眼睛好着呢，能看见庄稼地里的虫儿呢，耳朵也灵光，算得耳聪目明。

　　当我来到董氏老人面前，叫她老太太时，她照例费劲地抬起头说，回来啦！指着一条凳子让我坐下。

　　于是我问老太："今年多大啦？""唉，103岁了，还不死呢，害人噢。"我就说："你是宝贝，国家养着你呢，再活一百年。"老人说："那就成妖精了。"听她的话后不敢笑，心里想恐怕只有传说中的妖精会这么长寿。明知不会为什么要这样说？希望她这样？哄她耍？都不是，多少年、多少代就这么毫无意义客套着。

我为什么每次回老家非要去看董氏老人？因为我的心里装着她。

董家在小镇开杠房，主要是为婚丧嫁娶提供服务，并且搭班鼓乐班——也就是常说的吹鼓手，日子过得基本富足，唯一遗憾的是没有一儿半女，直到那年董氏有喜了，董老汉非常高兴。

小镇上流传着，"人活九十九，生了个吹鼓手"，这就是对董家的评价。董氏老人四十多岁才得子，老伴五十多岁撒下妻儿老小上天了。那时农村生活真困难，家里家外就一个女人，一年收麦子装马车，车上车下就她一人，装完车下边的麦子，马上马下来回折腾，不小心从车上掉下，摔折了腰，但停下工一天事情就耽误了，只有继续坚持干活，渐渐地腰成了对折弓形，女人凭着坚强意志，硬是将儿子拉扯大。

她的儿子叫虎子，是个性格淘气男孩，高个子，鹅蛋脸。生产队有十多个姑娘追他，心中萌生爱意的女人常爱去虎子家。

童年见到董氏老太太，我很怕她，小时候太奶奶常带我去她家，她家里堆放着很多笛子，胡弦，唢呐，鼓，钹之类的乐器，令我害怕的是挂在墙上金丝绣花的大红棺罩，闪着金光，背后似乎藏着很多死鬼一样。后来她有了孙子，比我略大，总邀我去她家，有一次要下雨，天上乌云翻滚天一下子就黑了，急匆匆从她家出来，当走过那块棺罩时，突然一道闪光，漆黑中的金丝被强光一闪，发出无数道金光，棺罩被风突然吹地抖动，吓得我心都快跳出来，不顾一切冲出门洞，冒着大雨向家跑去。

进门颤抖着扎进太奶奶怀里。被惊吓和大雨一浇，我病倒了，发着高烧，母亲带我去乡卫生院打针吃药也不见好转，董氏老太太听说我是在她家被吓病的，拿着鸡蛋和糕点，弯着垂下的腰来看我。

并且她在半夜十二点，在她家门洞烧了很多纸，口中念叨咒语，拿起我的衣服，放在扫帚上喊着我的小名，将衣服送我到家。神奇的是第二天我好了，从此我永远不去她家，甚至路过她家门洞都不愿意多看一眼，我真的再也不愿意去她家了。孤儿寡母的日子，勤勤恳恳，在那个贫瘠的年代，靠从鸡屁股抠出来的鸡蛋，将儿子养大。后来村里有个姑娘喜欢上了虎子，可虎子不喜欢这个姑娘，说："这个姑娘没有用，不是种田的料子，家庭历史成分又不清，跟着我准吃苦还受人家气。"

后来虎子娶了一个远路媳妇叫何文英，生的老大比我大，老二比我小一岁，生活过得还不错。

董氏老人在那个"唯成分论"的年代能对人那么好，我怎么能忘了这么好的老人？

我回老家看望这位百岁的董氏老妪，她总说"把开心当作习惯，多吃些自己想吃的饭菜，多做些自己想做的闲事，比如院子里的菜园，虽然年龄大了体力不如从前，每天干点菜园的活，看着这些花花草草变化，生活有松有紧，显得有滋有味"。

我问她："您长寿的秘诀是什么？"老人笑了笑说："没有什么长寿秘诀，每天开开心心地生活，其实呀，健康和开心是连在一起的，开心就给人带来健康，只要你更好地面对这群能动的小鸡小鸭，小猪小狗，与它们和谐共处，用一颗自嘲的心宽解一切，人生如海注定不会有大风大浪，就是有惊险，只要你不入心入肺地想它，也会风平浪静，何必去自找不高兴哪。"

她突然扭过脖子，抬起脸斜着眼，看着我说"小子，你说呢？"

与她相比，我这个相差半个多世纪的中年人，自愧不如，董氏老人能活这么长寿，我想，源自她的善良和豁达心理。

过了几年，我工作忙没有再回老家，听说董氏走了，而且走得挺风光，我也只好默默祈祷她一路走好。

淀上人家

生长在白洋淀边上的人，脾气秉性打小就与淀水融为了一块儿。

孙犁先生太熟悉淀边人家生活了，他以真情写下一篇篇精美的文字，月夜下女人织席以及水生等抗日队员与敌人的周旋，他写的是那么自如，那么有味道，使人能感觉白洋淀的水汽在他们周边拂荡。徐光耀则通过一个小孩子"张嘎"的形象，揭开白洋淀人抗日的艰辛，通过一个个吸引人的小故事，不仅描画出水乡儿童的纯真，而且勾勒出了抗日军民的英雄群像。我生于水乡，水乡人质朴侠义的品质和革命先辈的故事，哺育了我长大。水乡，我愿意用我的笔记述它，歌赞它。

家乡的荷花、芦苇、鱼虾、小船、鱼鹰，特别让我牵挂。那些事物在我心里是那么地鲜活。我的感情总是在荷花、芦苇、小船儿、鱼鹰中间游动。"淀上人家"的往日生活太让我醉心了！

三十里荷花淀向东是十二座连桥。传说是杨六郎所修。杨柳拂岸，蜿蜒数百里，号称"千里堤"。堤北转弯之处有一个弓形堤坡，边上有个村叫"郭里口"。村域大半为水，小半为良田，几十户人家少田缺垄，遂以淀水为生。他们吃住在船上，风雨里求安宁，过起了逍遥且清苦的生活。一代又一代早看日出，晚伴夕阳，饱览淀上四季风光。

春天，长堤从雾蒙蒙中苏醒，风儿吹着柳丝，蝇头般的芽苞紧紧抱着摆动的柳丝，等待绿叶吐出的时刻。杨槐树铁青的面庞也浮上绿意，说不准哪一缕春风就会让它欢乐开怀，与杨柳一同走入春天。

幽静的北方水乡，禁不住春的召唤，厚厚的冰层酥软了，那是想把一淀春水唤醒。此时的淀上人家，也被春天感动，停航已久的小木船，在淀边的堤坡挺直了身子，等待着熟悉的渔人为它松绑，进行修整。勾灰、批缝、油漆，年轻渔人勤快，不肯歇一歇，汗水淌下额头。早春的风还是有些凉的，才脱下棉衣，露出单衣，一会儿还要穿上，倒春寒的凉气依旧抵不住，灌得小伙子脖颈凉飕飕的。

岸上一片欢声笑语。淀上人家的大姑娘和小媳妇在笑闹和歌声中登场，织渔网。欢笑声不绝，却丝毫不影响手底的繁忙，抛着的梭子那叫快呀，如鱼儿打水一样织着她们的梦想。白洋淀的苇编名满天下，淀边人在这一季节从事箔打笆。春天是盖房子和修缮房子的适宜季节，百里之外的农家最爱用白洋淀的苇箔苫房顶。这里的出产供不应求。春天是美好的，也是短暂的，它给劳动者带来欢乐，它也给劳动者带来生活希望。

白洋淀盛产鱼虾。此时淀上人家忙碌着，"吱吱"的桨声打破了宁静。渔民沿着河河汊汊，带着渔网，带着鱼鹰，摇着船桨，驶向了淀中。白洋淀人捕鱼的方法有很多，但一般为动、静两种方法。动，是使用撒网、拉网。握着网的根部向外撒去，在水面上方甩出来一个很好看的笸箩圆，然后将网绳攥紧，轻轻收回，圈住了的鱼就收在网里了。撒网主要是为捕捉游动的鱼，而对付沉在淀底不游动的鱼则使用拉网。沉铁徐徐沉入水下，待全沉下去了，再瞅准机会起网，也能网上来不少的鱼。相对于主动捕鱼，渔民还有巧妙的方法，那便是"以静制动"，用五根竹竿支起一张大网投放下去，安置妥了，他即坐在船头静静地吸着烟，等待鱼群上门。还有时加一两根钓竿垂钓，悠闲自得。时辰不长，支着的网就会有鱼虾游进来了，轻轻

人

一拉，网儿离出水面，用鱼抄子一抄，那一伙欢蹦乱跳的鱼虾，就入了为它们早已准备好了的鱼笼。这一方式，俗称"扳笒"。

夏天淀里的荷花太美了，大片大片的荷花争芳斗艳。我实在无法形容白洋淀荷花的美丽和淀水中生灵的喧腾。我如实讲，我眼中的荷花花朵上吐着细细的红丝，顶尖绯红，花瓣微微有些卷曲，随微风颤动显得灵动而飘逸，花蕊看得出是明亮的淡黄色，如将吐丝的老蚕，蜷缩在阳光下，通体发亮。在芦苇丛夹裹河汊的水路上，鱼鹰展现它矫健的身影，突然腾空而起，又箭般扎入水中，一条金鳞大鲤鱼被它衔住，拖出水面的那一刻金光闪耀，大鲤鱼扑扑棱棱。

淀上人家向来就有使用鱼鹰的习惯。因成片的茂盛荷花，不能直接撒网，只能教化鱼鹰代劳。在它脖子上套一个小环儿，叼到了小鱼它能够入腹，若叼到了大鱼，被小环儿卡住脖子，就只能给渔民做贡献了。白洋淀的鱼鹰也是聪明的，一条大鱼单凭一己之力降服不住，就会有它的同伴"出手相助"，叼头的叼头，衔尾的衔尾，把一条大鱼抬上船头。

夏日，天空多变，急促的雨点打在水面，如大把大把甩下的铜钱，发出"咚""咚"的响声。打鱼人身披蓑衣，头顶草帽，蹲在船头，手执钓竿，稳稳地盯着鱼漂。几只鱼鹰也停止了捕捞，乖觉地站立在船头两侧，等候渔人雨后的指令。蒙蒙雨雾笼罩之下，青蛙们格外兴奋，它们寻觅到了快乐的大本营。荷叶上落满银珠，坠得翡翠盘在水面摇动。水鸟是不会怕雨的，雨注溅起的水花更振奋了它的穿行，它飞向了芦苇丛中。

西下的阳光普照千里大堤，一场暴雨给淀里降低了暑日温度，一盏渔火挂在船头，那又是渔家的画面。光亮儿吸引着大鱼小虾，五根竹竿支起的搬罾正可坐收渔获。晨光熹微中，久候在岸边等待收购的鱼贩等得焦躁不安，他们要把新鲜的鱼虾在清晨时刻快速地兜售到千家万家。

淀上人家

秋天里大片的芦苇挺直腰杆，还未褪去青翠本色。密密的芦苇给淀池围了一个又一个芦苇荡。在芦花飞扬的时节，摘一片苇叶做口笛，吹出的声音婉转悠扬。曝腚不知羞的童儿依然光着屁股一丝不挂地站在船头，戴一顶柳条帽，肩扛一杆鱼叉，跳着脚儿，童声童气唱那一首老歌："老乡们，老乡们，快快参加八路军……"用苇叶包粽子已经过时，现在是采菱角时节。采菱人静静地划着船儿，而抛出歌声的一定是一对青年男女。船儿悠悠，白洋淀的儿女啊，侠骨柔肠就在此中潜化。淀上人家有食菱角米、菱角面的习俗，就把它做成了食物，那清爽甜香的滋味一如水乡人纯洁而又多情的性格，让你久久不能忘却。

既然把白洋淀称之为了"鱼米之乡"，那就是说她的水产极其富有。秋后多打了的鲜鱼就按照水乡人的习俗，把鲜鱼制成干品。用盐把它简单腌渍晾干之后，在坝上支起一口大铁锅，锅上边放上苇排子，将干鱼码放好，点燃锅下的干芦苇，待锅烧烫了，干鱼上边敷稻糠和锯末、糖之类的佐料，盖上锅盖，正反面熏上十分钟，名扬天下的白洋淀熏鱼就制作完成了。将熏鱼储存在苇篓，等天气凉了时再卖。从春到夏，由秋至冬，淀里人家的忙季各有不同。冬天的风刮得芦花漫天飞扬，似雪花飘飘洒洒，芦苇枯黄了，冬色之下又丈量出了水乡人的繁忙。

第一场雪飘落以后，白洋淀逐渐结冰。冰层一旦达到了半尺厚，淀上人家即如期地开始忙起来了。咱们的冰橇子该出场了，人站在冰橇子后边，手拿两根棒头嵌入铁钎的木棒，左右轻轻在冰面一扎，那冰橇子便快似离弦之箭。开始了它快捷的运输。收芦苇了，淀上人把收芦苇叫"打芦苇"，挥动一长杆镰刀横向一扫，大抱大抱的芦苇就会唰唰地应声倒在冰面上。打成卷儿，装上冰橇子，运到岸上。精挑细选，粗的用碌碡压成篾子织席、编篓子，其余细芦柴用来烧火。

白洋淀的苇席当然是出了名的，全国各地的人来此收购，

人

并将苇席远销海外。乡间唱大戏的舞台，搭建大棚，从上到下都要用苇席遮挡。国家的粮库，农村生产队的苇芡儿，哪处也离不开白洋淀苇子的编织物。过去过穷日子，土炕上铺了一领新的苇席，就足以使满屋生光。

闲时不闲时，忙习惯了的渔民还是要打鱼。冬天打鱼先要破冰，用铁镩子镩一个窟窿逮鱼。冰下氧气稀少，见有空气流通鱼儿就会游到这里，人们便轻巧地用网子捞出。俗话讲"开河的鲤鱼赛猪肉"，那是说冬日的鱼吃起来肥而香。还说什么呢？这时捕鱼是为过年而准备下最好的年货。

白洋淀新年的到来，淀上人家个个心情欢畅。在船舱贴对联，贴福字，把最吉利的祝语全贴上。笑得合不拢嘴的老渔民，抱起孙子，唱上两句河北梆子："忽听得谯楼上响起更点……"老人家真的是心花怒放！

现在的家乡改称"雄安新区"了，淀上人家的生活模式大大变样，渔网不必撒得那么勤了，渔船用于游人观光了，家家搬进了崭新的大瓦房。雄安新区还要进一步规划呢，要合村并镇，要拆除妨碍规划的村落，多措并举治理白洋淀。南水北调工程，日见成效，白洋淀再无枯水期，一年四季碧水泱泱。它给白洋淀人民带来了什么？是子孙的幸福，是绿色经济的增长。

我由衷喜爱现在的新生活，我也怀念生我养我的故乡。旧日生活已经远去，家乡迎来的是日新月异的新生活景象。大片的白洋淀水域而今成了观光旅游胜地，华北明珠绽放出璀璨夺目的光芒！

一枚莲子

当莲子落入淤泥时就相当于我们出世了，出生在一个污浊恶世中，到处是黑暗、肮脏。

当它不甘现状时，相当于我们刚开始觉悟时，开始认识到这个世界的黑暗、肮脏，认识到自己的愚痴，所以它要冲出这个黑暗、肮脏的世界，所以它在挣扎。其实我们也一直在挣扎。

当它钻出淤泥时就相当于我们找到了光明，找到了方向，要向着这个方向前进。

它在向着光明前进的过程中会遇到很多阻碍，如浑浊的水，水草，被咬伤等等，相当于我们在修行中遇到的各种各样的业障。

当它露出水面时，也就是它到了它的极乐世界。所以只要我们努力修行，不屈不挠，也能像荷花一样取得正果。

"出淤泥而不染，濯清涟而不妖"是说莲花出自污泥仍然洁白而无染，莲花经过污水的洗涤仍然光彩照人而不妖媚，借用于赞美人品。

莲的往事

我自幼喜欢莲花，故乡有个莲池公园，还有一片更大荷花淀，自幼看着四季莲花长大，莲如同自己的童年伙伴一样。

人

生长在大片的莲池，造就喜欢莲花的一生。

当莲子落入淤泥时就相当于我们出世了，出生在一个污浊恶世中，到处是黑暗、肮脏，唯有和我结伴而行的莲花，伴我久坐在莲池边岸沉思。

那年莲花淀是干涸的，连续的干旱使河水早就断流，大片的鱼儿裸露在干裂的池塘里，若你扒开龟裂的泥土，就会看到那些隐藏在泥土里的鱼虾勉强地活着，淀里露出芽儿的藕尖，正是小小莲叶呲芽儿，等待着雨水的降落，既坚硬又柔韧的淀床，浮表干裂被太阳吸收最后的水分，又被春风无情地摧残，禁不住大地的考验。整片纤细的芦苇顽强地活着，无知的我踩在这片硬邦邦的土地上，没有更多的伤感，有些淀民迫不及待地抡起大镐开垦种田，他亟待这片莲花盛开的地方，结出所需的果实，他们从不猜疑土地的能力，而愿意付出自己的勤奋，母亲劝这里开垦的乡亲不要斩断相连的藕茎，等待雨水旺季这片莲花淀的莲花盛开。

老天不会眷顾那些贪婪的人，一切生态平衡都在上天的掌控中，天终于下雨了。

而且连续几天阴雨绵绵，雨水已经填满坑坑洼洼处，听学校老师讲，要学生注意安全，山里的水库要给淀里补水，听到这个消息老乡像过年一样扶老携幼，走向城边的大桥，等待着这来之不易的水。

等待着，等待着，给淀里的莲花淀补充水源，等待着，枯干的淀水上盛开的那朵莲花。

母亲是一个勤劳的人，秋天早晨，天刚刚蒙蒙亮，母亲就要到河坡上去割一筐草，早回来还要给我们做早饭，由于匆忙不小心割破了手，母亲也没有在意，随便抹上一把炭灰，一块布条一缠了事，谁知道伤口感染引发全身肿痛，差点丢了一条性命。

母亲割草伤了手不幸感染，经医院抢救，救回了生命，县城住院却耽误了一季大秋，搭上春天大旱，今年口粮有些紧张，母亲向亲戚朋友借粮总算熬到了玉米秀穗。我看到母亲艰难地生活，靠粥菜度过苦日子，我周日背上小筐到生产队的玉米里打猪草，肚子饥饿，顺手掰了一个玉米扒去皮，趁着甜嫩的好时机，毫不掩饰狼狈的吃相，解决了肚叫之饥，想到了母亲，想到了饥饿的弟弟，就又顺手掰了两个放在了猪草上，当走在回村的路上，被村口值班的民兵发现，以偷队里的庄稼为由，治保主任老胡，带人强行搬走了家里的家具和那口要等过年才杀的猪，并要母亲用大喇叭做检查，母亲强烈地回绝了，夜里就把养了大半年的猪杀了，猪肉分给了几个民兵，愤怒的烈火装满我幼小的胸膛，用认识不多的字写信给远方的爸爸。

那年我十二岁，在生活逼迫下，努力地寻找幸福的源头。

当莲子不甘现状时，相当于我们刚开始觉悟时，开始认识到这个世界的肮脏，认识到自己的愚痴，所以要冲出这个黑暗、肮脏的世界。要在坚持中挣扎。其实我们也一直在寻找着出路。

母亲没有更多的语言鼓励我们，只用"万般皆下品，唯有读书高"之类的话一直激励着我们。起初我不理解，但有令我终身受益的"能让人可怜，不能让人不待见"和"要想人前显贵，必得背后受罪"这几句话铭刻在内心。

当二十年后，开着那辆德国产的奥迪车，回到这个开满莲花的村子，淀里的风光吸引来的更多的人，夸奖这辆轿车的高级。我回到既熟悉又陌生的家，此时母亲的一头白发掩饰不住过去的沧桑。多年来母亲是辛苦的，但在贫穷与富裕面前母亲从未被吓倒。

那年我从一个小小业务员靠自己的勤奋当上了国企的副处长，母亲告诉我，千万不能自大，回家不要骄傲，因为都是普通的老乡亲，咱是本分人家，一定要低调。这一年我决定下海，

人

实现自身的价值。

生活的道路不平坦，自己挑起这个工厂实属不易，可工作艰苦让我磨炼出坚强的意志，经受过多少次经济大潮拍打，母亲告诉我一定要记住，"诚信"才是成事的关键。

记得有一年家里粮食紧缺，总要到黑市上去买。那是一个下雪的日子，母亲骑车去离家二十多里的大镇上买玉米棒子面，半布袋的玉米面母亲推着车拉回来，母亲瑟瑟发抖地回来进屋，打开口袋随意查看玉米面的好坏，惊奇地发现口袋里装有一个用手帕包的包，打开里面有一元一张的钞票合计48元钱，这在那个年代可算是巨款，母亲发现后饭都没有来得及吃，在冰滑的路面步行二十多里去那个市场找人。

飘飞的雪花让华北平原披上银装，萧瑟的寒风舞动着鹅毛大雪，厚厚的积雪已经无法辨的深浅，母亲手执一根木杖，向远方急促地走去。

大雪纷飞夹带着寒风，空旷市场不见一人，母亲的出现使那个蹲着"雪人"突然站起，瑟瑟发抖地走向母亲，这时母亲也认出这是上午卖粮食的大爷，母亲问他为什么在这里，老人回答："上午卖给你的粮食里有老伴给儿子攒的结婚的钱。"母亲问他："多少钱？"他回答："48元。"准确无误。母亲把钱还给了老人。老人感谢地给母亲跪下，哽咽着说："钱是老两口用两年的时间，攒给儿子结婚准备的，儿子32岁，因家里穷没有姑娘看得上，终于村上有一家姑娘愿意嫁给我儿，商量给50元彩礼，是为姑娘的母亲看病，东借西借终于凑齐48元，还差两元，老伴让把口粮卖了，凑齐50，剩下的给姑娘买身衣服。"

母亲非常理解，在那非常贫穷的年代，人都处在生活的艰难阶段，这笔巨款，承载着一对新婚夫妻的新婚生活，也是姑娘母亲的救命钱，更拯救了这老夫妻。一颗善良的心，拯救了这一大家子的人。

这是发生在童年的真实事件，母亲每当提起都会说人要一生做好事，要有一颗善良的心。

"出淤泥而不染，濯清涟而不妖"是说莲藕出自污泥仍然洁白而无染，莲花经过污水的洗涤仍然光彩照人而不妖媚，这也是赞美人品的赞语。

平凡人的一生不就像一朵盛开的莲花吗？

人

喊山的人

　　"吆喝……喝……喝……"荡悠在大山深谷的吆喝声，极有穿透力地飘荡在古老的山野，峡谷的溪水清流下繁衍千年古老村落，与世隔绝，靠山脚下用山石砌筑的大墙，层层叠叠的梯田，养育着一代又一代的大山儿女，如密封的蜜罐从没想到山外的变化。

　　故乡大山自古有灵性，岭下与高峰间依水而建的山村，与山外隔绝了多个世纪，穿山越岭地开凿通道才有了通往山外的公路，那时山里生活的老人，才开始走出大山，见到了无边无际的辽阔平原，见到了繁华的城市。

　　我的童年在大山度过，崎岖的山路和层出不穷的石板小院，紧紧偎依在大山的怀抱。阳光把大山用浓淡的墨色折射出清晰纹理，从早晨的阳光里便能分辨出每天的时间，用老家朴实的乡音告诉你，"老爷出来老高了""老爷快落下了"。把天上的太阳称为老爷，化作生活的计量刻度，是传承了多少年的习惯。山里人靠天生活，是老祖宗传下来的，自古没有改变过。日出而作，日落而息。在没有出现钟表时，用看天是最方便科学的办法。

　　山的主人是山神庙，封建思想禁锢了山里人多少年，山神庙里的山神主宰山里的大事小情，婚丧嫁娶开山动土逢年过节都要向山神祈福。各种仪式上有了喊山的习俗。十里地不同俗，童年故乡始终保持着这种传统。

喊山人是村里英俊的壮汉，声音高亢具有穿透力，声音里带着大山人的豪迈、朴实、倔强和强悍。本家二哥正是如此。刚从部队退伍的山里娃，年轻力壮正当年，头顶羊毛白巾，内穿白色上衣，外套羊皮袄，腰系一条红色布，透出了年轻人的活力。

春天的喊山是在家乡山神庙的戏台开喊的。每年春节村里开始登台唱山梆子大戏，村里人自扮大戏角色，吹拉弹唱，生旦净末，不输城里大戏，主要以传统的剧目为主，《三娘教子》《大登殿》《蝴蝶杯》之类的传统小戏，内容与唱词可根据本村的小事来调整，但唱腔是本来固有的，有固定的演奏乐谱和唱腔。

开锣前，当看着天上老爷，戏把头要喊山，喊山的内容就是祈祷家乡风调雨顺平安大吉，祈祷大山丰收。

喊山人是村里年轻力壮的小伙子，声音洪亮。仪式就是村里德高望重的老先生主持，敬山神爷，恰逢正月初三，是个吉日，祈祷山神保佑，风雨顺。喊山人大声再次重复先生的话，如悠悠的歌声，传向冰封的溪流，带着水音，飞向耸立的山岭，碰撞在峻峭的山峰，撞在坚硬峭壁，又折回山岭，悠悠荡荡传回山神庙，此声像挂在那棵千年的松树上，波浪式地此起彼伏，悠悠荡荡回到了山神庙的戏台，传回到山村人的心里。

一阵急促的锣鼓点，打在老百姓喜悦的心里，回响在空旷寂寞的大山里，看戏的老汉头戴毡帽，身穿青布棉袄，腰系布带，下穿青布棉裤脚匝缠腿，那额上饱经风霜的皱纹似乎在这一瞬间舒展开来，嘴里笑开了花，舞动手里的烟袋，眼睛随锣鼓点转动，荡起的烟袋盒包来回摆动，掩饰不住从内心泛出的那种喜悦。

孩子们拍着小手，坐在前排，舞台上那帮再熟悉不过演奏的人，都是周边四邻的大爷大叔们。淘气的孩子不时跑上台，

人

扮着鬼脸，惹得大家大笑。突然不知哪个淘气的孩子，点燃了一个爆竹，投进人群，砰的一声。引起了一阵骚乱。看戏的女人，一声尖叫，双手紧紧地捂着耳朵。泼辣的四婶，破口大骂："谁家有人生，没人教的孩子，损透了，往人群里扔爆竹，真缺德。"大家不由得眼神都集中在她的身上。

台上一通鼓后，响起了唢呐声，人们的注意力又集中到了台上。在密集的锣鼓点的催促下，上场的人物大白脸，蓬乱的头发，头戴月牙法头，身穿青袍，用大红枣串在一起的"佛珠"，台下观众便知是开场戏《醉打山门》的鲁智深。戏曲铜锤花脸开锣，图的是镇邪除恶，为民除害，爱憎分明，刚侠仗义，见义勇为，扶危济困。

开场戏扮演鲁智深的是村里的放羊倌杨娃，他行走在大山里赶羊，练就了一副好嗓子，演铜锤花脸，讲究的是腰腿基本功。常劳动的山里的野孩子，自幼练就了扎实的基本功夫，特殊的角色，从脚步转场，边走边演，深刻揭示出角色内心的喜怒哀乐。看画着白脸重彩代表人物的特征性，白色的脸代表心善乡亲们知道，哭笑难度大，用鼻音，颤音在舞台上反映出，忠奸善恶。粗犷的表演是乡里人最喜欢的，一阵阵掌声，吆喝声证明出乡亲们对倔强性格人物的喜欢。伴随激昂的锣鼓音乐，一阵高亢的声音，回响在大山的云霄。

喊动冬眠沉睡的大山。喊醒了猫冬的山乡人民。喊醒了封建僻静的小山村。

突然，大戏停下演奏，村长迈着稳健的步伐走向台中，挥手向台下示意安静，瞬间台上台下安静无声，村长走上舞台开始动员全体村民。

"乡亲们，为了打破山村多年的封闭状态，经村里决定，为造福祖孙后代，年后各家出工，凿山修洞开一条走出大山的路。"

商量在村边开凿一条走出大山的路。全体村民双手鼓掌。拥护村里的英明决策。

正月十八是个吉祥日子，开凿山路的乡亲们都来了，带来了铁锤、钢钎、爆破的炸药，工地插上多面红旗，父老乡亲们头戴柳编的安全帽，腰系麻绳集合在将要开凿的大山下，满怀信心地等待命令。

开山是有规矩的，动工前要祭祀山神，祈祷保佑大家平平安安。堂二哥是爆破手，因为在部队里学习过爆破，此时他带领乡亲们，烧上香，摆上三牲、三素、三果大供，跪在大山面前。堂二哥高声大喊：

"山神爷，村里后生给你磕头了。
求山神爷，保佑后生开山凿洞安全。
求山神爷，保佑后生顺利开通涵洞。
求各路神仙，躲避开凿周边。"

喊山人，求神的喊声悠悠荡荡传向大山深处。碰撞大山峭壁，又飘飘洒洒地传回了开山人的耳中。大山一时寂静了。

堂二哥，下令开爆凿眼。

伴随着有节奏的叮咚声，开始了凿炮眼，老少搭配，父子搭配，一凿三摇，准确地打在钎杆上。

炮眼打好了，爆破人员带着炸药开始装药，连线，此时在爆破点安全范围内用麻绳拉好警戒线，工地的乡亲们撤退至安全地点休息。

此时堂二哥手拿铁桶喇叭，向山上爆破手发号施令，检查炮眼电线安全，把电线检查好退到安全地方。

堂二哥手拿大喇叭开喊：

人

"诸位神仙，求你躲躲，为修路造福后人，开始放炮啦。

　　山神爷，求你保佑，安全放炮。

　　周围的老乡亲，开始放炮请你远离炮区。"

　　堂二哥开始倒数："十，九，八……三，二，一，起爆！"随着"起爆"的声音响起，轰轰的爆炸声响彻云霄，回荡在大山之间，回响在山野，惊飞的鸟腾空而起，浓浓的尘土，弥漫了大山。

　　监响人用石子记录炮响声，监响人向大山喊，向开山乡亲喊，荡悠悠传入耳膜"九……九炮……九……九响……全响"炮停了，周围的乡亲，听到报数，欢呼声响彻在群山，证明了大家渴望走出大山的心情。

　　开山修路谈何容易，乡亲们起早贪黑，没早没晚，动用了全村可以动用的力量，村干部带头，男女老少一起上。

　　山乡的春色是美的，潺潺溪流汇集在村中宽敞的水中，一层薄雾上空飘荡在山村上方，给山村增添了一道神秘感，轻轻地雾气已经渗透在用石头堆积的小院，半掩的柴门里传出春天和谐的音符。

　　红彤彤炉火，喷射出的火焰从红到白，从白到蓝，从蓝到黄。熔炉里烧得发红的钢钎，接受着考验。富有经验老石匠，郑青松大叔知道工地上最缺的是锋锐的钢钎。早晨郑大叔和老伴生火，煅烧钢钎，郑大叔掌锤，老伴抡大锤，风箱吹动着旺盛的火焰，映红了半个小院，锤打的火花溅出美好的幻影。火花里带着大山人对美好生活的憧憬和对美好的祈盼。

　　"叮咚，叮咚"的锤声似春天的序曲，奏响大山人为开凿大山的准备工作。

　　山桃花开了，粉红色的山桃占满山前岭后，溪水岸边泛起黄润的垂柳条抽打着早春二月。淡雾，袅袅炊烟，在依山而居的村庄上空，散发着童年固有的味道。

"上工啦，上工啦"，放羊倌招呼大家，高亢的喊声传遍了整个大山的四周，悠悠荡荡又传回山村，传到了山村每个人的耳朵里。小小放羊倌，手拿放羊鞭，肩扛箩筐，走在通往工地的羊肠小道，他把羊赶到山沟，让羊自由散漫地活动，抽出时间参加工地的劳动。

山边的红旗在春风里发出强劲的响声，干劲十足的乡亲们，热情高涨地从事着这些劳动，他们没有报酬，他们没有怨言，他们更没有消极怠慢。人人饱含着热情，以极高的热情，为结束祖祖辈辈被大山束缚的状态，风险着那股倔强的笨拙力量。

夏天，大山到了茂林修竹的季节。一场场暴雨，冲刷出一道道雨痕的沟，给施工的现场增添了难度。潮湿的山洞里泛着闷热，山上渗透的雨水和劳动中辛勤的汗水交织在一起使身体非常难受。年轻的小伙赤身在抢锤，汗水、雨水、泪水，从额头滚落在腮边流到嘴唇，混合的水，是苦的，是涩的，也是甜的。从肩上摘下毛巾，颤抖的手擦一把汗，看着热闹的现场，堂二哥堂堂的汉子，落下了感动、激动的泪水，不由自主地再次抢起锤子。他默默地扬起头，双手不自主握一起，用力地吐上口水，抓起锤把抡了起来。

山洞里锤声此起彼伏，向外运出石的人肩担、车推，来往有序。突然一块巨大的石头，拦住了去路。

郑万山大爷年已过古稀，是一个淳朴的老人，一辈子与大山打交道，有多年开山采石的经验，前些年带人开山起石板，开山技术在村里首屈一指，人颂石把头，他儿孙满堂，凿山修路是老把头多年的心愿，他与十八岁的孙女兰子组成一对搭档，老把头掌锤，孙女掌钎。老人家在开山，炸药放置等方面经验丰富，雨季石头是不稳定的，常有滑坡现象。昨晚的一场大雨，把青山洗涤，使空气清新，来得早的工友聚集在洞口，

人

等待着安全检查后进入现场。老石匠是一个认真仔细的人，一边休息，一边观察每块石头的动静。突然一块巨石，有移动的迹象，说时迟，那时快。老石匠喊了一声，"小心躲开！"一个箭步蹿上去，把巨石滚下将要压到的小羊倌推到一边，老石匠用手中工具，微微点了一下滚下的石头，千钧一发之际改变了石头滚落的方向，年轻人躲过了一难。随巨石滚下的另外一块，不幸砸在了老石匠腿和腰上。大家赶紧抢救老石匠。还好老石匠头脑清醒，就是腰和腿粉碎性骨折，失去了站立的能力。

在这个缺医少药，生活封闭的大山谷底，任凭风吹雨打，只有靠祖宗留下的草药和民间偏方治疗，老石匠倒下了，可开山凿洞的心没倒。乡亲们坚持每天每家有人上工，他们愚公移山的精神，感动了山外乡里的同志，乡里安排定点帮扶，组织村村互助，从山的另一方对头挖。除去农忙季节忙庄稼地里活外，都参加工地的劳动。

秋风又开始吹拂这片富有情感的山野，银杏犹如一个暴富的土财主，在瑟瑟秋风的鼓动下，摇头晃脑铺天盖地显示着大山的富有。山腰间的枫树已经张开红掌，赤诚地表示衷心。唯有山神庙前那棵苍劲的老松柏绽放着老当益壮的翠绿，精神抖擞地坚守在祖宗留下的这片土地上。

天，一天天地凉了，山村的乡亲不厌其烦地重复着开山修路的劳动。他们没有休息，没有假日，除农村庄稼地里的大活外，只有勤奋地坚守岗位，他们每人心里都装着希望，为了子孙走出大山，他们没偷懒，更没有退缩。把那团永不熄灭的火焰，燃烧在内心深处，化作了千锤百炼的勇气，没有懈怠，更没放弃。

天上飘落下菱形的雪花，盖住了青石板房，突起的烟囱和瓦垄都被洁白的雪所覆盖。只有山神庙前通往山脚工地的雪地留下无数踏过的痕迹，那棵身披雪甲的老松柏，寂静地望着通向远方的路。

雪覆盖的小院，显得十分肃穆，一口大红漆棺材，摆放在院中，灵棚上的雪与白布挽成的哀花融为一体。郑万山的灵牌，摆放在棺材前。老石匠走了，老石匠自工地事故后就没有站起来，老人家心里只装着工地，只盼望着子孙能走出大山。那座山阻挡了祖祖辈辈的山里人，终于有人开凿出那座大山，老石匠最大的牵挂就是通向山外的工程。

兰子哽咽说："爷爷在弥留之际说得最多的是'通了，通了'。"出殡那天，工地停工了，大山一片寂静，静得让人害怕。

山里去世人出殡，自古有喊灵的习惯。长子扛幡，儿媳妇兜罐。

当孝子祭拜后，同村人才祭奠，含着悲痛的泪花向老石匠三鞠躬，老支书拍着大红棺材说："老哥您放心地走吧，我们一定修出一条走出大山的路。"

此时堂二哥，身穿反皮羊羔袄，腰系白色孝带。扬起头大喊："起灵了……郑大叔您一路走好……"像幽灵般荡漾的喊声响彻整个山村，回响在山岭，回响在峭壁间，又折回山峰，回荡在山村，回荡在每位大山的儿女心中。

一阵阵唢呐声，听得让人悲痛不已，让人泣不成声。

雪越下越大，山也越来越白，送葬的队伍缓缓走近了与山洞相望的山坡。

山空了，空得让人害怕，应该遮挡的地方，都被大雪吞食。等着开通的山里人，盼着山那边的春天早早到来。

山外人听说了大山里的故事，人人伸出了援助之手，有人参加了山采对头开采的劳动，有人捐款捐物，乡里领导带头，区里领导送来了物资。众人拾柴火焰高，机械人工一起上。一条的石子路，打通了封闭了的小山村。山货、草药、生态旅游等，都成了市里的热门产业。

通车那天，在山神庙旁古柏下搭上戏台，市领导为通车剪

人

彩，山里愚公移山修路精神一度传为了佳话。

喊山的开锣戏，唱出了山里人的心里话。

郑万山大叔正长眠在离隧道不远的山坡上，也许他意识到已经通车了，终于可以合眼长眠。风刮坟前招魂的白纸幡，已经经历了冬天，却依然在春风里召唤着大山人，不要放弃继续努力。

当我背着母亲亲手缝的铺盖，斜挎泛黄而时尚的军包，装着几本学习的书，从这条山洞里走出，回头从洞孔望着大小的村庄，那山神庙老松树老戏台仿佛依然演绎着昨天，可向前看充满阳光的山路与时代相连，我摸挎包里的几本书还在，再掂量一下肩膀上铺盖，是那样沉重，心里装着母亲告诉我的那句话："记住你是大山的子孙，你要好好学习，不要忘了大山里的家。"

回过头再望被大山遮挡住的村庄，大声告诉大山："我会回来的！"悠悠的声音穿越过涵洞已经传回了山乡，传到乡亲们的耳朵，传到母亲的心里。

关于父亲节

　　也许是因为父亲节的临近，忧虑重重的我回到了久别的小镇，也许是因为我已经是父亲，所以我想起了我的父亲。

　　父亲不单纯的是个称呼，更像是一种责任，我的父亲教育我的时候，说得最多的是"棒下出孝子，国乱出忠臣"，我深深体会到棒下的教育。

　　童年，我对小人书特别地喜爱，一日供销社的货架橱窗上有卖一本同学们传看的《英雄小雨来》，我也想有一本，售货员告诉我快回家拿钱，要不然别人要买走，于是我就跑到母亲出工的生产队打谷场，俯身在母亲耳边要钱，说要买一本小人书，记得定价是壹角捌分。母亲在打谷场上劳动，她说等放工再说，可我死活让母亲马上就掏钱，可母亲在打谷场干活，根本没有带钱，不懂事的我，在母亲面前打滚撒泼，被父亲看到，父亲从场边抄起扫帚，对我一顿猛拍。鼻子流出了血，我双手抱头，任凭怎么拍打，我照样坚持要钱买小人书，在场的人们拉开了父亲，母亲此时让我快跑，以免再次被打，我带着满脸的血坚持着等母亲给钱。

　　放工了，我跟在母亲屁股后，还不停地唠叨着买小人书。

　　当推开门，父亲表情严肃地站在院中间，一手拿一根小棍，一手拿着一本崭新的小人书，一看我就问："知道为什么打你吗？"我躲在母亲身后，不敢回答，说着父亲一把拉过我，狠狠地在屁股上打了几下。疼得我双手去捂，父亲最后在母

人

亲拦护下才停手。

父亲告诉我："当别人面不许要钱，家里穷没钱给，大人多没有面子，记住了吗？"

我点点头说："记住了。"

"以后想要的东西，回家和爸妈说，不许当外人面要东西。"说着父亲给了我那本带有纸香的小人书，我迫不及待地坐在凳子上，当肿痛的屁股触碰坚硬的凳面，"啊"的一声，从凳子上站起，只能趴在炕上看，父亲给我屁股上擦上了药才渐渐消肿，父亲的教诲永远地留在我的脑海中。

我天真地以为时间会冲淡所有的记忆，却在某个转弯处惊鸿一现，再次落泪。

父亲，在另一个未知的世界，您，还好吗……

小时候您是来去匆匆的身影，是一包包诱人的美味零食，是一件件千花万朵的棉布衣衫……因为您我们的生活远离了寒冷抛却了饥饿。

也记得长大后您是那一句句简单的叮嘱，是一次次儿女成家时的欢喜……因为您我们的生活有了坚实的依靠，无尽的踏实。

有您的岁月是平淡却真实的幸福，然而我们都走在时光的隧道，太匆匆，匆匆地只顾赶路却不曾顾及您渐深渐密的皱纹，日益佝偻的肩背，青丝变霜花的双鬓和头顶，在儿女的心里您永远是那么强大，甩开了苍老，远离了衰弱……然而现实的冰冷总是残忍得让人无法直视，您老了，您病了，再没有了那曾经的健步如飞……

儿女的眷顾停不住时间的脚步，儿女的侍奉赶不走病魔的纠缠，儿女的眼泪也拦不住死神的光顾……

我们成了哭干眼泪也无法再见到您的人。

一生的情深一世的牵挂，我们成了任走遍万水千山寻不到您的人；两世相隔，我们成了清明不是踏青而是烧纸钱的人。只有梦中才能见到影子里的您，我们成了不再遇，再叫您父亲的人……

我们从此没有了您，永永远远地没有了您，纵使千般的寻找，万般的思念，却再也牵不住您的衣襟握不住您的双手，追不上您的脚步……

或许我太固执无法将您放下，或许我太怀旧无法抹去有您的时光，抑或我太脆弱无法止住一行行想念您的泪水，再一次的梦回我终于明白：这一世父子的情缘不会随时间的脚步终结，这一世我还会有无穷无尽的想念您的泪滴。所有的所有还将延续，所有的所有也都永远只能汇成一句话：天堂幸福，我的父亲……

洁白的花束，紧握在手中，望着阴沉的天空，看着匆匆捧着鲜花满脸充满笑容的人，内心含着幸福，我告诉你，孝敬父母，只要有爸妈叫，有人答应，你就是最幸福的人。

母亲哲理

母亲，没有像伟大的思想家来谈哲学，是用她生活经验总结出的一点小道理，来诠释哲学理论。

母亲，是个普通到没法再普通的农民，一辈子以土地为生，用勤劳的双手耕耘着这片她满怀热情的土地，养育了儿女，埋葬了公婆，养活了全家，这是母亲一生的骄傲，她总挂在嘴边的那句话是："我知足了。"

母亲是高小毕业，相当于六年级以上的文化水平。在十里八村妇女中间算是个有文化的女人。她本来是还可以上县女子中学深造的，只因姥姥去世早，哥哥当兵去朝鲜参加了抗美援朝战争，所以母亲从华北最大的镇上学校辍学，回到家里照顾小弟、小妹的生活，没有继续学习，这是她一生最大的遗憾。

劝学的哲理

她挂在嘴边劝学的哲理，就是"万般皆下品，唯有读书高"。她这句天天絮叨的话，已经在童年的我的耳膜内生出了厚厚的老茧，到我花甲之年说到儿孙学习，那句哲理名言还是记忆犹新。

学习不要总靠瞎勤奋，要找一个适合自己学习的方法，才能入脑子记住。

虽然说得朴实但很有用。在考试前母亲告诉我，要看书的重点。叫作"临阵磨枪，不快也光"。

从小学到高中，我始终在母亲身边，每天除正常上学外，还要打猪菜，打羊草，照顾弟弟妹妹。夏耕、秋收两个假期还要帮助家里干农活。

我从六岁就知麦收帮忙，在场里摊麦子。秋天摊谷场里收粮食。不管多忙，只要一点灯，就必须拿出书本。闲下来想我的童年学习，不算太好，考试成绩还算不错。可是到了考大学，母亲才意识到农村的学习教育条件太差，后悔早已晚矣。

只有考不上再读。

她总有一个口头语，儿子命好，他生日踩上四个九。早晚"九九归一"会有出息。这些年出息算不上，但靠勤奋还算能养家。

田野里的哲理

母亲是个勤快人，改革开放后除家里三亩的自留地外，从生产队承包十来亩土地。

春天，麦苗绿油油，浇头遍返青水应不负种田人，甭用去问，老老少少都知道，只要水肥跟上麦苗越长越壮实，二遍助拔节水更重要，母亲说："三月有水兄弟麦，四月水子孙麦。"麦子长身量，水分要跟上，一尺秀穗三尺高。全等降雨是不可能，只有动手，为了浇麦常常搞夜战。租用喷灌边施肥边浇灌，怎么操作，如何控制水量，浇了地见不着干土，保证注水量充足要拿捏分寸。

常听母亲念叨"高低不过寸，寸水不露泥"。

抽穗扬花期，正值天气干燥，湿度小，麦田干渴需要水分

人

多，需要灌浆。

母亲又说："麦田火里秀，还得水来救。"

麦田长势旺盛，郁郁葱葱，一年里的麦收是母亲操劳的大事。

母亲随口言道："小满满满，麦粒已满。立夏三天见麦芒，芒种三天见麦茬。"

进入芒种节，马上要开镰了。庄稼人不会延误耍笑，割麦子大战在即，事事不可放松。

丰收了，丰收了，大片的麦田一望无垠，在干燥风的吹动下金黄的麦浪此起彼伏，割麦体力活，我硬着头皮，跟在母亲后边一镰一镰地收割，母亲在前边比我多割几畦，边割边挽手打腰儿，我在后边割边捆个，两公顷的地，半天只收割了冰山一角，我手磨出了大水泡，后半天我在骄阳下衣服湿了干，干了湿，累得我放声大哭，我再没有力气收割这么大片的麦田，母亲看到我累成这样，慷慨地用钱请了收割机，机械化完成了剩下的收割任务。

那时我十七岁，算半个成年人，过后我问母亲为什么舍得花钱租机器，她说六月的天像孩子的脸说变就变，如果一下雨，麦倒一把草，谷倒一把糠。抢收抢种抢时间是老规矩。

母亲为夏收麦子，夏种玉米，争取了时间。

三仙并拐

　　拐三仙不是什么大仙，是本镇的三个人，只因拐，有村干部当靠山，所以成了仙。

　　小镇上的老书记姓胡，在书记的岗位上干了大半个世纪，外表淳朴，说话和气，管理着小镇，特别是对三位残疾人拐子有特殊的照顾。小镇上一半人口都姓胡，胡书记比其他姓氏的支持率高了很多。

　　镇子不大，却有三位拐人，南街的"拐狗"，西街的"拐五"，东街"拐六"，像三个门神把持着小镇的三条街的大门，人颂小镇上拐三仙。何为成仙？自然有他的道理，三人共同点是凭着一条拐腿，能把持小镇一方天地。

　　山不在高，有仙则名；水不在深，有龙则灵。

　　他们三位仙人之所以有名，是因为都是小镇上书记兼执保主任的民兵，别看带一个"民"字，那可也是"兵"，那时老百姓认为兵匪是一家，门口挂着牌子的大队部，不能做的事，他们敢做，出了问题没事，因为他们是民。大队部不敢干的事，他们也敢干，出不了事，因为他们是"兵"。长期镇上的四方大门被这三位拐神仙看得死死的，所以多年来小镇都没有发生过刑事案件，成了治安最好的村镇。

　　春夏秋冬四季都有他们的重要工作，春天的治安工作防偷防盗防小资产阶级，三条拐狐狸仙，不计时地蹲在墙角、坑边、树丛里，观察着村民动向，时刻准备着割资本主义尾巴，

人

因为尾巴里有油水。

拐五，看的是西大街，西边大道又是通往县城的交通要道，是小商小贩的必经之地，上边来了通知，要强抓不正之风。借着这个通知拐五组织几个游手好闲的人，在路上设卡拦截有不正之风的人，一个大红袖标，长了这帮人的正气。

好过的年，歹过的春，农民当把一年的嚼头吃完，有一个办法可以，细粮变粗粮。就是贫穷的农民精打细算过日子，把白面换成玉米面，一斤能换二斤半，花生米一斤能换五六斤玉米面，这样如果加上野菜，一家四五口人能顶上个二三天，不饿肚子，这个方法就是偷偷摸摸到临边县的黑市去交换，所以趁夜色要悄悄地去。

民兵就把守在交通要道，藏在不被人注意的暗处，设下埋伏，等待着这帮为生活算计的人上套。

赶去县与县交界的三不管地方去交易，为的是一旦一个地区被查，趁夜色跑到另外一个地界。设卡拦截坐享其成，成了拐五这群人的拿手戏。

这天，又到逢五排十的岔河集，一条大河分隔两个地区，积攒了一冬舍不得吃的东西，便在这里交换，当人走到这里，戴红袖标的人突然拦住，用割资本主义尾巴的名头没收。知趣的放下走人，不知趣的抗衡讲理，被带到队部小屋一关，等着上街游街示众，还要批斗作检查。

这些收缴的战利品，自然成了拐五那群民兵的囊中之物。怎么处理也有一套程序，一天没领导找，二天没有亲戚找，三天没有人上门找，基本全部归自己了。

拐六和他们不一样，他是负责小镇街道卫生的，他撅着个屁股，瘸着腿挎一个兜子负责收摊主的卫生费。

那是改革开放初期，市场经济刚刚繁荣，大批的私营个体户云集小镇，农副产品、牛羊肉、鲜活的水产品、鞋帽布匹、生活用品、农用物资、大牲畜，琳琅满目应有尽有，大队上为了维护街道卫生让拐六负责市场卫生。

他收卫生费有他的办法，一般收钱是在你交易正忙的时候，他挎个包，只要在你摊前一站，你就会自动地掏出块儿八毛的给他。你不理他，他也不理你，凭借着那条瘸腿一屁股坐在摊位那里等着你，谁也不愿惹事，也惹不起，只好交钱了事，这种现象一直持续了很多年。

拐狗，是小镇西街焰火会的会头，小镇有着悠久历史传统的灯会，他瘸着一条腿，凭借能说会道的嘴掌管着。

每年一到腊月，会头就要张罗着今年大会的事宜，借着镇上的一座菩萨庙，用自愿的方法，要各镇上的机关单位，买卖商户，家家户户都施舍钱财，周边邻村的百姓也都自愿捐钱，正月十五要张榜列单，大红纸上写上捐献的金额。

小镇上的焰火大会，是一个有着千年历史的传统，年年办会，年年花销，年年收支，新中国成立前是由庙产管理，新中国成立后由村里专属管理，改革开放后经济繁荣，会款才由几个人组成的民间团体管理，所有收支全凭一张张白条。在小镇焰火结束的正月十六，在百子庙前凭良心交账，自古有"百子庙交账玩完一个的习俗"，年年结余在个人手里有大几万元，到头来成了一本糊涂账。

生活也是一本糊涂账，虽然三位都是残疾人，但命运是公平的，后来民兵解散了，拐狗去看学校，而且娶上了媳妇，在学校度过了余生。

拐六在小桥边，开了一个修理铺，专修自行车和电气焊，买卖不错，一直单身在孤独中死去。

拐狗，在供销社做饭，供销社解散后，就过着养尊处优的生活，但始终没有老婆，一个人幸福地度过了后半生。

小镇自古就把欺行霸市的人叫半拉脸，半拉就是一半的意思，半拉脸是说一个人明一套暗一套，做事从不光明磊落。

　　实际上小镇上还有很多拐子，像南街的拐记来，东街的朱六义，北街的拐张纪，他们都是拐子，甚至比前三位还瘸得严重。而前三位都姓一个姓，都姓胡，后三位都不姓胡。

　　有人说，越是拴着的狗，越是疯狂，攻击性越强，散养放养的小狗反不咬人，狗养得像人是文明社会，人活得像狗是悲惨世界。听起来有些道理，活成仙的人，正像拴在主人手里的狗一样会咬人、吃人。

　　这是小镇上人人都知道的秘密，妖风太大所以称为拐三仙。

三仙并拐

情

一束光
照亮了每一个在黑暗中的心灵

音符聚光
——暮春的三月

　　清晨，还带着丝丝寒意，午后穿着厚重棉衣，怀着忐忑的心情，脸颊上落下汗水浸透衣角，化作了一个闪光点，滚落在心里。

　　今天应老舍文学院之邀参加刘恒主席的作品改编的《你是我的一束光》电影作品分享会，并携带着那本刚刚出版的《一生烟雨任平生》，走进了中国现代文学馆。

　　观看锯齿式胶带影像过后，细心寻找着原创的名字刘恒、导演王强。

　　我相信音乐是打开心灵魂的钥匙。

　　音符是音乐的阶梯，把你带入五线谱上，跳跃着融入人生轨迹，音符上迸发出的旋律中的亮点，记录着人生轶事。

　　那辆从北京杜家坎行驶而来的车，行走在高速路上，满载着才华追逐着梦想，驶向阿诗玛的故乡——云南。

　　远途的旅行的第一条五线谱上，闪烁着庸俗而又茫然的光点，为了追求那歌声中有节奏的声音，不同时代的五朵金花，绽放出声音中唱响的亮点。

　　也许是希望小学的基层教室里所固有的艺术教育爆出的闪点。

　　也许是同时代代表农村教育、乡村文化和专业理论的闪点。

　　也许是豪迈中追求健康快乐的闪点。音符迸发出不同时代人所向往的那片油菜花香，是新时代赋予的历史使命，一点最宝贵的闪点，在那片紫金兰花中，汇成一束带着青春梦想的闪点。

第二条线上，音符里迸发出使命最强音，是人生舞台上真实的自我写照，打通脱贫攻坚里那奉献精神的闪点。

也许是为了未完成的事业和使命，推迟自己的幸福婚期，而继续坚守在脱贫攻坚战的第一线，站在农村那片希望的田野里的闪点。

也许是被现实生活的节奏追赶，把旅途的家背在重重的躯壳上，内心装满对音乐的寄托和希望，在狭小车室内弹奏出生活的强音。

也许在奶牛场里争取一头牛犊，反应基层农民追求向往生活的闪点。

也许是孤独守候着那自欺欺人的爱，用吸烟来支撑着一女人背后坚强的闪点。

第三条线上，是人性寄托的那束光，在孩子心目中远去的爸爸，总在那微弱的信号里寄托和想念，电话安慰着幼小的心灵。

也许是母亲在家门口盼望着远方的儿子回家，眼中挂满的泪花，母子情深的闪点；

也许是妻子用女人顽强的意志力支撑着，带着满山遍野油菜花的芬芳，流露出爱的温馨闪点。

第四条线上，用树来寄托对远方亲人的情思，树是有着顽强的生命力，根深深扎在泥土里，对树的浇灌，是对亲人的哀思，轻轻地与树对话，告诉你，这里有你永远的家。冬天飘零的叶儿，是片片的情思，春天里，发出嫩芽儿，故人的幻想。

孩子在床上翻看着爸爸的一张张照片，离别时失望的哭声，勾画亲人思念的痛的闪点。

托起最后一条线上，那是故事的最强音。基层第一书记冒雨在转移边远山区群众时，遇到山体滑坡，泥石流淹埋了一

情

个基层的干部，一个鲜活的生命，留下了最辉煌的闪点。

那男主人在激流中奋不顾身，解救被大水围困的孩子，用一个普通人善良的心，舍生忘死地挽救这些希望的花朵，展现人性本能的爱。

托起整个音乐高潮的是那一行行走在脱贫攻坚路上的人的名字，一幅幅黑白照片里用生命抒写一个个党员的使命。有的人他走了，走在脱贫攻坚战的路上。有人依然在那胸前别着的党徽履行着使命，完成了这项光荣的任务，他的音符感动了中国。

在美好的音符里，你就是我的用很多闪点聚在一起的一束光，照亮了人间追求的爱。

回想起，当年我走在脱贫的路上，看着那孩子呆滞眼睛里，渴望求知的目光，没有理由推托，掏出行囊里的积蓄放在孩子手里。

没有见证就没有发言权。当年房山的"7·21"大洪水，我说着和电影里同样的那句"我从来没有见过这么大的雨"见证了洪峰中挺身而出的干部，在激流中抢险，用绳子拴在腰间，奋勇拖车的场景再现，他们没有怨言，只有勇敢，给他们力量的是胸前那枚党徽。

子雌孵卵

鸡生蛋，蛋生鸡，是经济轮回的不灭定律，企业家按这个规律发展壮大具有发展前景的企业。母亲在生活中，用鸡生蛋，蛋生鸡的方式养育了我们，养育了这个家。

童年时期的故乡是贫瘠的。大片大片的土地，种植着五谷，连成片的水坡洼地，支支汊汊的河流连着白洋淀，阴雨连绵的夏季大小河涨满水，丛丛的野生芦苇长满沟河两岸。河道里盛产小鱼小虾。苇塘边杂草丛中也是蚂蚱、蛐蛐等小昆虫繁殖的温床。当人从河塘走过惊动了这些昆虫，它们会迅速飞回芦苇荡里，然后一切恢复平静。若是等到夜晚，蝈蝈那花腔高音、蛐蛐的民族唱法和河边蛙鸣的美声，加上河边柳树上的知了的伴奏，是一场吵闹的音乐会。

我家住在河塘不远的一个高坡上，听惯了烦琐嘈杂的响声，母亲每天上工身体十分劳累，耕耘着属于自己的自留地，同时照顾我兄弟四个，贫穷而快乐的时代造就了穷则思变的想法。

开春，母亲为了改善生活，从集市悄悄地买了四只小雏鸡，用一顶草帽端回了家。用一个挖了洞的纸箱，铺上报纸，将小鸡养在里边，每到喂食时才放出来，小鸡又活泼又可爱，"叽……叽……"的叫声和毛茸茸的身子吸引着弟弟妹妹。母亲告诉我一定看好弟弟妹妹不要让他们乱动乱摸，鸡崽小，要防止耗子、猫之类的动物吃了鸡崽，不要轻易放出小鸡。那时弟弟小，不懂得轻重，总想用小手摸小鸡。

一天小弟一手逮住一只，小鸡蹬着两条小腿"叽叽叫"个不停，总想逃脱出他的小手，却被攥得死死的，越是蹬腿想逃小弟攥得越紧，激烈的叫声惊动了我们，赶紧进屋制止，已经晚了，小鸡停止了呼吸，耷拉着头，瞪着圆圆的眼珠，直挺挺地伸着两条小腿。小弟将小鸡依然死死地攥在手里，还不停地摇晃，呆呆望着手里死去的鸡崽，还不会讲话的小弟疑惑小鸡为什么不动了呢？看到我们进来，害怕的小弟终于撒手，把死去的小鸡崽丢在了地上。二弟急了怒吼着责怪小弟，吓得他放声大哭，嘴里还不停地叫着"妈妈……妈妈"，妹妹则想尽一切办法想救活鸡崽，但回天乏术。母亲千叮咛万嘱咐的要看好鸡崽，千万别喂食，千万别让弟弟动它，可万万没有想到，事还是发生了。

我知道，作为第一责任人，会得到母亲的责怪和惩罚。早早准备好应对母亲严厉的处理。那年我九岁，妹妹六岁，二弟四岁，小弟刚刚会走。

母亲拖着疲惫的身体从地里回来了，一进门就看出了不对劲，鬼心眼儿的二弟机灵地藏在门后，小弟见到妈妈后委屈地哭泣着扑在母亲怀里。妹妹急忙地向母亲汇报。我呆呆立在母亲面前，直挺挺地等候发落。

母亲抚摸着小弟的头，问起发生了什么，妹妹把经过说了一遍，母亲急了，责问我："跟你说了没有？让你照顾好弟弟妹妹，看好小鸡崽，为什么不听？"母亲抄起炕上的笤帚疙瘩，高高地扬起轻轻落在我屁股上。嘴里还不停地教训："还敢不敢动了？"我赶紧求饶："再也不敢了。"这还没完，母亲又叫过妹妹，二弟，小弟说："你们谁再敢动小鸡崽，我一样打你们，小鸡养大是给你们下蛋吃的，一定要保护它们。"

从此三只小雏鸡成了保护的对象，每天母亲精心地喂食用水泡过的小米，从不喂水，母亲说怕撑着小鸡。每天中午要放出来晒太阳，在院子里自由的活动，小鸡们用小脚刨松软的土地，寻找可食的食物。

　　渐渐地纸箱装不下三只半大的鸡，母亲从集市上买了一个用柳条编的鸡笼，每到天亮母亲就会把笼搬到院子，三只鸡会自由地从笼子蹦出，伸伸腰，蹬蹬腿，扬起头跳出鸡笼，等待着母亲准备好的早餐。鸡越来越大了，从雄壮和温柔的外表不难看出这是一只公鸡两只母鸡，在母亲精心照顾下，一只大红公鸡，红红的鸡冠，垂下金黄色的翼翎，长长高翘的黑尾足以证明雄性的骄傲。另两只是黑里透白的芦花鸡和雪白的雌性温柔母鸡。

　　鸡渐渐长大了，食量也开始增加了，秋天的农村田野，多了些可以选择的昆虫，母亲每天早晨照样增加那把玉米，使它们长得特别快。公鸡如同一个白马王子，照顾着两只漂亮的公主——一只叫芦花另一只叫白雪，偶尔公鸡从松软的泥土里刨出一只小虫子，它"咕咕"地招唤母鸡吃，母鸡自然领会意思。

　　母亲总在鸡笼打开前，习惯抓起一只的翅膀用手抠鸡屁股，母亲告诉我们开二指裆了，鸡快要下蛋了，母亲为了保护鸡蛋，在一个偏僻的墙角放上一筐篮，里边放铺上了柔软的花秸。等待着母鸡下蛋。

　　一天，"咯咯哒、咯咯哒"的鸡叫声惊动了母亲，母亲放下手中的活匆匆地跑出，母亲赶紧抓上一把玉米奖励生蛋芦花鸡。下蛋的消息并惊动了我们，下蛋了，下蛋了。也惊动了家里那条大黄狗，它惊奇地汪汪叫了起来。母亲拿起玉米秸向狗追去，万物皆有灵性，它看主人对下蛋母鸡如此爱护，它也改变了态度，从此成了这三只鸡的保卫者。

　　鸡下蛋了，我们总想哪天母亲给我们改善伙食，奖励我们兄妹。可当数到第六枚蛋时，母亲依旧没有行动分给我们鸡蛋。

　　母亲珍惜每一枚鸡蛋，鸡蛋都装在用草绳编的筐里，用绵

　　　　　　　　　　　　　　　　　　　　　　　情

绵的布盖好，锁在长长大柜里。我猜不出母亲的心思。

冬天，一场大雪覆盖整个村庄，小院也房前屋后被大雪掩盖。三只鸡被请进堂屋，母亲给了我一项任务，除给鸡喂老玉米豆外，还要把大白菜帮用刀剁烂装在盆里放到有阳光的地方，为给鸡增加营养改善冬天的伙食。天冷鸡停止了下蛋。

过年了，盼来了一年才能吃上的猪肉炖粉条白菜。大年二十九晚上，母亲打开了封锁的大长柜，"吱呀，吱呀"的开柜声，惊醒了似睡非睡的我。眯着眼睛看母亲小心地端出满满的一篓子鸡蛋，上边盖上了软绵绵布单。母亲一枚一枚放在灯下观看。我好奇地睁开眼睛问："妈，你在看什么哪？里边有小鸡吗？"她笑着回答："是。"母亲在看里面的鸡蛋有哪些可以孵出小鸡，禽类繁殖是靠公鸡踩蛋，只有公鸡踩卵才能孵出小鸡崽，所以用灯观察查卵蛋。母亲拣出几个放到碗里，其他又安全地锁进柜里。

腊月三十的年夜饭，最隆重的环节就是点灯上香祭祖，红红的灯笼，红红的对联，红红火火的年夜饭，全家坐在一起，除了丰盛的鱼、肉之外一个大碗里装着母亲染得红红的鸡蛋，母亲告诉我们吃饭时每人只许拿一个。

春天来了，万物复苏，在蒙蒙细雨后的晨雾中，拉开了春天的大幕。一切恢复正常，院内的枣树上长出金黄的小花，淡淡地散发着香气，河塘的柳丝飘荡着金黄的枝条，如妙龄少女的金发。河坡上的芦苇也急不可耐地露出绿色茸茸的小头，三只鸡奔啄着春天带来的嫩芽儿，小黄狗警觉着观察四周的动静。

春天是美好的，春是暖和的，万物复苏。泥土里蠢蠢欲动的生灵，等待春雨松软后破土而出，接受春天阳光的沐浴，开始新的生活。

母亲也开始了一年的劳作。一天，她发现芦花鸡羽毛蓬松尾巴上翘。颈部羽毛会竖起，而且发出异常叫声，偶尔会对

子雌孵卵

小黄狗进行攻击，出现狗跑鸡追的现象。母亲知道芦花开始抱窝了，她打开神秘的大木柜，又开始了她那神秘的鸡蛋探索。而且这次选了两个大筐，里边铺上厚厚的一层破被子。每筐整齐地码放了二十多枚鸡蛋，母亲告诉我们这就是芦花和大白孵化小鸡的温床。

温床一只放在火炕头，另一只放火炕尾，上边盖一床破被子，芦花开始了孵化，屋里保持着温度，芦花偶尔跳出去拉屎，母亲精心伺候着母鸡，给母鸡准备了我们都舍不得吃的小米。就这样静静地等候着。母亲告诉我们走路要轻手轻脚，不要大声喧哗，更不许串门的人进里屋。几日后大白也进入同样的状态，可金黄的大公鸡急了，每天都想进屋，赶都赶不走。

等待是漫长的，掰着小手一天一天地计算，二弟伸出小手总想看个明白，母亲用有力的大手打了回去，手指着嘴提示不要大声说话。

二十多天后芦花终于从草筐里跳出，而嘴里还发出"咯咯咯"的叫声，一群小鸡崽摇晃着身子，"叽叽叽"地走了出来，跟在芦花的后边，望着浩浩的队伍，母亲惊呆了，我们惊呆了，小黄也惊呆了。没有过几天大白家的鸡崽也参加了队伍，而且各分一路互不参与，走在开满槐花的五月。母鸡精神抖擞，两只圆圆的眼睛死死盯着小黄，像是在说你要敢有非分之想我就跟你玩命，小黄狗摇着尾巴，像是在说不怕，不怕。

芦花和大白两筐鸡蛋孵出四十多只小鸡，孵化率非常高，把母亲乐得合不上嘴，问小弟敢不敢摸，他摇摇头，说"不敢，打屁屁"。

夏天是芦苇茂盛，荷花开放的好时节，华北平原金黄的麦浪起伏，一望无垠。开镰收割的时节，大麦场上劳动的乡亲聚集。此时半大的雌鸡，在麦收场上机械般奔啄着遗落的麦粒，偶尔有人喊上一声，"啾啾啾"，鸡迅速地退去，一会又回到麦场。丰厚的粮食促进了小鸡发育，短短的几个月成了翼毛鲜艳的大鸡群，四十多只鸡在老公鸡的带领下发展成势不可挡的大队伍。

鸡笼已经满足不了鸡群的居住，母亲动员我们依墙建了一个三层的鸡舍，下层用柳条编织成带孔的网子，为的是掏鸡蛋。中间住鸡留两门，用板当门，最上层有五个下蛋的窝，里面铺上柔软的麦秸。

凌晨，最早醒的是公鸡，先听到第一声鸡鸣，接着鸡舍所有的公鸡和村公鸡开始一起鸣叫，狗也随着叫，牛羊也亮开出各自的高音，这就是农村的清晨。

母亲早早地起来给鸡配食。现在正是鸡瘟传染高发期，母亲用红酶碾成面拌在鸡食里，并增加健康食物，保障卫生条件。勤奋的母亲除正常田间劳动外，照顾我们，照顾家里猪、羊外特别关照这几十只鸡，他们已经能分辨出公鸡母鸡。

每当母亲打开鸡舍门，鸡群冲出奔向食盆，磕头般啄食。偶尔公鸡顽皮地挤压弱小的小母鸡，母亲会毫不客气地打它。天性顽皮的公鸡总欺负母鸡。

初秋芦苇荡边，各种昆虫都出来活动，这正是鸡的最好食物，可促使它们快速成熟生蛋。每天都有鸡生蛋，母亲就要捡上五六个。偶尔饭桌多了一道大菜——西红柿炒鸡蛋或黄瓜片炒鸡蛋。此时母亲让我们去池塘边撸草籽，说要想多吃鸡蛋，要为鸡过冬储备粮食。

中秋，银色月光洒满了故乡的小院，金黄的玉米整齐码放在窗台屋下，红红的高粱穗堆积成小山。胖胖的菱瓜坠落在架下。桌上摆放着苹果、鸭梨、月饼、毛豆、从白洋淀打来的垮炖鲤鱼和用盆盛出的鸡块。

这盆鸡块是母亲咬牙狠心杀的那只老的大公鸡。也是弟弟常说的公鸡爸爸。母亲为杀它前三天就给吃小米细粮，偶尔

子雌孵卵

把粥饭给它吃，杀鸡的前天晚上还落下泪，说它繁殖出这么多鸡崽也不容易。

母亲是个善良的人，从不杀生的，为了杀这只大公鸡，母亲托街上收鸡的小贩杀，小贩不肯，最后答应卖给他两只小公鸡他才答应。并且要扣三毛钱的加工费，母亲勉强同意。小贩拿一个长杆的超子，母亲撒下食引诱鸡群，小鸡很快逮着，母亲指着那个又大又高的公鸡，只有它最难逮，用食引诱不上当，总躲避得远远的，当抄鸡网落下它飞向高墙，当你追到它，它又飞更快，最后在大家齐心围捕下在墙角处逮着。

人与动物都是有感情的，除母亲伤心，小弟弟哭闹："不要杀大鸡官，不要杀大鸡官。"我们都含着一种悲伤难舍的情绪，但抵不住嘴馋。

鸡勾肉，是故乡最美的食物。一大盆端上桌，凭着嘴馋的我们，都拿着筷子不愿第一个伸手夹那盆鸡肉。母亲抹下眼泪，说吃吧，母亲夹上一条腿给了老爸，又夹一条腿给了小弟，母亲没有吃一口，整整一盆在一家人风卷残云后只剩下汤。而母亲除了给爸和小弟夹了一块外，母亲没有动筷子。

母亲对她亲自养大的这群鸡是有感情，母亲精心饲养积攒的鸡蛋，是要拿到集市换成钱。逢五排十的早市上总见母亲提着一篮子鸡蛋卖给路人。这补贴了我们的生活。

生活从来是不平淡的，往往在痛苦中寻找弥补良方的时候，生活在你伤痛处撒上一把盐，莫名其妙地给你更沉重的打击。

天渐渐地凉了，西下的夕阳照着池塘，枯黄的芦苇显得那样脆弱，一点星火就能点燃，残败荷塘折下腰的残败莲蓬，干瘪空虚地低下了头，皱褶的荷叶也没了昔日的青春绽绿，一只红嘴水鸟立在荷茎上，悲观失望地望着平静的水面。只有那群鸡在芦苇丛中努力地刨寻着所需要的食物。

情

夕阳下，天暗了下来，鸡群陆陆续续开始回家，母亲站在门口，"咕，咕，咕"召唤着她那些宝贝，鸡进门时她一个一个用手指点。突然，她抖动一下手重新又数，顺口说出了没有看见大芦花。芦花是老鸡，眼下这群鸡崽都是它的子孙。

　　母亲顺着苇塘的小路开始寻找，嘴里不停地叫着"咕，咕，咕"。晚秋的天已经黑下来，母亲再次回到鸡窝清点数量，还是只缺大芦花，母亲发动我们在田园、沟壑、草丛中寻找。

　　漆黑的华北平原在风中显得苍凉，母亲提一盏马灯，手拿一棍竹竿，边走边"咕，咕，咕"地叫大芦花，竹竿敲打着柴草垛，走到谁家口都会问一声，"他二婶，看见我家大芦花了吗？""他二哥，看看我家大芦花跑你家了吗？""他大娘，有芦花鸡在家吗？"四街二巷问了个遍。母亲不间断的吆喝声，悠悠地冲破笼罩的黑夜，在空旷原野上回荡。那微弱的马灯照亮前方的黑暗，而背后的影子是如此的巨大，这就是我伟大的母亲，我多年想起仍情不自禁地流泪。

　　四季轮回，大雪封闭的大地，白皑皑的村庄，袅袅炊烟散发着青涩的玉米秸燃烧的味道。华北平原又度过了新的一年，兄妹们穿着母亲做的新衣服，高高兴兴地等待着年后的开学，听到母亲开柜的吱呀声，就知道母亲在倒腾存储的鸡蛋换钱。街坊邻居有人向母亲借上个块儿八毛，都称母亲开的是鸡屁股银行，开玩笑地告诉母亲"咯哒，咯哒，咯哒"一响黄金万两，母亲笑了。在那个贫穷的年代把鸡屁股当银行的不只咱一家。母亲用鸡蛋养育了我们，培养出一个又一个学生，实属不易。

　　多年过去了，养鸡下蛋的哲理没有变。经济学家都知道这个道理，我也在经营企业中获取了经验，鸡生蛋，蛋生鸡的理论已经成了经营企业的法宝。

子雌孵卵

茗听净莲

　　心中有茶，专心者能得其三种滋味，何为三种滋味？初品乃苦味，包含着人生初始的痛苦。其二是香，滚烫之水浇落，不惊波澜，叶子散发出花香气息，令人怦然心动，可谓人生之大悦。其三是久泡之后其淡淡的雅静，似如老辣苍劲的古画，纸墨素颜勾线虚实，小桥流水古柏曲径，让人浮想联翩。

　　夏日的天瞬息万变，一片巴掌大的云彩也许带来一场雨。此时正是炎夏，心热焦躁时，知了更鸣得不停，更加让人心烦，回到故乡的老菩藤树下的凉亭，与硕大的荷花缸相依。汉白玉的栏杆，让不大的小院增色不少。

　　故乡的小院是生我养我的地方，当闲暇回到装修一新的仿古小院，只为休闲纳凉静心安神。藤椅和几块方石围成的小石桌，能让人心安，沏上一壶茗茶，等待着四方邻里的到访。

　　善饮茶的人都知道，茶有茶道。看过鲁迅先生《喝茶》文中说"喝好茶，是要用盖碗的"。于是用盖碗，果然泡了之后，色清味甘，微香而小苦，确实是好茶叶。而故乡的小院常有人到访，藤萝下的石桌上放的小嘴大肚细瓷的茶壶，虽说不讲究但也不失文雅。没有杯盏，只有青花敞口小碗。沏一壶祖辈传承，老北京人人爱喝的茉莉花茶。依靠竹藤椅，品味着从壶盖溢出的清香，斟上一碗，神仙般地眯着眼睛等候着第一口润喉。

　　荷花大缸里的莲花正逢旺时，六七片大大的叶占满缸口，唯有那两朵荷花不甘萎缩，躲避叶的压抑脱颖而出，一朵含

情

苞待放，一朵带着粉的颜色羞涩绽放。我从眯缝的瞳孔中欣赏着，荷花在风的唆使下蹁跹起舞，它那含蓄的柔情里带着靓丽和尊贵。不知为何想起隋杜公瞻诗《咏同心芙蓉》曰："色夺歌人脸，香乱舞衣风。名莲自可念，况复两心同。"切忌茶凉，起身斟上一杯，不热不凉正温可口，管它品与喝，满口清香，似雾浮云腾空的热气，夹带着茉莉花的香气覆盖了小院，与院中那两缸荷花融合在一起，令我如仙人般享受着。燥热，用硕大的蒲扇清除暑气。壶中冒出香气被风夹着弥漫在空中，飘过了藤架，飘过瓦顶飘向天空，融在大自然的空气中，带走了香气和沉思的灵魂。

不由想起母亲同样在一个春天的小院，在小院临墙的边角开出一条土地，四周闸上倒立斜角的砖——约高出地面二寸，再垫上半发酵的粪土，种上蔓植的瓜豆，绿植和方田看上去规整漂亮。夏天雨季滴下的檐水，经过返水流入低一处的方田，水满至二寸从斜角的砖口流出，场场雨水都能浇在秧苗里。

记得高考那年，考期将至，为了临阵磨枪，母亲为我沏上一壶浓茉茶提振我的精神。母亲拿蒲扇坐在我身旁，不紧不慢地扇着凉风，一会给我倒上一碗让我喝，喝茶人都知道，刚泡的茶带着芳香和苦涩，但喝后会精神大振。提神后我对那篇古文《曹刿论战》的记忆更加深刻，尤其是将"夫战，勇气也。一鼓作气，再而衰，三而竭。彼竭我盈，故克之。"将这句话融入心中。

农村的夜是漫长的，母亲在地里忙活了一天，回家照顾我兄妹几个，忙完陪我读书，应对高考，坐着坐着自然打瞌睡，我听到母亲的呼噜声，就想停下歇息片刻，母亲这时醒了，严厉地告诉我，不许停，只能打起精神继续背诵，当出现错句或背到前言不搭后语时，母亲会告诉我，不对，重来。当落下一字时母亲警示我丢了一字了。我会强忍坚持背诵，当我也打瞌睡时她拿蒲扇拍我一下，让我喝口茶。嗯，茶喝多了也会撒尿。此时来到小院，打开那十五瓦的灯，望着寂静的夜色和阴沉的天空，心里充满无限的自愧和后怕。

天渐渐地进入死一般的宁静，仿佛一根针落在地上都能听到。阴沉的老天再也憋不住了，突然一声沉闷的雷声后豆大雨点打在窗外繁茂的绿叶上，"吧嗒，吧嗒"，似如那一通战鼓在促人振作精神，母亲起身告诉我别怕，老天在给你助阵。我静下心听着雨声，伴着茶香，认真地背"吾视其辙乱，望其旗靡，故逐之"。

时光流逝，溪流聚集成小河，汇入大江，流入大海，只是留下支离破碎的记忆，在闲暇时会想起，也许是挽不回遗憾，也许是记忆中的碎片，记得母亲陪我背的那首古文，正是考题的正文。幸哉，是那壶茉莉花茶的提振，是母亲的鼓励，是那阵拍打在绿叶的雨声，给了我无穷无尽的力量，提升了我庸俗的智慧。幸哉，乐哉。终于榜上有名。

当初母亲重复一句教育孩子的名言："万般皆下品，唯有读书高。"母亲的文化是故乡的村里最高的：高小毕业，应相当于现在六年级。而且母亲写得一手毛笔字打得一手算盘。母亲的口念账，无人能比。她的家庭在故乡算是排得上名号的，家里有几十亩地，镇街上有买卖，上有哥哥姐姐，下有弟弟妹妹，母亲小天资聪明，学习上进。可母亲因姥姥生病，不得不辍学，姥姥故去，母亲的哥哥去朝鲜当志愿军，姐姐为冲喜早嫁，姥爷做典当买卖无法顾家，母亲从此与学习无缘，养成孤僻性格不善言辞，内心却积极向上，怀着一颗努力向上的心，来维护我们这个家。

母亲走了，走得匆忙，我还没来得及好好孝敬她，这给我留下无数的遗憾。

原来回故乡有母亲在，直接回家推就喊"妈，妈"，一直

情

喊，无数次都是喊妈，偶尔喊爸，也是带着我那句"我妈呢？"父母走了，就没了家就没了故乡。有一年一个亲戚结婚请我参加，头天晚上说的，我就早来了一天，酒宴散后亲戚说住在他家，我说不用，还是回自己家吧。当我费劲打开生锈的锁，推开门的瞬间我都呆了，苍凉的院子里长满草，母亲开出的小方田早被野草吞没。院里疯长的树杈遮住半个院子，阴森森的，推开房门，看里边床上一片狼藉。厚厚的尘土盖满整屋，红漆大柜也裂开一道大缝，已经无法住人。我悄悄退出，关好门，只有另选住处，亲戚家不好意思再回，只有开车去县城宾馆开房暂住一宿。

晚上一夜未眠，我想一定要装修故乡的小院，留一个既安身，也安魂的地方。

第二年春天找人修缮了小院，并与小方田搭上了藤棚，把小方田用大理石圈起，中间放上圆形石桌带上上好的茶，经常回故乡的小院小憩。

回忆中泪水情不自禁从眼角流出，顺腮而下直至嘴唇，在泪水的苦涩中品味出人生，品味即将失去的记忆。

突然，天上下雨，雨点落在芭蕉扇上，也打在棚边的荷叶上，雨点把人催醒，立起身望向天空，晴空万里，巴掌大的一个云，却下如此大的雨，想起哪位诗人曾写"一声梧叶一声秋，一点芭蕉一点愁"。

雨点打在身上有点凉爽。未等反应雨线又随着天上的那片云渐渐远去，消失在视野里。

此时心情平静，随口诵出苏轼《定风波》里那几句："莫听穿林打叶声，何妨吟啸且徐行。竹杖芒鞋轻胜马，谁怕？一蓑烟雨任平生。"

这就是人生啊。

小河柳荫

——村支书漫谈

清明，踏青祭祖扫墓是传统。虽然从农村老家出来四十年了，虽然村里只留下几间容身的老屋，可逢节假日总想回老家。

刚进村，正值春季，河岸两边在植树，这条古老的河在华北中原的自然村，不知已经流淌了多少年，河流涓涓不断供给故乡，滋润柳行出绿茵。我爱家乡，我爱故乡的泥土，我更爱故乡土地上生活的那群人。

当车停稳在植树的人群旁，有位中年汉子，分发着树苗，从远处便认出他是我村年轻的书记徐志奇，说他年轻是因为他比我小，论乡亲辈我还要称他叔，见他总客气地称他"志奇叔"以示尊敬他，他是我们村最好的带头人。

上次回村和他交谈，说到了乡村振兴，深感到他对作为乡村振兴带头人应该做什么，支部书记怎么担当，在乡村振兴中，基层支部书记应该怎么做有着自己的见解。他认为："当好编剧，学习先进、用心观察、深入思考、征集民意，做好村庄可持续发展的长远规划。"

当他谈到自从家乡成立雄安新区以来，虽然叫停了农用建筑建设，但不能停止民生福祉。村集体规划受到了调控，为了百姓出行，他找乡里，跑县里，改善了一条晴天一身土，雨天一身泥的马路，建成了市政配套设施，改善了长期以来雨水自流的污水管道系统，并更换了自来水供水管线。宽阔的马路安上了路灯，不知不觉中缩短了乡村和城市差别。

情

暮春，天气渐渐变暖，清澈的河水流淌在家乡的小河里，回到老家心情愉悦，我不由自主地下车和徐书记搭讪，他回说："回来啦，是应该常回家看。"话间信步走在柳树边，双双坐下攀谈起来。

　　我问："志奇叔你是如何看待当前乡村振兴的。"

　　他说："乡村振兴主要的是人才振兴，在乡村基层工作要当好制片人，筹建议、筹资金、筹人才，整合各类有利于村庄发展的资源，导入到乡村振兴中。"

　　是呀，志奇叔是退伍军人，他是在部队入的党，自从他进入村委会，所做的工作就是使干部的年轻化，管理的信息化，村治理的专业化，同一批有志向、有责任心的年轻干部共同战斗。

　　我问："你是如何在当前雄安新区发展中带领村干部完成乡党委的政治目标的？"

　　他说："当好导演，认真领会各级党委的指示精神，引导村民改变观念、调整思路、统一思想，用行动带领乡村干部群众，支援雄安新区的基本建设，在村里转包土地，建设千年秀林工程，在大片的土地上种植树木。"

　　雄安新区的万亩千年秀林，离不开干部群众的大力支持，多品种的树植增添了地域文化的特色，负离子使生态环境得到了改善，百姓生活在优美的环境里，感到了时代带来的幸福。

　　我问："你身为村支书如何敢于担当？"

　　他回答："当好演员，拿出作为党员应该具备的素养、责任、担当，以身作则做好支部书记带头示范，发挥榜样的作用。"

　　我问："如何提高百姓的幸福指数，让百姓感受到家乡巨大的变化。"

　　他说："基层领导干部应该把群众的所需所想挂在心上。为提高农村的文化娱乐水平，在村中心修建了健身广场，每晚村里跳广场舞的人，都悠然地跳动时代脉搏，抒发情怀。

村委会利用村边闲置土地建设公园，种花种树，村民漫步在优美的环境中，感受到了幸福。"

我问："如何保证农村增收问题？"

他说："领导干部应为农民基本生活保障出主意想办法，我家乡是优质红薯生产区，村里主动联系市场，使其和农民挂钩，当好运营总监，乡村振兴最终的目的，就是将村庄的各类产品吆喝出去、推广出去，人进来，货出去。要卖座、卖好价。岁数大的农民安排到村集体的组织，如担任护林员、安全巡逻员、环保员。他们通过劳动都有了自己的收入，六十岁以上的纳入农村社保，大病小病可报销，并在村建立了村级合作医疗，基本小病不出村，大病有乡级市级卫生保证体系。"

我与志奇叔一番交谈，看到了农村发展的希望，自然心情愉悦，惦念家乡的心一下落地。

家乡是一片肥沃的土地，人们在这里一代又一代地繁衍生息，京津冀协同发展规划把这块土地纳入雄安新区的核心地区，四通八达的交通网络贯穿这里，雄安新区的高铁站在核心区内，它的地理位置正处在京津冀等腰三角形的下边。它以高速发展势头迈向世界大都市发展。

情

故乡冬塘

　　华北平原上的白洋淀，是一个是富饶美丽的鱼米之乡，四季分明，暑去寒来。

　　冬天来了，天气早就没了一丝暖意。严冬的乡村，寒冷而寂寞。北风抽刮着一望无际的田野，枯草在荒野里哀号，翻卷的尘土让田野变成灰蒙蒙的一片，这就是我儿时北方故乡的冬天。

　　常言，秋忙冬闲等着过年。那个鼓足干劲大干快上的年代，人们似乎永远忘了季节的变化，冬天也闲不住，冬闲时节还要去挖河清淤，这样既可以疏通渠道，又可以获得庄稼极好的底肥。如果没河可挖，人们甚至宁愿去清理水洼、鱼塘，反正不会闲下来。大人们都在忙着挣队里不足毛儿八分的工分。

　　村里孩子自然照顾不过来，好在乡村危险的地方不多，孩子们可以到处疯玩儿，倒也逍遥自在，不过偶尔还是有危险的事情发生的。

　　村子的西面一条大河通向白洋淀，下游支支叉叉水道形成了村里用土时清淤的大坑，有大片鱼形状的鱼塘，中间有一条窄窄的小路。夏天河边芦苇郁郁葱葱，池塘内盛开着鲜艳的荷花，硕大的荷叶平平浮在水面。但在当时，因为每年冬天都要挖塘泥，荷塘的莲藕也被挖出，留下了大片的水塘，水塘的水是很深的。

　　据说那里面，有一只长毛绿眼的水鬼，总神出鬼没地出现，但捉鱼时却又总是捉不着，大人们说是已经修炼成精了。于是在孩子们心里对这地方就很害怕，夏天游泳也宁可到很远的地方去，也不愿意在这个鱼形池塘玩耍，现在想来，这应该是大人们为了安全，故意吓唬小孩子而编造的故事。

但是一到冬天，塘面上结了厚厚的冰层，便清除了我们的恐惧。抽陀螺、滑冰车，池塘里总是弥漫着孩子们的欢声笑语。

那一年，我已经有十来岁，早上起来穿上棉衣正在吃饭。忽听邻居的好朋友喊我，于是我就放下饭碗匆匆跑出去玩了。当然又是去了鱼池塘，在冰面上抽起了陀螺。但玩了一会儿，我忽然觉得没有意思了，所以在冰面上悠闲走着。来到冰面中央，村里每天早上都要凿一个给鱼喘气用的大窟窿，在窟窿边上，我看着蓝色的池水出神。忽然，一条小鱼浮出水面，我惊奇地看着，真希望它能蹦到冰面上来。可那条小鱼换过气后，又摇头摆尾地游进水里去了。

我失望地站在那里发愣。忽然一个念头在我的心头一闪，我兴奋地拔腿向家里跑去。这时爸爸妈妈已经上工去了，但家门是不会锁的，我进了门，很快就找出了妈妈捞面条用的笊篱，又找到了一只小瓶，带上便飞跑出门。伙伴迎着我出来，见我这个模样，惊奇地问我要干什么。"干什么？我想捞俩鱼儿，卖俩钱儿花！"我一边得意地说笑，一边还在飞跑。"别掉下去呀！"小伙伴在后面喊着。

来到冰窟窿边上，我瞪大了眼睛盯着水面。可惜，连个鱼的影子也没有看见，等了好半天也没有再见到鱼。不一会儿我就没信心了，渐渐地失望了，想收摊儿不干了。谁知，就在这时，一条白色的小鲫鱼儿，忽然一下闪了上来！我真是大喜过望，立刻悄悄地伸出了笊篱。可是那条小鲫鱼儿，似乎很快察觉了危险，突然又转身向水里扎去！我急了，来不及多想便猛地一抖手腕，向那小鱼抄过去！

扑通一声，一口凉水已灌进了我的嘴里。我掉进了冰窟窿！我下意识地张开手臂，幸好正架在冰沿上。就在我做最后一搏的时候，由于身体失去了平衡，滑进了冰窟窿。

我当时已经完全晕了，连呼救都不知道。还是在不远处玩着的伙伴，发现了险情，一边跑过来揪住我的胳膊，一边大声地呼救。

然而这本该很热闹的地方，这天却没有其他人，也许是我们出来太早了。我的棉衣很快渗透了水，身体在慢慢下滑，拉着我的伙伴也越来越吃力，但他仍然拼命拉住我不放。

终于有大人听到呼救赶来，这才把我从水里拉了上来。我得救了，小伙伴却累得一屁股坐在了冰面上大哭起来……

晚上，爸爸一边给我烤着棉衣，一边对妈妈说："鱼池塘刚刚清过淤，现在少说也有两米多深。"我在旁边听了，感到非常后怕，那时候我还不会游泳，差一点就成了水鬼的早点。说到这里，爸爸又接着感慨地说："要是当时一溜到底，或是没有人及时来救，这孩子怕是早都埋了。"吓得妈妈落下泪来。

从这以后，我的行动开始受到了限制，一切危险的地方都被禁止去了，但我还是很快就学会了游泳。村里真的淹死过几个小孩子，我就曾亲眼见过。被淹死的小孩，只是裹上一片破席头儿就埋掉了，看着他们的样子，我总是感觉特别后怕。这件事我至今都还记得，那惊险的一幕还时时闪现在我的眼前。

我记住了父亲的话，遇事要慎重考虑再做，不然后悔莫及。

知秋萧瑟

连日阴雨，空气却异常闷热，人说，快立秋了，这是夏天的回光返照。果然，立秋那天立刻就清爽了，再也没有了黏糊糊的感觉。季节在交接，明显地感觉到差异，雨中没有觉察到寒冷，清爽却悄然来到了身边，提振了人的精神。

蒙蒙细雨，足不出户，不过即使出去，也未必看到明显的景色变换，因为秋天是逐渐转凉的。所谓"贴秋膘"就是加强自身免疫力，不是直接就把肉贴上去的。而是慢慢吃出的吸收过程。

雨过天晴了，望着远山心情好了许多，恰好一本新书《方山欲语》要签约出版，心情也舒畅，因此要出去释放一下心情。不觉一脚就踏进了秋天，雨后的空气非常清新，初秋的艳阳一点不逊色于盛夏，但是阳光再没有了往日的毒辣。秋高气爽，心情愉悦，反正阳光带给我的感觉只剩下了明媚，再也没有什么酷暑难耐之感。

信步走来，一路悠闲地欣赏花草，看不出初秋与夏天有什么不同，谚语"立秋十八天寸草结籽"，掐指略算大概还没到时节。忽然想起，草木知秋，何况人之常情，因为人生只不过几十春秋。

不要以为人也可以四季轮回，如草木重生，感觉还有来世。重生的草木，已经是焕然一新的生命体。任何生命都不可能回到从前的时间，人生和东流的溪水一样不能返回，因此才

情

有秋幕渐落的感叹："逝者如斯。"

自觉年龄越大，自身的稳定性也就越是缺乏，人的最高层次就是接受现实的命运。不可能还有转世轮回，只有珍重此生，人生才有可把控的可能。不用因此悲哀，种族在延续，当我们进入秋天的时候，子孙们已经开始了春夏，哪怕我们泯没在冬季，还会有我们血缘的种子，在下一个春天等待萌芽……

人生有如四季，人也就好比草木，一样始于春的生机，发展于夏的蓬勃，终于秋的收获，等待冬的安详我们生而为人，死而为仁，不要浪费天赋，枉此一生。

虽然，有一丝成就感，一切客观的环境造就了今天的状态。对一切过去，没有抱怨，更没有追悔，一切都是苦其心志的结果。在自己的人生中等待秋天的收获。

秋季，收获的季节，秋天是生命最辉煌的时段，难道春夏的生长，正是为了这秋天的收获吗？为什么有人因秋伤怀？其实秋不过是四季中的一季，而且"立秋半夏"，那是四季中最好的时刻才对。要联想"夕阳无限好，只是近黄昏"，想想可能是许多人触景伤情，那是把自身的失落，融入了这凄凉的秋天。

一年四季都是风景，在不同人眼里，因为不同的自身状态而感觉着差异，迎接过程和结果，感觉上往往相反，最悲惨是伤秋，是收获季节里的失落。秋天本来应该最辉煌，在这样的季节失落，说明自己在之前有失理性，虽然秋后还可以生长，但生命未来的时间已然不多。生命的进程本来无所谓喜还是悲，因为生命的状态不同，因果才有了现实差异。

秋天里没有收获，生命状态已经是一种失败，一切都有因果，与其伤秋不如调整自己的心态，毕竟人生有更根本的含义，要有现实的基础。一切成就，已经不需要更多的奢望，一种自然而然的平和，不争之争才是争的最高境界，在哲学上是并归两极之中混沌。

到了黄昏，不妨只悠闲地去赏夕阳，如果存有长生不老的妄想，只能说明缺乏理性，它除了带来崩溃的感觉之外，实在没有一点好处。

虽然走出了自身经历的围城，但是必要的亲历也是必需的，今天的成绩我已经很欣慰，曾经的挫折不过是对我的磨砺，人生之路总是开始在秋天。

签好协议悠闲漫步在阳台，瞭望石河大堤，极目大石河水缓缓南流，一马平川一望无边际的庄稼硕果累累，不禁心旷神怡，再看停工废弃的工厂，我们依然在发展，一种踌躇满志的情绪油然而生，秋天真好。

是啊，秋天到了，一个终于可以收获的季节，天道酬勤，而今没有理由低沉。人都可以有这样的感觉。人生有许多的秋天，时间细化了许多过程，每一个小过程都在不断收获，去年歉收了，今年又怎样？反思自己去争取来年的收获吧。

书箱记事

　　立志有为从读书开始，多读些书从中借鉴书中之文气，用名人的话，就是借别人的瓶装自己的酒，借助从书中或因书而得到的生命感悟和激情，去抒怀。

　　故乡是放飞人生的地方，也是人总想回归的地方，也许这就是常说的叶落归根吧。渐渐地人已老了。

　　离开故乡四十多年了，自从父母故去，故乡老宅成了梦里去的地方，随着白发增多，回归故乡的想法越来越强烈。那年春天萌生了修复老宅的想法，当打开锈蚀斑迹的大铁锁，推开屋门，厚厚的尘土已经掩埋了旧日的吵闹，破旧家具中只有书箱迎候着它的主人，心里几度酸楚泪水落下，默默说"我回来了"，难解的书箱之缘，进入回忆。

　　童年是快乐的，爷爷从供销社玻璃柜里，买回一本本四方形的连环画，故乡称"小人书"，俗称"小画书"，听着收音机里和庄上高音大喇叭播放的样板戏，再和小人书的画片对比，从语言和画面动感对照，这可能是文学在我心中的早期的开蒙，从此我对书有着发自心底的喜欢。

　　故乡贫穷的生活中带着忧伤和苦涩，但也有快乐和甜蜜。童年的我和其他孩子一样，疯跑在空旷的田野上，玩着土地上的泥土和泥脱模子，玩着堆土砌块、投土坷垃打仗的游戏。

　　春天闻着花香，夏天看着绿叶，秋天品味果实，冬天观赏着雪花。当一切玩耍停下，一起玩的伙伴停下围在一起，听我讲小画书上与收音里学来的片段。往往为增加点效果，我会学着画片上的样子，学些表情动作，机关枪"嗒嗒"……战士冲锋的呐喊声，"冲啊"，加上手榴弹的爆炸声，增加了画面和声像的动感。几分钱一本的小画书，对贫瘠农村家庭也是负担，一套八本的《红灯记》，全套《智取威虎山》等，爷爷都毫不吝啬买给我，令我非常的自豪，小伙伴对我充满了羡慕和嫉妒。

夏天，穿一身单薄的衣服，赤着双脚走在温暖的沙土地上，阳光火辣辣的，沙土发烫硌着脚心催人快步行走。在雨天柔软的泥地上留下一串脚印，故乡的童年生活是在戏闹无忧中度过的。

华北平原的冬天，无山遮挡，经过故乡白洋淀芦苇的风更大，天更冷。孩子穿着笨拙的棉褡裤显得更加臃肿。此时一同玩耍的孩子总来太爷爷开的茶馆避寒，不免以书交友。有一次几个孩子一起看小人书，时至中午，街上传来母亲召唤回家吃饭的呼声，惊慌中各自散去，但有几本小画书在他们离开时丢失。我缠着爷爷要求再次补齐，母亲为了讨回小画书，追问一个个同玩的孩子，他们人小胆大，谁都没有招。后来听母亲说十年后，一个小伙子，说是他拿了几本，藏在棉裤腰里。故乡自古对文人有句崇拜的话："秀才偷书不算贼"。

父亲是一个木匠，为了防止小画书再次丢失，特为我做了一个书箱，内可藏书，盖可坐人，也可伏案写作业。名为书箱实为多功能的用途的小柜，有了书箱储藏，奠定了我一生喜爱购书、藏书的兴趣。

初中时母亲给我两角钱，是为我上学发生突发情况备用的。放我在贴心的口袋是怕丢。我用买冰棍的借口，把钱积攒下来，到离家十五里的更大的镇上的新华书店，买自认为时尚的小说，杨沫《青春之歌》和奥斯特洛夫斯基《钢铁是怎样炼成的》，爱不释手通宵通读。带着青春的冲动，知识分子林道静，从不屈服于命运，反抗家庭和社会，不与封建社会同流，踏上了革命道路，积极投入抗日救国的洪流，最终成为革命战士。另一本故事发生在苏联大革命时期。保尔·柯察金，在绝望的命运中坚强不屈，勇敢地向命运挑战，表现出对受压迫命运的抗衡。当时读起来也很困难，我在一本词典的帮助下读完两本书。这造就了我不服输的倔强性格，激励我有了更想买书的欲望，通过收集和购买，书箱里渐渐装满了图书。

　　我曾也遇到困难。高中离开了故乡，父亲用一辆自行载着行李和那个书箱送到了宿舍，同床的学友，以为我箱内装满了什么宝贝，总窥探我打开箱子的举动，因为箱装着两本刚买的新书，《红楼梦》和《三国演义》。《红楼梦》涉及男女情爱，因此有同学向校方检举，说我箱子里藏有黄色刊物。班主任追查，问我箱内什么作品。如实汇报，一本《红楼梦》，老师以影响学习为由没收，后又归还。从此同宿舍人，知道我箱内珍藏的宝书，好读之人便趁我不在偷翻箱子里的书籍。不经本人同意私下传看，熄灯后有人在被窝里用手电偷看，在校方夜查时因漏光而被逮，供出我为书的主人，又一次把我推到浪尖，我又受到校方批评。

　　无奈周日回家，一把加固的漆黑大锁，挡住了不算贼的偷书者。从此书箱伴我度过了三年高中时光。毕业那年父亲来接我，而书箱比来时沉了几倍，书装满了书箱，自己的成绩好坏不曾知晓，箱体沉得需要与父亲抬。高考后，名落孙山，母亲责怪是那箱书迷糊了我学习的心思，荒废了学业。只能复习再考，等待来年的喜报，苍天有眼，我没有辜负父母的希望，考入一个大学，学习前途未知的兽医专业。草草地了却了书箱背负的荒废了学业的罪名。

　　父亲为了纪念我走出贫瘠的故乡农村，便把书箱始终放在堂屋的明显之处并借此鼓励弟弟妹妹努力读书，摆脱面朝黄土背朝天的耕作。每当有人上门，都自豪地说，儿子就是读了一箱书，才走出农村的，才有了今天的成绩。

我走出这片荒凉的土地，冷落了书箱，那把黑漆大锁，锁住了它改变命的机会，每次从城市回到故乡，因为懒惰，从没有打开过。

只有四十年后，重新装修时，书箱才被再次打开，书箱沉甸甸的，和从学校搬回家一样。高中读过的、新华书店购买的书都静静地放入在这个庞大而又弱小的箱体内。风吹浮动的册页，轻轻释放出多年压抑的心情，我心里有一种疏远了朋友伙伴的感觉，羞愧地低下头，沉思书箱的伟大，静静地守候等待我四十年，着我的到来，等待着我再次打开。

从读书人到写书人的变化，也改变不了我买书和藏书的爱好，以前买书不可避免地有一种盲目性和趋众性，再以后买书和藏书就考虑到为我写作服务的一面。于是，抛开书箱内一些懵懂的东西，买书藏书侧重点便放到当代作家的著作，自己喜爱的作家著作，更好地为自己创作服务。

如今，在房间的书架码放着各类文学书籍，著名的作家作品装满书架。想起故乡的书箱的确装载不过几十本，每当从书架上取书获取书中的营养，情不自禁地感谢故乡小小的书箱。

情

故乡咏柳

大清河岸的柳廊堤上绿柳成荫。柳是我身边常见的树,掏鸟蛋、编柳帽、吹柳笛,这些活动伴我走过了童年,不知为什么骨子里爱柳。

爱柳,因那句"碧玉妆成一树高,万条垂下绿丝绦",也因那句"枝枝总到地,叶叶开自春"。柳还有祛毒、驱邪、治病之功效,民间有"柳枝鞭蝎"的民俗,再就是柳象征离别之情,"柳"与"留"谐音,自古有人把柳当成寄托哀思之物,乡间至今有人故时有折雪柳的习俗,正如那句"近来攀折苦,应为别离多"。

故乡的土地是贫瘠的,没有大的原始森林,更没有珍贵苍松翠柏,甜蜜的果树也少,只有枣树和梨,但杨柳桑榆随处可见。特别是柳树,故乡人称之为"家柳"和"野柳",家柳就村头巷尾沟边的垂柳,野柳就是坟边野地的无形丛棵,柳树喜水尤其是潮湿之地,白洋淀输出的沟沟杈杈,都有水塘,"无心插柳柳成荫"是故乡常说的一句老话。

"一树春风千万枝,嫩干金色软于丝"这是白居易的诗句。我钟爱柳,故乡有一条长长的堤堰,取雅名"柳廊堤",故乡也有不准确的叫法——"六郎堤"。堤堰有百里之长,首牵在华北的白洋淀,尾摆在天津海河入口的千年古镇杨柳青,中间是我的家乡——柳庄。

暮春,朦朦胧胧的堤畔上柳枝间凝着轻烟,平原大地还处在冬天寒冷的寂静中。古老而又年轻的柳树不像其他的物种，它是嗅着春风的气息而来，只要微微的有点暖意，柳条上就有了萌动，随风摆动的柳丝上扒满绿蝇般的柳苞，我无数次感叹它和故乡的人有着同样顽强而又倔强的性格，春雪掩饰不住那千丝万缕的情怀，它们义无反顾地露出小鱼儿似的嫩芽。萌萌的淡黄的芽儿，如幼鸟儿张开的小嘴，等待着春天的第一滴甘露，待到春风十里远，绽放千条万条绿色，此时才是春天的开始。桃花怒放的时节，三月春风得意的时节。

悄悄地等待着，柳却没有放弃它追逐的梦想，它竭尽全力把一切献给人间。柳树也是开花的，到了花期享受着春风毛茸茸地绽放，它比叶儿略微早点，偶有同时生长的情况，它的花朵微小。既不像玉兰张扬地吐着芳香，高傲地与百花争艳；也不像富贵的牡丹，高高凌空的姿容。它的花朵更轻小，小得让人几乎无法辨认。没有特殊吸引人的味道，只有淡淡的苦涩。花的颜色是比较淡雅的黄绿色，若隔河相望柳林堤处，在轻雾的朦胧中，柳花绽放出青萌而富有诗意的韵味。

"忽如一夜春风来"，轻轻的柳絮如冬季的暴雪，漫天飞舞，一时让人羡慕，在空中潇洒地飞舞。踏着春雪般的柳絮，从柳堤向远方走去，带着对故乡的深情，带着青春的梦想。

那苍劲而斑驳的树干，弯曲地支撑着硕大枝条，坚挺在遥远的堤堰上，深深地扎根在故乡的泥土里，因为它知道守护这条永固的大堤是它的责任，多少年经历风雨摧残义无反顾地践行当初的诺言。"千里堤，万棵树，千年大水堤永固"这是故乡的儿歌，柳林不仅是一条优美的风景线，也是防洪大堤上的守护者，在紧急情况下，泄水分洪锯开可打桩的护坡，防洪拦水挡水，根护堤坡防水冲打。这可是故乡永远不可移动的防洪守护的神物，在无数次的抗洪中承担着不可缺失的重要角色，无数人赞扬柳树的妙用。

随风摆的垂柳，如妙龄少女的丝发，在风中摆弄着风姿，吸

情

引着往来行人的目光，让人陶醉。夏天枝干像一把大伞挡着骄阳，劳累的农夫躺在树下，眯上一觉，美美地做上一场黄粱美梦，徐徐的风像天然动力，柳条扇动着清风，何等逍遥自在。柳庄人爱柳，把柳条融入了生活，暮秋时节，故乡有采柳的习俗，俊俏的女人、强壮的男人，采集柔软的柳荆条，抽去外表老皮，均匀地打成捆存储在家，等到农闲编作物件或工艺品。柳树条更是生活中不可多得的物资，有着可利用的价值。生活中编筐编篮子的荆条多采用垂柳条，其柔韧性强，枝线扒皮后洁白如玉，是生产物资优等材质，前几年编织的工艺品，出口国外并参加过广交会，故乡的柳编名扬国内外。

秋雨从不失约，秋带着羞涩的雨滴在深秋之际飘落在故乡的柳庄，故乡人常挂嘴边的老话，"一场秋雨一场寒"，而翠绿的枝条上挂满鱼儿般叶片，承受着秋雨洗礼，在秋雨的冲洗下显得格外地碧绿，也许又是一次考验，它让柳庄人感动。

初冬所有的叶都禁不住寒冷的摧残，纷纷落下，飘零在故乡的土地上，只有堤堰上那成行的柳叶，依然挂在树上，任凭寒风凛冽从未动摇过它的决心，不知为何它有如此的情怀，这不就像故乡的乡亲，从未被困难所吓倒。风带着雪花增添了冬季的寒楚，叶儿努力地舞动着身子，顽强地抗衡大自然的肆虐。而毫不动摇地挂在枝条上，这是一种什么样的精神，让人为之更加赞叹。

我是一个不乐于褒贬任何事物的人，但在生活中我通过细致的观察对柳有一种特殊的情感，它不但与我同样有宁折不弯的韧性，更有一种"竖是一棵树，躺下是一层板，朽木雕龙凤，余躯做火柴"的精神吧。

它来得最早，只要探听到春的消息，它就在枝条上露出芽儿；它走得也晚，大地落叶飘尽，唯有柳叶，抓住摇摆的柳枝不愿脱落。顽强的生命不择土地，只要有水的地方就能栽柳为林，它从不选择环境，哪怕枯干的河床，潮湿的墙角，都是它生长的地方。

故乡端午

又到一年端午时。

也不知为什么，每到此时都想故乡，就像那句"每到佳节倍思亲"，也许是时间与年龄加强了传统节日的气氛，放假的信息一公布，就引出对童年故乡端午的思念之情。

小满已过，芒种未到，树上的杏儿才初黄，故乡大田的小麦，等待着灌浆炸芒。此时，夏风涌着麦浪卷起层层绿波，小麦丰收在望。

莲花淀也正是荷花盛开的旺季，划动船桨游动在水里，摘一顶荷叶遮挡天上的骄阳，双脚荡在水上，看今年龙舟训练的场景，只见那条划动了上百年的龙船，今年又被涂抹上新鲜艳丽的颜色，高扬的龙头上，两只分叉的金黄龙角，大而圆的会动的眼睛炯炯有神，血红的口中含着大大的球体，两条龙须随船身颤抖。

五月初五，故乡白洋淀的人喜于戏水，一条条长长的龙舟摆放在十里荷香的大淀。围观的水上人家，放着鹰排子划着船儿，静候着龙船的划起，往往此时多为各乡人为谁能得第一而争嘴，他说那条绿鳞的龙船第一，我说那条红鳞龙船第一。为什么呀？"因为那条船上有我爸爸""不对，那红船还有我爸呢"。而坐在舱板上，吸着烟的船老大说："孩子们不要争，他们都是好样的，等一会争上游时，你俩加油鼓劲。"

"预备！"只见那鼓手举起锤头等待着"开始"的号令继

情

而重重地锤下。

当悬挂在龙舟头上的那面铜锣，有节奏地响起，那些挥动大桨的水手，整齐有力地划动，推动着那被赋予生命力的龙舟，飞箭般嗖嗖地冲向前方。

大家齐心协力，这就是我们心里中国龙的团结精神我们中国人团结起来勇往直前，这就是中国力量的核心。

农人讲端午

何为端午节，也就是农历五月初五，俗称五月当午，翻阅旧书言，"端"为初生之题也，理解为开始的意思。本人理解，月初第一日至月底三十天，分六个月天，第一个五日，俗称初一，初二，初三至初五，因此把初五作为"端午"，阴历的五月初五，古人多为天干地支，地支做作天干的运载体，天干承载地之道，初五当天，地，人之契和之运，时为上月中的第一五日，上上签，可驱魔。

故乡的俗语"天长不过夏至"，夏至是一年中白天最长夜间最短的一天，也是气温高升之际，由于阳光和雨水充足，有益于大田农作物的生长，同时也是蚊蝇开始滋生，传染性疾病更是容易流行的季节。田间地头绿油油地长出一种植物称艾草，是夏天熏蒸蚊蝇的野植，流行着一句话"艾叶香，麦浪黄，人间最美在端午"。

听文人雅士讲端午，充满爱国主义情怀。

楚人讲端午

几千年了，关于端午节，流传更为广的是为纪念战国时期楚国大臣屈原。屈原是我国伟大的爱国主义诗人，他积极主张楚国联合齐国抗击秦国，因他的主张没有被采纳，遭人陷害被罢官发配，楚国很快被灭亡，屈原听后，在五月初五投江，屈原的爱国情怀，感动了楚国人民，为了不让江里鳖蟹鱼虾吞吃尸体，楚国人往江里投放用苇叶包裹的甜蜜饭团。为纪念这位爱国诗人，每逢五月初五，便把食物投到江中祭祀这位爱国的楚大夫。

故乡说端午

童年对端午节日来源无所考虑，只是对那苇叶里包裹的粽子有着浓郁的兴趣，它是我童年最爱的美食。

粽子，即粽粑，主要以家乡稀缺的糯米为原料，内包馅料外用苇叶包裹而成，形多为三角形居多。最佳是以故乡的红枣为配料，带着故乡苇叶的芳香，品嚼出童年甜蜜幸福的味道。是童年的故乡里挥之不去的记忆。

每年夏至一过就盼着端午节了。

童年过端午节，半月前帮母亲从芦苇荡里，掰来又宽又大的苇叶，厚厚的苇叶子片片叠好，记得母亲包粽子前要把枯萎的苇叶，用热水泡，泡到显出翠绿，神奇地和新采的一样，将泡好的糯米、红枣装在苇叶的三角包，捆上苇叶条，大文豪苏轼在端午词中有"彩线轻缠红玉臂，小符斜挂绿云鬟"，母亲舍不得用彩线，只用芦草代替，更有家乡的味道。

今年端午为了增加乐趣，从网上购得食材，改善乏味的生活，打破传统，学习南方粽子做法，荤素搭配，内馅增添了烧腿、鸡肉、蛋黄等。

"端午临中夏，时清日复长"，端午到来，正是、游乐于山水的时间。

情

邀月故里

　　我在大雪后的夜色里寻找回家的路，往事如烟，每到冬季的雪夜不由自主地浮现在我的脑海中，我一次次回忆起曾经的经历。

　　寒冬的黄昏，迎着西风，行走在大石河畔，翻毛的帽子倒戴在头上，两只垂下的耳套似如一只大雁的双翼忽扇着，伴随着脚步有节奏地起伏，一件军绿大衣紧紧裹着身体，头紧缩着总怕被无孔不入的寒风钻进棉衣，小心地龟缩着前行。

　　雪一直下，今冬的第一场大雪，铺天盖地好大呀。每场雨雪都在人们的祈盼中而来，大地需要它的滋润。生灵需要它的调解，万物需要它的润泽，人与雪融为一体，皮帽扎出的丝毛挂满洁白的雪花，哈出的气化成晶莹剔透的冰丝，支撑在帽檐上方，吐出的气迅速化为雾飘在上空。

　　雪停了，无云的天空露出那轮明月，月光洒在洁净而冷漠的山川，用凡胎俗眼遥望，夜空繁星点点，月光与雪相映，似有明晃晃的钢刀，在风的鼓噪下凶狠地刺入地缝，常言："下雪不冷，化雪冷"，手与手紧紧地串在袖筒，厚底的棉鞋踩在雪地上，发出"咯噔，咯噔"的响声，身后留下了一道深深的脚痕，在月光下显得坑坑洼洼。

　　渐渐地满身大汗，帽檐的冰被汗水浸湿融化，摘下皮帽整个头如同冒气的暖壶，热气腾腾地直升，沉重的身体被厚厚的雪吸住如吸盘一样，牢牢地粘在原地。

驻足雪地，沉思感悟，蓦然读懂了白雪所蕴含的深邃的道理：为人，要拥有雪那样洁白无瑕、静美纯真的心灵；做事，要富有雪那种不求索取、唯有奉献的精神；交友，更要享有雪那种淳朴与真诚。回望走过的路，我何尝不是这样一步一个脚印走到现在的。那股升腾的热气正是我满腔的热情，足以证明人生还需要走更艰难的路途。

　　还要前行，洁白的路途让我只能凭借河岸的树作为坐标来观察前进的方向。

　　天上的云又在聚集，一抹一抹地漂浮在上空，偶尔遮住挂在天上的明月，不时地仰望总怕再被黑吞食，给害怕的心情增添了无穷的压力，急促的脚步声伴着时明时暗的月光。

　　时隐时现的月光催促着我向前急行，脚下路滑磕磕绊绊，偶尔趔趄，身体倾斜几乎要摔跤，热汗湿透后背，摘下帽子擦去满脸的汗水，大口喘气，看着天上的月亮，心里祈祷快快露出你的笑脸。月光映照前行的路，漂浮的云透过浓淡的月色，给人一种无形的遐想，像天兵天将布罗兵阵，像汹涌波涛沉浮，给人一种肃穆之感，当云再次遮住月亮。默默祈祷，邀请明月的出现时，才会明白我的处境，难行的路途让人只有屏气凝神，咬着牙坚持寻找前方的标识作为参照物。

　　世事如棋，人生如梦，有痛苦、有快乐、有泪水，也有喜悦。时间回不到当初，时空转不回曾经，生活没有彩排，人生没有回放，一个转身的距离，相隔天涯，临行所有的固执转眼已为昨天，合合又离离，来来又去去，像无法自控的棋子，相望不相语，相聚不相依，这是否是一场轮回的过失。很多人，很多事，就让它永远成为回忆吧。

　　一段三十年前的回忆第一次从叫"坨里"的镇子出发，沿大石河东岸回住地，因车抛锚，雪太大无法修理，只能步行，这场邀月的经历，始终在我心里。

　　　　　　　　　　　　　　　　　　　　　　　情

梨园童年

穷人家的孩子出路很少，总想寻找自己的出路，除学校正常上课外，农村孩子有三个假期，麦收假帮家里打草喂猪羊收麦穗，秋假耕种粮捡拾柴火，寒假就不一样了，时间长活计少，就为孩子找个地方，去学唱戏，也许不定哪天大城市剧团招人，会给你安排正式工作。周边村里已经有人出名，大明星王宝强，小兵张嘎的扮演者谢孟伟，就是我们那里走出来的明星。

在小镇僻静的一角，有一位从专业剧团下放的人，姓马喜奎。据老人讲曾与武生泰斗李少春之父李桂春同在"永盛和"河北梆子班坐科专攻武生、须生，当恢复回城时因年龄大了，儿女接班回城了，自己不愿意把传统艺术带入坟墓，老两口一商量便在这里教授学生。因都是贫穷的孩子，家里拿不出现金交学费，便以收粮食为学习的份钱，多少不限。近几年由于这二老教出的学生遍布全国各地，名声享誉行业，所以大剧团及专业院校也常来此地招募学员。

我们小镇，每到正月，镇上都有让人欢乐的玩意，像村里焰火会、高跷、龙灯、旱船之类，在正月都很活跃，小镇上也有一台河北梆子戏，当场地收拾干净，就开始组织排练。消息很快传开，俊男靓女纷纷报名参加，正当年的男女在一起，增加了产生暧昧关系的机会。

镇上剧团是由大队组织的，主要是排练现代样板戏，可是组织一个剧团，谈何容易，这和其他不一样，镇上搞活动只有几个戏迷外，没有正式演员，那时大队穷，一切因陋就简，几件破旧的乐器将就伴奏，大伙情绪很低，为了混工分，也就只能勉强天天排练。

在排练中出了不少笑话，于是就请马喜奎老师在业余团里指导，马老很认真，对每个角色唱念做打都要精心设计，身眼手法一招一式都不放过。

后来剧团在乡里汇演，被县里主管领导看上，感觉镇上剧团演得不错，又在全县汇演经专家评审拿回来个三等奖，这下大大鼓舞了人们热爱戏曲的热情，大家纷纷托人进剧团学戏。

那时我还小只有十几岁，母亲为了混工分，便参加了镇里的业余剧团，说是剧团，只能叫文艺宣传队，在这里跟着跑跑龙套，打打杂，趁机会跟着练练腿脚，渐渐地我还真喜欢上了唱戏。

老家白洋淀周边是"戏窝子"，河北梆子人人都会哼唱几句。周边三里五村的孩子，文要学写大字和珠算，武要练拳学戏。

有几个小伙伴是在戏窝里长大，喜欢听戏看戏，天天晚上都要到戏坊子看排练，从小都知道长大除学泥瓦匠外，戏唱好了也能挣钱。孩子们认为要是戏唱好了，就能挣钱养家糊口，比当小工做木瓦工强得多。

小时候天天早上，练腿工、劈叉、练小翻，若嗓子不好，天天早晨要到野地喊嗓。后来听人说，对着井口喊嗓子使嗓子变"水灵"，于是有人找个没人的井边，趴在井沿上对着井口喊，有人带着一个瓦罐，只要有机会，就用嘴对着罐子喊嗓，功夫没有白费的，经过长时间的苦练，嗓音会变得高亢、圆润洪亮，正是唱河北梆子须生的好材料，从此就人耍把式，戏不离口地哼哼，爱听的说你唱得不错，不喜欢的指责你吃饱了撑的。

后来剧团散了，马老师也走了，社会进入了经济发展时代，

情

我也进入了一个大城市，可家乡戏，深深地扎在了我的心里，偶时沉静下来回忆故乡，我从没有理由回避童年学戏的那段时光。

那时走到哪里唱到哪里，不敢说会全剧或几出，小戏的须生唱词一定会几句，《辕门斩子》八贤王的达子腔劝元帅："休提起三国里周郎年少，杨元帅在宝帐比古论高，曾记得肖银宗打来战表。"田春乌老师唱的徐彦昌《庙祭》："十五年前登此峰。"那唱腔里带浓郁梆子味道的十五个哼哼，招来多人夸奖。《蝴蝶杯》"船遇"一般小生唱腔更是多年不可忘记，至今想起心怀感慨。

杏儿黄了

又到五月杏黄时，也到了收割小麦的时候。

童年，一听农院小麦开镰的磨石声方知，唤醒你的不仅仅是杏林里传来的布谷声。

故乡盛产杏，河岸的柳堤上，除了杨柳树外，就是桃园和杏园。

初春，在柳河堤踏青，又是"杏雨调泥随燕嘴，烟重柳条扶不起"。河堤岸上柳丝上爬满绿蝇似颗粒等待黄芽的吐露。桃红未落，杏花就开始入场，黄里透白的杏花不同于粉色桃红，其淡雅幽静给人一种书卷气质。更像窈窕妙龄淑女。天使般降落人间，带着茸茸的翅膀，在风中抖擞着一种精神。

告诉你杏花儿不逊色于粉嫩的桃花，杏花也曾陶醉过无数文人雅士。我也不知是对花喜欢，还是对杏的钟爱，形成一种理性认知，细致地观察着，才知那句，"一枝红杏出墙来"的寓意。

杏儿成熟之前，你若随手摘一个，擦去浮尘，放嘴里坚硬的果肉只有啃才能掉下一块，酸涩得让你倒牙。深知杏儿酸楚的你，若有人再送你青杏，除非你是孕妇好这一口，不然你肯定摆手摇头。硕大圆润的青果儿正是酸涩的时候。当杏儿与翠绿的叶儿同颜，在树下不仔细察看很难分辨其形。偶有显露是因果肥大无法隐蔽，或是果儿成熟期后寻找明媚阳光，接受沐浴的洗礼，才有那红润的粉涂，一看就知是阳光的杰作。

情

杏儿熟了，再也无法遮挡初绽的青色，渐渐褪去酸楚，成熟后露出金黄色或淡黄色。母亲曾告诉我，红里带金黄的杏，带有甜酸的味道叫土杏。有清白淡黄带有浓郁香气叫香白杏，皮薄肉厚香甜间富有余韵，令人回味无穷。

也许杏儿成熟的颜色与我肤色相同，有幸与其同属黄色——国人认同我们是黄种人。把无关相同的黄生硬地扯在一起，人与物没有一丝血脉联系，实属我无稽之谈。

杏儿的果实成熟了，其味道香甜可口是我最爱的，邀友携伴同去柳河堤岸的杏园采摘，触手可摘得黄杏，随手放口中，一口便深知其肥硕杏肉的口感。绝对伸拇指称赞，用京腔京韵说声，"地道，地道，真地道"。

人皆草木，领会杏肉与人性有同工之妙处，黄黄的皮肤带着历史沧桑，虽然杏黄短暂，但黄皮内包裹的果肉里，有着同样的酸甜苦涩。相信每人强大躯体都有着不同经历，喜怒哀乐人之常情。成熟可食用的杏，果肉可充饥食用，但不可多食，自古有桃饱杏伤人的说法。那核就像一颗心，外观其表面顽强坚硬，但内心强大。杏仁，同样也有柔弱善良的一面，压榨出汁可调制成油和饮料，最佳用处是可入药调治病症。

杏黄的树下，感悟到自然有灵性。你若是诗人，随口就会吟诵"梅子金黄杏子肥，麦花雪白菜花稀"，这是宋人范成大名句。你若是画家，掏出手中画笔调色润墨，提笔间留下河堤两岸杏大地肥的佳作。若是摄影爱好者，掏出手机携家人进入镜头，你与杏林丰收的果实同留住美好，取《"杏"福之家》。艺术家眼中的杏林将是你用现实主义的写实手法写就的代表性佳作。

古人把中医学界称为"杏林"。三国时期有医道董奉，曾居住山野行医治病，不收钱物，只让病人痊愈后栽杏树，病重者五株，轻者一株，数年之后，有杏万株，郁然成林，称中医为"杏林"，取结果报枝之意。

大自然就是这样公平。

是啊，我们对任何事物都要观察它本质，及其所带来的益处，这才是万物灵魂之本。

杏花黄了，等待你采摘品味人生之美味，寻求其中之乐趣，美哉。

听雨

雨，伴着季节脚步落下，正如那句"好雨知时节，当春乃发生"。

"春天的雨贵如油"说得恰如其分，经过冬天的搜刮，大地骨瘦如柴，早已没有湿润的肥沃土壤，就等着春雨的降临。

春天的雨，软绵绵的，细密密的，常被形容为牛毛细雨。品味春天的雨，无须雨中急行，更不用撑伞遮挡。

临窗而倚，沏一盖碗上好西湖龙井嫩茗，腾空而起的热气缥缈在充满书香、墨香的斋堂。辞别了窗外的寒意，留下就是窗外那株玉兰的芬芳，挂满雾化成的雨滴，遮住了远山近水。

听着雨滴奏响春天的序曲，等待牛铃摇来的春光，细腻的雨，为田野铺满松软的毡子，踩上去绵绵的。等待着耕耘的鞭声，抽打冬眠的绿植醒来，快快露出芽儿。等待着春雨的洗礼。

一刹那，地绿了，鹅黄的柳丝吐出花苞，等春雨再次袭来，枝头不经意挂满鱼儿般的叶。满山粉红色的山桃花染遍山野，告诉你，万紫千红总是春。

夏天，雨没了春天的温柔，像一个急躁的汉子，不分场合地发泄。

北京的夜雨，落在入伏后多，雨暴，雨急，雨打在屋脊瓦当上，顺着瓦垄流下与落雨汇集，溅起水花，叮咚，叮咚。

雨夜听雨，别有情调，细雨霏霏的夜雨落下。听雨，除了享受那份安宁和寂静外，更多的是享受那种有节奏的和谐，享受着夜深人静的那种清透流畅。雨点纷纷扬扬地撒落净化着每一寸土地、每一个角落，连绵不断的雨声起起落落，侧耳聆听雨的美妙，闭目慢品雨的情调，在静谧的夜晚听着天空淅淅沥沥的吟唱，雨声如泣如诉，似乎各种无奈和烦恼都被雨洗涤、冲刷。静静地享受这份远离喧嚣后的另一种宁静……

雨化作情感，渗透在大地，滋养着绿色的树木，树木毫不客气地从根系吸收水分，注入主干，繁育出茂盛的叶儿，在风儿的摇摆下美滋滋。盛开的花朵经雨滴梳妆，艳得更招人喜欢，蝴蝶秀着彩色的翅膀翩翩起舞，蜜蜂采集着花蕊孕育出的甜蜜。饥渴的庄稼静静地等待着拔节雨水，好铆足了劲成长，若在雨滴灌溉下，能听到长高的声音，带着丰收的希望。

雨是有生命力的，它是受天的委托在云的承载下，飘荡的天空，在希望的大地落下，有时如脱缰野马，受西伯利亚冷空气或对流天气影响，毫不犹豫地突降暴雨。顺山势激流而下，没过河流，淹没了村庄，冲毁了庄稼。给人民造成了极大损失，更剥夺了人的生命，所以人民喜欢雨，也怕雨。喜欢柔情的小雨，怕大雨下过了头，伤害百姓。

但愿雨有灵性，知善恶，懂人情。

秋雨，则俨然像美丽端庄的姑娘，看似温柔端庄秀丽，若你去招惹她，却显得格外高冷。没有了春雨的柔情，也没了夏雨的急躁，渐渐地让你感觉到那句，"一场秋雨一场寒"。

节气不饶人哪。初秋的雨，还满带着激情，一遍一遍涂抹着翠绿的山野，清晰可见浓淡。仲秋的雨，稀疏的雨滴让人感受凄凉，打在身上已经没有了绵柔之感，令人不禁瑟瑟发抖，仲秋的雨用它烈性的酒，醉染了通红的山野。高粱红了，那是仲秋的高粱穗；枫叶红了，那是秋雾结成秋霜染红的凌枫；柿子红了，那是冷雨与秋的捷报。

秋雨无情地吹打着万物生灵，飘零的落叶，腾出裸露的枯

情

枝，接受秋雨的吹打，顽强地忍受自然的摧残。

　　雨的季节过去了，听雨的声音，回归自然情调。已经恢复平静。浸透在心底的雨滴声偶尔回荡在脑海中，万物随心情变化而变，雨年年落，每次降雨各不同，也许你行走旷野因不带雨具而烦躁，也许你正忙于活计，因一场突降的雨增添了烦恼。你可知道那饥渴的干旱地区多盼一场甘霖，当他们打开收音机，播音器里一声"晴转多云，有小雨"时，期盼着雨滴降临，高兴的人仰望天空等待着及时雨的飘落。

　　大自然调配着生态平衡，不论你是何等心情，老天都会遵循自然规律。我喜欢下雨，不是庄稼人雨天歇工的喜欢，我喜欢因雨天的俗语"人不留人，天留人"，我喜欢陶醉在蒙蒙细雨的春天，我喜欢疾风暴雨后的彩虹，我更喜欢大雨后清新的空气。我喜欢轻轻的雨滴打在脸上的感觉。

淀上风光

　　荷花淀的水清了，船道宽了，茂盛的芦苇荡又泛起层层的绿波，雄安新区的成立，打造了美丽雄安，千年秀林，让白洋淀的荷花有了一番新的生机。嗅着故乡的鱼腥味的泥土，感受到了故乡的亲切。

　　若是你，知道白洋淀的人，丛丛芦苇荡与航道间，来往的木船搬桨，摇动的深水灶底，那已经融化在血液里的淀水，百般柔情里，涂也涂不去记忆里的荷花淀。

　　荷花淀不是在孙犁那本书本上读过的，是随母亲摇桨采莲时，赤脚坐在船头看到溅起的水花认识的。从小生在这上善之地，肚子里早就灌满了淀水，淀上承载上游河道输入的洪流，以博大胸怀容纳，上游太行支脉燕山峰麓的洪水，雨季分泄支汊分流的河水，供养这片华北平原。

　　也不知为什么，荷花淀永远像飘在心头的一片浮云。也许包含着多年对故乡的眷恋，也许是那片白洋淀带给我的乡愁。无数次在灯下，像母亲编苇席一样，用文字，将情感码放在横竖的句子里。

　　淀池的水永远烙印在脑海中。童年赤裸的身子，毫不掩饰，游戏于淀水，采一朵硕大的莲叶当伞，顶在头上，潜在水中从莲秆的茎上挖个小洞，含在水中换气，悄悄地游到你旁边，猛地跃起。

　　嘴含一口水，吐向你，你肯定会吓得发抖。久居淀上的人

情

早已习惯的把戏，会掐住气孔，让他憋不住，从水中猛地窜出。

白洋淀，是由众多淀组成，有名的有菱角淀、烧车淀、芦苇荡、荷花淀。荷花淀最有名的是荷花，荷花淀的荷花，片大，朵艳，硕大的荷叶，夸张地说，坐上一个孩子都不会倾斜。

夏天是最美的时节，荡一条小船带上鱼鹰，跟上大人，采菱，摘莲，撬一片荷叶顶在头上，遮挡直射的阳光。

荷花淀水面宽广，除航道外长满了荷叶，下网捕鱼不利于水面作业，聪明智慧的淀上人家，驯服鱼鹰。荡漾在淀上放船的鱼把式，鱼鹰落在船上的竹竿上，一条锁链拴在船头，把式看着宽敞的水面，放开鱼鹰，鹰展开翅膀捕捉水下游动的鱼儿，紧咬在口中，用力地吞食捕捉的鱼儿，含在口中但很难咽。故乡的淀上人家自古有驯养鱼鹰的传统。鱼鹰学名叫鸬鹚，经鱼把式驯养可在水下捕猎。把式在鸬鹚脖子上卡上环，鱼只能叼在嘴里，能吞进喉咙但吞不进肚里，大鱼给船上放鹰人，放鹰人给鱼鹰一条小鱼，以示奖励。鸬鹚的驯化，解决了水面捕捞的难事。

夏天的雨来得很急，急促的雨打在荷叶上，整个的荷花淀就像过年的连珠炮，噼啪响个不停，雨水落在硕大的玉翠大盘上，快速凝聚成银珠，在摇曳的绿盘上滚来滚去，眼看就滚到边檐，谁知被风吹下又滚回荷心。雨不停地下，无数个银珠渐渐地落满荷叶，荷叶突然倾斜，一凹的水落入淀池，雨滴溅起的水柱，激起一道一道的波圈。圈圈相碰，圈圈相消，但再大的雨水也没淹没荷花淀的荷花。

常言，魔高一尺，道高一丈。这是大自然赐予的万物生存与轮回之道吧。

秋后的荷花淀，经受了风的吹打和秋霜的渲染，顽强地挺立起弯曲的竿，荷叶也褪去了青春的容颜，枯萎的黄叶渐渐露出了条梗。虽然低下了头，可它坚强不与水亲近，完全体现出倔强的性格，从不与世俗相融，这就是我们敬佩的品德。而且弯曲的梗，还支撑着那干瘪的莲蓬，蓬内紧紧地抱着莲子，奉献着它的爱心，保护着被摧残的枯萎，等待着莲藕的萌动之心。

等待着春天，青青幼枝梗和平平的小叶露出水面，早已含苞的莲花，早早落上蜻蜓。这是自然规律。

不知道为什么白洋淀的人充满了对荷花淀的钟爱和对荷花的敬仰，以荷花抒怀，荷花的寓意为真、善、美，通常用于形容善良美好的姑娘、纯洁的爱情和高尚的情感。象征出淤泥而不染的人品，象征着与朋友之间深厚的友情，还象征着圣洁。荷花叶面大气，茎干笔直，花朵清秀艳丽，在人们的心里，也寓意着"牵花怜共蒂，折藕爱连丝"这样藕断丝连又纯真美好的爱情。古时候，人们也会对着荷花许愿，祈求可以赐给他们一段美好的姻缘。中国一直有以花赠友的习俗，梅花多是送给傲骨清风的君子，芍药花多是给知己的，而荷花，可以送给感情比较深厚的朋友，它可以象征着人们之间浓厚的友情。

佛教道教多把莲花看成圣洁之花，因为莲代表三世，它有玉骨青翠的前世修来的造化，它有青春挺立荷叶与美丽今世，还有它含苞莲子的来世。

家乡人崇拜荷花淀一点不为过。有人问我白洋淀有多少荷花。若要知道，只要翻过大堤，撑船进入大淀，除去茂盛的芦苇荡就是大片大片的荷花。近几年开发旅游建设了一个"荷花大观园"，自然是荷花的世界，引进国内外知名的众多荷花，让目不暇接。但我喜欢野荷花，它那娇美的花朵已经摇曳在脑海，就像童年相伴的知己，它虽然没有人工培植的荷花妖娆，内心带着自然纯净，也许是童年相伴的原因，从内心把它看作人生挚友。细嫩的茎，但是是出污泥而不染的茎。那碧绿的叶儿，漂浮在水上，哪怕遇到再大的暴雨和洪峰，它也牢牢抓住泥土同样浮在淀塘。

淀上人喜欢荷花，文人也喜欢荷花，是因为人们从荷身上收获了生活的嚼活。文人喜欢荷是因荷身上有着君子之性格。

　　如今荷花淀已经建成了雄安新区优美的公园，并收集了世界各地荷花品种，称之"荷花大观园"故乡的那片荷花淀，早已在内心生根发芽。

　　我爱夏日的荷花，我爱这片生我的泥土，我更爱这高大上的雄安新区。

精耕抒怀

　　生在农民家庭，对那片土地有着深厚的感情，在快速发展的今天，并不是追忆苦难，只是想把故乡将丢失的东西，留在笔墨间，在休闲之时回味起，起到打开思路的作用。

　　开春了，刚刚被春风唤醒，人们脱去厚重的棉装，盼望春天的到来，大清河岸的柳芽吐出黄芽，垂下的条条柳丝，摆弄着风姿，静静地等待着，等待着春耕的犁铃声的到来，等待着进入精耕的春天。

　　耕田分春、夏、秋三季，按农时分为春耕、夏耕和秋耕，因时间不同，所耕地意味也就不一样，耕作为农田种植的第一步，出苗皆因土壤的肥沃，所以春天耕作土地称为——春作精耕。

　　春天，故乡北方平原，春耕一般都是在大秋没有耕种的地块或闲散的土薄地上。因为华北平原气候适合种两茬，小麦、玉米。惊蛰后土地解化，数九歌"九九加一九，耕牛遍地走"。此时天气变暖，大地蒙着一层薄薄的雾气，封冻一冬的泥土从睡梦中醒来，融化的泥泞刚刚风干，送肥的牛铃声回荡在田野，周边麦田的弱绿色已经返青，剩余的土地上也悄然等到了春耕的季节。

　　在一年农事中，春耕是身心最舒松的活，田里返了地气，土地十分松软，踩上去落下深深的脚印，经历了一冬的萎靡，农民重返田野，有说不出的畅快，恰时农活不紧，人省心省力，摇动红缨牛鞭，吆喝着肥壮的黄牛，手扶耕犁，翻出泥土的浪

情

花，浪漫的泥土如诗如画，露出妩媚神情，持犁把式神色从容，如天空白云一样悠闲，不由哼着故乡的民谣。

春耕虽不及其他耕作，然而早春耕，是为等待那场雨，有诗曰"好雨知时节，当春乃发生"，故乡也有"春雨贵如油"的说法。春耕的好处是，补充秋耕未能种植的庄稼——豆类、谷类、薯类等作物。除土地保墒外，还有灭虫杀菌的功效。春耕把去年的阴土翻上来，太阳下晾晒，使上层的物质分解成养料，对促进作物的成长有重大作用。

记得我家对门董家有一套大车，两匹马，每到春天，槽头上要加草加料，为春耕作准备。一张铁犁形似桃型，两道长套被两匹大马拉一张犁，鞭轻松地翻起泥土。而张家一老瘦驴还套上犁，而扶犁把式同样鞭策驴和人同时用力，现在看来是苦难，但比没有牲畜的人家，只能用人力拉好得多。最苦的是没有牲畜，只能用人工翻地，那才是体力活。

夏耕，则不同，收完小麦，因为节气不等人，后续播种卡在重要时机，不抢耕出来，不按时播种将错过好时节，进入芒种田里正忙，陆游《时雨》里有写"时雨及芒种，四野皆插秧"。故乡的插秧倒是没有，但进入多雨期就怕误了耕期，所以夏耕称之"三抢"——抢收，抢耕，抢种。抢收，麦田雨季前要场光地了；要抢耕，雨季前不抢耕，地涝将影响耕作。抢种，更是快速的点种。割麦后耕麦茬地，要赶种玉米，也可以节省工期在麦上套种，连续两年不深耕，土地将发死发板，会减少土地的活力，秋后直接影响到玉米的收成。明智勤劳的庄稼人都懂，两年的套种期后，必须快速地夏耕，这也是庄稼人的智慧。

秋则不同，故乡把秋耕称为细耕，当扶犁走牛脊梁背，土似翻花的土地，然后一犁跟着一犁地耕，翻出的新土，恰好将前犁土合拢。把上犁豁子荡平，是扶犁把式的绝活。

精耕抒怀

要说犁地把式最牛！那耙得就更加潇洒，立在耙上左右摇摆，从那姿势，表情，神态，用现在的语言，那叫个"酷"。

耙地，农民也叫"盖地"，也就是人们说的精耕。俗话说"三分耕，七分盖"。要求土地平整，将表面的土坷垃蹚平，大块的平原土地，耙平整细腻，要在上边拉上绳子画线，打畦分垄，整整齐齐分成小块，平整的土地种上小麦，要在方畦垄里放水，若不平整，高低各异放水浇地将影响深浅不平均。记得小时候大片土地犁完耙平，要在地里把大块的土坷垃拣出来，再蹚一遍才能打畦，整整齐齐横平竖直才能畦上播种。

二十世纪七十年代，生产队有了拖拉机，各种牲畜退出生产，到改革开放小块成包，小镇上又恢复了人工。随着四个现代化又翻开了历史新篇章，现在进入科技发展时代，实施家庭联产承包责任制后农民用上了高新自动化装置，大大提高了原来机械化和半械化的效率。

我想单纯的精细耕作是为生产准备的，"格物致知，知行合一"，农民对田地的认识，始终用细微的观察，落实在行动上，追求在耕耘的细微种植上，这才是最朴实的追求。

情

锄禾道情

　　农业机械化已经淘汰了古老的农具。一次在老家装修老房屋时，见到了挂在东厢房的两件物品，一大一小，一胖一瘦的锄头，静静地休闲地在墙上的挂钩上，勾起我的回忆，我闲来无事，只是在社会发展中留得一点记忆，浅淡对锄头认知。

　　生长在农村学会锄地，就算在种田上有了启蒙，生在农村，扎根在农民堆里，听老人说起唐朝诗人李绅的那首《悯农》诗，千百年来触动了天下种粮人的心，诗曰："锄禾日当午，汗滴禾下土。谁知盘中餐，粒粒皆辛苦。"二十来字，道尽了农人的酸楚，粮食一粒粒来之不易。

　　正午时分，烈日当头，农民汗流浃背，齐腰深的庄稼叶子划破胳膊，被汗水浸泡，疼痛难忍，只有那个年代曾经体验过农忙的农民才会体会到"粒粒皆辛苦"的艰辛。

　　见物思情。

　　锄头，家乡大称"锄"，小称"镢"，总体结构，由锄板、锄钩、锄裤、锄杆四部分组成。总长约两米，木柄光滑圆润，像似古代的武器，也像古代人用的如意金钩，我自幼就喜欢它的样式。

　　那还是我刚刚学习锄地，认为锄地是简单粗暴的劳动，把地面的泥土松动除去杂草，母亲带我而且用小锄，不解。家里确实有大锄与小锄，小锄钩小板窄，精湛灵巧。而大锄钩长板宽。母亲解释看两种同样的工具，其实作用不一，小锄是为

锄禾道情　　　　　　　　　　　　　　　　　　　　　125

锄地之用，而大锄则为耕，"锄"是指除苗减棵，所以用小锄。"耕"是指除草动土保墒，作用不同工具不同。

简简单单的生产工具，各有乾坤，造器至精各有所用，使用轻便，它里边蕴涵着农民的理论，他们从生产中探索出农艺规律。

锄地究竟有什么学问？故乡大片的田野一望无际。"禾"广义上禾指谷物，种谷物是在谷雨后，当小苗长出后由于苗的稀疏不均，由于苗小，边锄杂草也要镢锄密苗，故乡称"间苗"，也就是苗与苗的距离，密不透风将影响苗儿的成长，争夺土地养分，营养不均将影响收成。

可是，锄禾为什么在"日当午"呢？锄者是壮汉还是老弱妇孺？有人不理解为什么，农家在"日当午"时流着汗耕地。农家人都知道，六七月份正是雨季，是野草疯长的时候，也是庄稼拔节成长的关键时节。

若不是中午锄草，早晨锄，一场雨下草马上又活过来，等于白锄，那么正午锄，锄下的草带着根，会在太阳底下晒死，这就是《左传·隐公六年》所说的"见恶如农夫之务去草焉"，也常说的"斩草除根"，就是趁太阳暴晒铲除草根。

记得在豫剧《朝阳沟》中，主人公传宝向银环姑娘面授锄地的技术，"你前腿弓，后腿蹬，心不要慌来，手不要猛，好！好！又叫你把它判了死刑！"这死刑就是耕地不小心锄到了禾苗，苗没了哪还有收成。

田园四艺中，听老农把式讲，锄地是农田管理中重要的环节，它历时长，影响大，适时而高质量地锄地，直接作用于收成。漫长的农耕历史中，农民与锄相依为命，不断地认识自我，不断地发现和总结锄地的经验，尤其是代代相传的农田谚语，无论在何时何地都像明塔照耀在种田人的心里，那农间谚语里"旱耕田，涝浇园""种在犁上，收在锄上"，记得有农

情

把式讲"秋锄一寸，顶上一茬粪"，"棉锄多遍白如霜，谷锄几遍少见糠"等记在种田人心里。

"君子怀德，小人怀土"古语言之，方至今日，说不清多少人对农田感兴趣。

一年之计在于春，春天辽阔无际的大平原上，几个人锄禾于茫茫的田野间。远望田垄上一位挑担的妇人，头扎花白巾，向那群锄地的人挥手，来人是给赶工的锄地人送饭。他们将锄立在地上，上面挂着衣服，揪一把青草搓搓手，在褂襟上一蹭算洗了手，围在田垄有蹲有坐，吃着刚出锅的玉米贴饼子和大耳罐里的青菜汤或消暑绿豆汤，就着刀切细丝香油拌咸菜，仿佛一家人乐在身边，都知道种田人辛苦，中间有家人心疼，还换来一担井拔凉水，大口喝一瓢，摩挲着肚子，连打几个饱嗝儿，仰天大喊"痛快"，那一刻感觉到了满足。

现在田间锄地的场景少见了，庄稼被现代化的机械或化学方法处理，但故乡这点锄禾的记忆和那首古诗在我脑海里反复出现，当时初中毕业，母亲为了让我体验农民的辛苦，带我"日当午"在自留地里"锄禾"，感受《悯农》的内在含义。

渐渐地"盘中餐"所指的不仅仅是粮食，更是我当年所体验的生活，改变的是命运。今天在文学上谈论虽浅薄，可里边的内涵意义深远。

"七月十五定旱涝，八月十五看收成"，到了七月底就到了挂锄头的时候，一年的指望就等待着秋收，如果不努力一年的收成有指望吗？

锄禾道情

粽情示语

又到了农历五月初五，要不是法定的假期和双休日形成的小长假，也许在忙碌的工作中度过，淡化了端午节的节日气氛，也许现代媒体传播的力量，那句铺天盖地的祝语，占据了微信短信的手机屏，没有含义却又超越含义的词句，重在"万水千山粽是情"的祝语，停下来翻大片的祝福语，陷入了对端午对思考，顿时思绪万千。

端午节与春节的饺子、十五的元宵、中秋月饼相同，都是为增添节日气氛，是百姓赋予节日的生活内涵。荷塘的苇叶包上糯米大枣，外包用红线或改草丝包裹，蒸或煮，其外形状似心，内有红枣或豆沙，叶香、枣香、米香混在一起，独特甜香造就人间美食。在唐《秋思》用"万水千山总是情，痴心难赋寄箫笙"来描绘，意思是千万座山水全都化作情怀，用自己一片执着的爱心来歌颂。人们把端午的粽子，借用成万水千山"粽"是情，也是以祖国的山山水水化作粽子，来表对端午节的崇敬，是人民热爱的表达方式。更传递一份节日的吉祥祝福。

端午有着不寻常的意义。《离骚》中那句"长太息以掩涕兮，哀民生兮之多艰"。让我们了解忧国忧民的诗句便是从踏寻端午开始。《九歌·国殇》，谱写出气壮山河的诗篇，萧瑟秋风今又是换了人间。那才是端午所传承伟人大夫救民于水火之中的天下情怀。

情

老百姓掰着手指头数，盼着过的节日没几个，除春节，清明节，就是端午节。前几年韩国向联合国进行申遗，报江陵端午祭为韩国重大节日，2005韩国江陵端午祭申遗成功。激起中国民愤的同时提醒了中国人民对端午传统节日的重新认知，人们重新重视端午的赛龙舟、包粽子、挂艾草的传统。从古至今传统风俗，可谓是含有中华民族的特有的端午情怀。

　　故乡也有过端午的习俗，故乡不比城市和江南地区，华北平原是"杏子黄，麦上场"的夏收时候，但节日的习俗从未省略。虽然童年时农村没有城市富足多样的糯米、江米等材料，只有故乡盛产的黄米和黍米，大枣和小谷。节日前母亲早就准备好过节东西，父亲也会为增加粽子的丰富性，会专门从城里买点糯米或白米，充实节日丰富感，此时正夏收忙季。母亲几天前就在休工回家的路上采好苇叶，在夏日的太阳底下晾晒，准备包粽子用。记得母亲头天晚上就要淘好米，洗好枣，和好豆沙，就等端午节当天制作，以图增添节日浓郁的气氛。

　　童年时对端午，有一种好奇的心理，我和弟弟妹妹围在母亲身边看着一个个粽子等包裹过程——为了增甜度还在枣上撒上糖。馋嘴的妹妹从母亲的身后偷偷拿枣吃，母亲悄悄地给她装上几个，示意她走开边上吃去。母亲手脚利落，一大盆粽子很快就包好，开始下锅。顷刻间苇叶，糯米和枣的清香飘满院子，嗅到那神仙闻后都要垂涎的味道，孩子们用眼直勾勾地看着锅里热腾腾的粽子。要不是看着热气，会急不可耐地想伸手到锅里，可父亲那双严肃的眼睛看着我，我赶紧把头扭过去。终于出锅了，母亲把煮好的粽子先放大盆，冲上凉水，说是为了好剥皮。我们围在一起，等母亲分发给我们。母亲告诉我们不要多吃，吃多了不好消化。我不爱黄米的，从母亲包的记号里，我知道哪是糯米的。我总是喜欢吃糯米带枣粽子。想起故乡的粽子那不就是故乡情怀吗。

自从背着沉重书箱，离开故乡再也没有在父母同过端午，但母亲总把端午节的粽子保存在地窖，等我放假回来吃。有次闲聊，听妹妹说母亲给我留的粽子放地窖过了半年，也不舍拿出来吃。真可惜我都没有回来。

　　后来我搬到了大城市工作。住在居民楼里，并改称大名。

　　一天，楼下一个带有故乡口音的老乡喊我小名。我没在家，也不知道，等我回家门口传达室大爷和我闲聊提起，昨天有个外地人，操着河北口音乱喊，吵得居民提意见，我没在意嘿嘿一笑了之。

　　第二天我早起，拿起本书正准备看两眼，楼下又发生了老大爷说的一幕，有人操着浓郁的河北口音，"军儿，军儿"地喊，听见大爷劝说"小点声，你小点声"，声音不但没小，而且一声比一声高。

　　我突然醒悟这不是喊我吗？我赶紧答应听到了，急忙下楼，见是同村的一个表叔。对我说："快端午了，你妈让我给你带点老家的苇叶和枣，说你最爱吃，让我带来，只告诉我小区地址，没有告诉我楼号，可一打听没有叫海军儿的名字。"我接过一大兜东西，对这个表叔千恩万谢，表叔还有急事骑上自行车就离开了，这时候我才发现，楼上窗户探出头的邻居，发表着评论，有人说干吗呢一个破苇叶还值得从老家送过来吗？有人说有老妈真好，什么都想着儿子。这时我才体会到母亲在的幸福感。

　　故乡的粽子很简单，除枣就是豆沙，馅没有什么变化，有一年广东的一个朋友端午要来北京，让我在机场接他，给我带来两盒广东大三元粽子，说让我尝尝。回家打开一尝有肉馅、蛋黄馅、虾馅，感觉不错，留一盒准备回老家时给爸妈，带回也让二老也尝尝南方粽子的口味。

　　离端午节还差两天，看门大爷喊我有电话，我下楼接电话，

情

噩耗传来，父亲上午去世了。如晴天霹雳，一下让我陷入了极大的悲伤，匆匆地带上那盒大三元的粽子回了老家。料理了丧事，因悲伤过度，忘记了这盒粽子。

待三天圆坟, 想带上, 打开发现因为天气太热已经无法食用。

如今端午节对我来说既是法定的节日，又是父亲的忌日。所以，不管是天地情，民族情、故乡情、儿女情，都能从端午节找出人的情怀。所以深感千山万水包含了人情世故，综合在粽上，表达出心意是成了"粽"是情。

事

曾经的荒山
已经染上了蓝天白云眷顾的绿色

绿缨冬储

天初寒，霜降时，正午阳光充足，此时京郊田野里，一片荒凉，唯有白霜。除柳梢上黄绿相间叶儿，死死地抓住柳条，不愿离开柳条外，田里大片片的萝卜和白菜，还在泛着翠绿，渲染出大地上最后的绿色。冬天的北方绿色食物是匮乏的，为了丰富餐食，此时的城市乡村都在为冬储而繁忙，开展一场大规模的运动。

母亲是从农村搬到城里的乡下人，对冬储蔬菜有特别的热情，霜降刚至母亲便告诉我找车为冬储准备。

冬储是上至高居官位的部级领导，下到胡同百姓大妈都参加的活动。到了秋季霜降之后，老百姓家家张罗着过冬取暖的煤和过冬食用的蔬菜，此季节冬储多为萝卜、白菜、土豆之类容易储存的菜类，为漫长的北方寒冬改善伙食，提高生活质量。冬储菜成了北京街头巷尾一景。

他们动用了所有可利用的设备、汽车、自行车、三轮车、手推车，甚至是婴儿车，从胡同口的副食店向家里搬运。冬储食物，除堆放到向阳之地外，还要覆盖上棉被，草帘子，塑料布之类的御寒装备，略有条件的要腾出储藏房间专门安排过冬物资，最优越的是挖专用菜窖储存以备安全过冬。

初秋，北京郊区已经有了微微的寒意，袅袅炊烟与那蒙蒙的雾色交织在一起，梦幻般开启了乡村的清晨，从似烟似雾里，嗅觉到了童年故乡的味道，此时辽阔的土地上泛起的淡淡轻雾，如同一层轻纱幔帐，在阳光的驱逐下散开，露出了田野风光的几处神秘绿缨，那里堆放着大片大片收获的蔬菜。

萝卜度秋冬

农谚语"头伏萝卜，二伏菜"，秋后收时也依同样的顺序，"先收萝卜，再收菜"。秋后到了收萝卜时候，远远望去只有绿莹莹的萝卜叶，依然在秋风里郁郁葱葱，萝卜成长在凸起的田垄上，肥大的体态拱出泥土。

故乡的萝卜种类甚多，生长在地里称一绝，适应土地生长的胡萝卜、白萝卜、青萝卜、红萝卜，堪称萝卜聚会。

胡萝卜是草本植物，呈长圆锥形，外观橙红色。白萝卜很常见，其洁白如象牙，俗称象牙萝卜，生长在疏松肥沃的土地含有丰富的营养。青萝卜的外皮呈青绿色，细长，口感清脆细嫩多汁，多为北方人冬季水果。红萝卜又称胭脂萝卜，因形状似灯笼也叫灯笼红。

深秋萝卜成熟后，勤劳人掘地挖出，霜降后带土入窖保存，待进入冬天上市销售。入地窖保存保障水分不流失，地面大雪纷飞窖内空气清爽不冻，而且愈存愈甜，故乡的萝卜莫万紫千红，味道也有所不同，各有所绝妙之用。

且说胡萝卜，多为厨房配菜调色之用，厨艺高超的厨师也用配料胡萝卜，精雕细琢配花点缀。其次是白萝卜，多用酱腌制，切细丝拌芝麻粒加少许香油，北京人喝粥多作为咸菜下饭，也是北方冬季的看家菜，萝卜羔羊肉是大补润肺的最佳美食。

最为让人喜欢的是青萝卜，北京也称水果萝卜，绿皮绿心别名"苹果青"，绿皮红心称"心里美"，所谓"心里美"皮与心颜色不同，"心里美"是北京人最喜欢的最佳品种。

记忆里京郊人骑车载两筐，筐里装着水萝卜，将绿皮削开，露出粉红色的内芯，层层叠叠的薄片似六月的荷花，更有切成丝状，盛似秋季的菊花，看上去色彩鲜亮水灵，让你觉得是在看一件艺术品，若让你品尝绝对逊色于刚削的作品。

母亲是美食家，霜降的萝卜已经少了水分，梗叶分离，便腌制成咸菜，叶子剁馅拌大油兜玉米面菜团子，那叫个香。在安全的冬夜，万籁俱寂，室内炉火正旺，干燥的室内除父亲那壶茉莉花香，就是冻梨冻柿子，而唯一开胃的就是母亲准备的"心里美"萝卜，母亲常言"冬吃萝卜，夏吃姜，不用医生开药方"，用刀削片切成条块，可解渴润肺开胃，正是与萝卜"心里美"名称对应，食之甘甜清脆，观之外绿内红形态极美，用之消炎利肺开胃爽口，可称养生的绝佳之美食。

白菜青青入冬寒

北京有俗语"萝卜白菜各有所爱"，意思是说有人爱吃萝卜，也有人喜欢吃白菜，实际上这两种菜都是北京人的看家菜，"白菜"因与"百财"谐音招北京人喜欢，不仅胡同里的大爷大妈喜欢，就连宅门里达官贵人文人雅士也喜欢。

北京人喜欢的大白菜有两种，最受青睐的是叶面布满皱纹，长似核桃皮皱纹，用草绳包着洁白泛淡黄的叶儿，北京人给它取故名"核桃纹"，还有一种叶青翠绿的大白菜，此菜，帮厚肉肥叶形似玉青绽绿，北京人称"玉青白菜"。

两种白菜霜降时上市，核桃纹受世人喜欢，特别是核桃纹叶片柔鲜嫩颜色白中带微黄，

煮食易烂，纤维细，入口即化略感微甜，有淡淡清香，不仅香味浓郁，且口味极佳，北京"东来顺"涮羊肉多采用此

类优质产品，更适合老北京熬炒炖。寒冷冬天砂锅白菜粉丝可称一绝，但此菜缺点是不易保管，怕冷怕热易腐烂。而玉青永远碧绿，易存储，经常倒腾可以存放到开春，此菜水分足，纤维粗，用于包饺子蒸包子最为合适。

白菜是北京人的看家菜，是进入秋末冬初家家户户的必备主打菜食。二十世纪八十年代每到霜季大街小巷胡同口谈论最多的是冬储，从小就听老人讲"豆腐白菜人人都爱"。

在我家院子里的紫藤架下，有一闲地，每到春夏都放花盆，栽玫瑰花、牡丹花、秋菊花，待初寒移入室内，挖长方形土凹槽，将晾在屋檐下的白菜、萝卜、土豆都藏于池槽。霜降前槽上盖草帘，到小雪大雪上盖塑料布，白菜神奇地不受冻，始终保障着新鲜，萝卜不烂不糠。待到开春前要移出坑池，各类蔬菜都要生根发芽，当然每年储存的东西根本不够一冬天嚼头，还要搭上其他才能勉强过冬。

现在生活好了一年四季新鲜蔬菜不断，在菜市场超市随处可见新鲜蔬菜，往往到此时情不自禁地回忆童年的往事。

樱桃溪里

　　樱桃溪，俗称樱桃沟，在京西北玉泉山下，因有清泉涌出，汇集成溪，曲径幽畅，茂林遮日，风光旖旎，有很多城里文人雅士常聚集于此，溪边咏诗畅吟，偶有弹琴和唱，琴声悠扬。

　　老北京人，除了身边的大山小丘之外，最感兴趣的是郊外的山。玉泉山这样的地方，不像天坛、北海、颐和园，格式化的街道如同一个编织格式。不管是秋后品赏红叶，还是迎着春风清明踏青，多则选在北京的风光无限的西山，那里厚重的文化底蕴和自然风光，总有吸引人的地方。当年我像放出笼子的小鸟，曾展翅来过一趟北京植物园，饱览那山那水并陶醉其间。

　　漫步西山肯定会想起香山的红叶，那枫叶总让人联想双清别墅的那栋红柱垂门。再有就是玉泉山上的那股清溪，在沟壑纵横野树茂林中流淌，在起伏坦荡的卵石中自由地放歌。越是深处当思量前往，心里总惦念着名人的住地，香山曹雪芹故居和这片山野的樱桃沟。

　　天高气爽，南雁北归，春暖四月，时兴所至，不由使人想起西山开的满山野桃花，略带微寒的大山，霞云谷的四月，正是满山的桃花初艳，云雾渺渺而掩路。正是一年中景色变化最大、最快的时候，也是给人印象最深的季节。凝视着金水湖畔的溪水与桃花，听着耳边淙淙水声。

　　以三山五园为特色的周边，也许是离颐和园近的原因，众峰缀连迤逦南北的风水宝地，此山自古是封建帝王、达官显贵的避暑之地，众多文人雅士踏青游览的好去处，但我最感兴趣的则是《红楼梦》里记载的石头小村。

京西植物园内的古刹卧佛寺，东南金山脚下有个因秋风拂染满山茂林，因黄叶而得名的"黄叶村"，据说是《红楼梦》作者曹雪芹的创作之地。敦诚《寄怀曹雪芹》中有诗曰："劝君莫谈食客铗，劝君莫扣富儿门。残杯冷炙有德色，不如著书黄叶村。"多位文人墨客到此怀古。又郑板桥《访清崖和尚，和壁间晴岚学士虚亭待读原韵》中"匹马径寻黄叶寺，雨晴稻熟早秋天"的诗句，所以古人把卧佛寺也称黄叶寺。

早年间村落周边有枫树、银杏、柿树、黄栌等，到秋天树叶由绿变黄，等待秋风四起，黄叶飘落形成秋色宜人的景观，"黄叶村"又称正白旗村。

曹雪芹如同所有敏锐而有良心的贵族文人一样，他一方面向往舒适的贵族生活，另一方面痛恨或鄙视贵族生活的腐败及淫逸。他心情复杂，心结甚多。当写一群男女在诗社，对菊吟诗时，曹雪芹的心情想必也是兴高采烈的。当他写喜庆饮宴的热闹、贵妃省亲的排场，列出数以百计的珍宝礼物时，心情可能有些心痛吧。当他写到老爷们淫欲不义时，心中痛恨而无奈。

向左走便进入查阅沟。约千米长的溪谷，大大小小石卵布满樱桃沟的沟壑，那股清澈的溪流从古流到今，留下了多少故事，无从查阅，演唱了多少慷慨悲歌也无从记载，踏在开满山桃花的溪谷，总想打开心扉，对天长叹。

啊，在这望春花下漫步，在溪流水边放歌，在那遥远山边畅想。我看惯了平原万顷的田野，遥望无边无尽的格子般的田垄，只有稀疏的古树在这片圆周上遍布，平地的背后只有淡淡的远山和杂乱无章的自由绿植，但是井然有序，没有一棵树，争抢自然生长的空间，乱石边生出的小草，长在郁郁葱葱的大树脚下，高大挺拔的青松毫不遮挡矮植的林木。

我坐在一块被冲刷亿万年了的石卵上，时间磨平了它的棱角，变得圆润光滑，手抚摸着历史的脉搏，叹息着人生如此地短暂。

一座遮住视线的孤山，巨大的山影横过田野，在夕阳西下的光影陪衬下，如给画面添上一笔淡墨，多雾飘逸的下雨天，山顶上浮起一缕雾霭。

四月的樱桃沟是湿润的，而且已经没有早春的寒气，层层的绿荫中有着槐花的芳香，不经意摘一朵放在手中，深深地吸上一口，久违的味道里包含着老北京人的一种深情，北京人不知道为什么总把槐花比作故乡的花，在那部《城南旧事》里告诉我，淡淡的清香里就有香山下的旧城往事。

出卧佛寺西北门，进樱桃沟门，沿盘山柏油路，西北行，见水库右前方的巍巍石壁上，发现刻有"鹿岩仙迹，退谷幽楼"八个篆刻大字，这是周肇祥所题，告诉游人他幽居在白鹿仙人居住过的白鹿岩下。

再看满山遍野的山桃花，似风似雨一股脑地展现在我的眼前，毫不逊色于槐花，因为山桃是这片山色本来的主人。北方的山水没有江南的妖媚，不是水乡环绕，竹林茂密花开锦绣。但槐花香气四溢，樱桃开花，溪流旁的风流雅士们，心情却不尽相同。饮山泉水也品出别样的甘甜，仰天长叹，不知为什么坐在樱桃沟边，看着潺潺水流，心里有无数个遐想，从古至今多少名流勇士，在此高谈阔论，道尽了古时多少才子佳人的爱情佳话。都随着时代的潮流淹没在尘埃中。今天看到这片山水，更加环保洁净。淙淙溪流已超越一个又一个时代，望着那明朗的青山绿水，未忘古韵中的诗韵。

乡土口诀

　　故乡是条船，运载着我在人生道路上航行，经历了无数风雨，经过了多少惊涛骇浪。数不清的随浪颠簸，也在航行中捞到了小鱼小虾，赢得了生活满足。故乡承载了我的梦，给我留下惊讶与感慨。

　　经常有人问，年轻人哪个大学毕业的，没有上过的人随口一说，农大，农业大学，微微一笑而过，问话人就明白了，是没有上过学的农村庄稼人。以为庄稼人就没有种地的技术吗？在那代代相传的二十四节气歌中，承载着农耕活动的规律。农民们耕耘着那片土地，供养着天下人的食物。

　　生活在故乡靠口传心授的二十四节气口诀。土生土长的庄稼老农把式，经历农耕文化沉淀出一点一滴的智慧。

　　传承下来的乡土智慧像一本天书，记录每个节气。

　　二十四节的口诀，遵从阴历。逐月的节气歌歌谣唱的就是节气。

　　腊月大寒和小寒，立春雨水正月间。二月惊蛰和春分，清明谷雨三月间。四月立夏和小满，芒种夏至五月间，六月小暑和大暑，立秋处暑七月间。白露秋分在八月，寒露霜九月连降。十月立冬和小雪，大雪冬至冬月间，最冷时节在腊月，大寒小寒又一年。

　　二十四节歌是庄稼人的天书，从小就听村里人，站在街头巷尾，田间地头唱，大人传孩子，师父传徒弟。真妙！搭上物候的变化，利用树木花草植物，鱼虫鸟兽动物，出现在花开花落和麟角凤爪上。来安排农村地里的庄稼活。整个故乡利用这本天书养育着祖祖辈辈。

立春，又叫打春。二十四节气之首，春打六九头。有人问我春的颜色，我也不知道，在中国国画的颜料中有一种叫萌黄，萌萌的色彩淡淡的黄绿。溪水边柳岸垂下的柳丝，像茸茸的鹅黄，远望一层薄薄如烟的轻雾。若有若无中透着萌黄的惊喜。这就是春的颜色。

立春是在腊月底或正月初。也有一年两个春的说法，老人常说，"一年打俩春，粮食贵如金"，打俩春预兆此年旱涝灾害多，庄稼可能歉收。故乡有打春的传统，俗称打屯节，在场院、堂屋，划上一用灶膛的灰，围一圆圆的大圈，里边放一小圈用砖压上粮食，天亮前用炮仗崩开粮食，有崩得越大粮仓越满的寓意，所以称打春。此时阳气上升，渐渐春暖花开万物复苏。

雨水到，大小河流开始解冻，田野里飘浮着一层薄薄的晨雾，农村活动筹集肥料，摇动牛铃送粪耕犁，开始一年的希望，倒春寒虽然气温回升，但春天早晚依然寒气逼人，但庄稼人祈福着春天。

惊蛰，二十四节气的第三个。惊蛰，表示地下的沉睡的生灵开始萌动，万物复苏，无论动物或植物，自然生灵愉快地吸收天地的灵气，开始尽情舒展生机。陶渊明《拟古九首》（其三）曰："仲春遇时雨，始雷发车隅。众蛰各潜骇，草木纵横舒。"

春分，其分则为春季昼夜平分，故乡大地开始了播种，栽葱栽蒜。土地上嗞出嫩芽，河岸的柳丝条挂上一串串绿蝇。等待着吐出鱼儿似的嫩叶儿。

清明节到了，淡黄的柳丝随风摆动，稻田里麦苗浮动起层层的波浪。踏青赏花，上坟祭祀是传统风俗，故乡的秧窖里的小薯苗装点着田野，冬藏的萝卜、白菜成为乡下农村的主菜，拌着树芽和野菜度过着难过的春天。还要栽秧种树。

谷雨，春天的最后一个节气。春雨贵如油，滴滴的雨水润泽了田野，庄稼人在愉快的耧铃声中播下种子，谷雨前后，种瓜点豆，地上小草遮盖葱葱的小苗，树枝上长出嫩嫩的叶儿，远处传来了布谷鸟鸣。

立夏，万物繁茂、桃花、杏花给春天涂抹上艳丽的色彩，庄稼人伴着花香，"春种一粒粟"，等待"秋收万颗粮"。庄稼把式，除水田的冬小麦，旱田种上了谷子、玉米、高粱，余下沟沟坎坎田间地头，勤劳的人从不浪费土地，点上了倭瓜、豆角之类的。

四月，初夏天气，还未真正酷热，花虽然不再繁茂但树木渐渐成荫，鸟雀和鸣，微微细雨，惠风和畅，草木茂盛，鸟语花香。麦田开始了流浆水，绿油油的小麦正在拔节，种地靠人，收成靠天，没有老天的眷顾，只有靠白洋淀沟沟汊汊的河水和地下的井水浇灌着故乡的麦田，水不分昼夜地喷涌滋润着这片田地，培育着希望。

小满前后，灌溉了麦田。

芒种，是二十四节气的第九个节气。芒种之名来自《周礼地官·稻人》评述："泽草所生，种之芒种"。芒：指小麦刺芒。自古有芒种小麦已可收，有芒之稻已可种的说法，此季的种植早已接近尾声，有谚语"过了芒种，不可强种"，又言"过了芒种不种谷，平地还种十天黍"。

端午节，杏香果黄，吃上刚刚磨的细粮，有嚼劲的馒头和包上肉馅的饺子。可故乡流传的是吃粽子。南方赛龙舟，挂艾草。北方则和南方一样，除缺水没有赛龙舟外一切皆有。

夏至，五月间，白天时间长了，民间有吃过夏至面一天短一线的说法。天气炎热，进入盛夏，到了庄稼最旺盛的成长期。玉米成熟前除草松土耕三遍，庄稼把式都知道，耕地口诀，"头遍浅，二遍深，三遍除草根"。玉米种在麦茬里，割麦子套种的玉米，要拔草除根。耕二遍，庄稼已经定型，玉米半人高根系土要疏松。保墒，促其吸收营养。耕地十分劳累，汗水湿透全身，穿梭在锋锐的玉米叶儿间被划破一道道小口，汗水进入伤口痛在身上，苦在心里。真正应征了那首诗"锄禾日当午，汗滴禾下土。谁知盘中餐，粒粒皆辛苦。"第三遍，玉米已长高，长出毛茸茸的穗，为了减少野草与玉米争抢养分用大锄，耕出草根，人在人高的玉米间如坐蒸笼中，可见庄稼人实属不易。

谷锄三遍不见糠，棉锄三遍白如霜，棉花地里日出而作，日落而息是庄稼人的生活。

小暑，杜甫在《江村》诗中咏之："清江一曲抱村流，长夏江村事事幽。自去自来堂上燕，相新相近水中鸥。"大暑，小暑，上蒸下煮。小暑恰在中伏之时。伏者，迫于阳气而藏伏于地下，暑气既增热毒，又添烦躁。

来到了潮湿多雨的季节，来到了农历六月六。常言，六月六，看谷秀，在庄稼人眼里看到希望和喜悦。谷穗一棵一棵秀了出来。玉米也开始了吐粉红色雌蕊。连续多日的阴雨连绵，大河小河涨水。遍地野草丛生，地里长出了小蘑菇，随手可采。

立秋了，凉风至，白露生，寒蝉鸣。虽然此时尚伏，暑热未消，但早晚已经凉飕飕的。悲落叶于劲秋，自古有立了秋，把扇丢的说法。立秋当头，无论大棵小棵的农作物，还是瓜果都进入成熟期，进入处暑。

白露，风儿明显增多，气候凉爽，凡是地里的庄稼改称为愣头青，饱满金黄的谷穗，压弯了腰。玉米也嗌出了黄芽。《史记》写过"夫春生夏长，秋收冬藏，此天道之大经也"。

秋收进入高潮开始了，除了大田里谷子、玉米、高粱要收割，还有头茬棉花要摘。农民收割庄稼，把欢乐寄托在打谷场上。收获一粒一粒来之不易的粮食，让庄稼人辛苦忙碌了一年，收获满满。

秋分，二十四节气之十六。秋分者，阴阳相伴，故昼夜均而暑平。

白露早寒露迟，寒露迟秋分种麦正当时，节气推着人走。每日出工，天未亮，每日收工黑了天，有时会遇上秋雨，砍倒的庄稼湿哒哒，又沉又重。农民在耕地上播种小麦。

秋分过后，日照苦短，气温低，大地散去了往日的热量，从白露到寒露，溪流渐渐能让人感受到寒意，一场冷雨突至甚至会有冰冷之感，令人瑟瑟发抖。

寒露，寒露百草枯，地面渐渐结成了霜。宋代谢懋《霜天晓角》描绘此时秋景："绿云剪叶，低护黄金屑。占断花中声誉，香与韵，两清洁。胜绝，君听说。是他来处别。"寒露三候：一候鸿雁来宾；二候雀入大水为蛤；三候菊有黄华。

北方的庄稼收完了，抢种的小麦播完了，大地恢复了往日热火朝天的景象。

霜降时节，枯黄的田野又露出了绿色，浇过一次冻水，绿色的麦田显得青葱翠绿，是秋天的最后一抹绚丽。《月令七十二候集解》记载"霜降，九月中。气肃而凝露结为霜矣。"。霜降变了天，气象学把秋季一开始的霜称为早霜或初霜，最后变成晚霜和终霜。田野上阔叶已飘落，起葱、砍菜、抱白薯。囤菜入窖成了庄稼人主要的活计。

立冬了，立冬了，冬季自此开始。寒来暑往昼夜晨昏，秋收冬藏，秋之衰减，冬之枯槁，寒冬来了，等待下个节气的到来。

小雪，冰封大地，感受到了凉意，冷飕飕的。猫冬在平原是自古以来的生活习俗，闲着没事的庄稼人，用勤劳与智慧创造着自己想要的生活。妇女做纸花，男人做鞭炮，是多少年故乡的习俗。

大雪，大雪封门。冬天一场雪，麦盖三床被，冬天的封冬水浇灌了充满希望的春天。

小寒，大寒又是一年，冻裂的土地上，迎来一股春的暖潮。

过年了，开始为新的一年，推碾子、磨白、蒸馒头、杀猪炖肉。备好了新春的酒，陶醉在来年的幸福之中。

故乡的过年俗语，小寒大寒又是一年，大寒一候鸡始乳年终最冷的时节就是之说也，母鸡提前感知春天的阳气，开始抱窝孵蛋了，等待着春天小鸡的破壳出生。大寒二候征鸟厉疾，就是鹰隼猎禽一冬天常常忍饥挨饿，一旦发现猎物就迅猛地俯冲扑食。大寒三候水泽腹坚就是说冰一直冻到中央，厚而实。

忙碌了一年的人为迎接新年操办年货，此时人们总感觉时间过得很快，当除夕的爆竹声唤醒了春天，寒冷过去，春天到了。

丈量故乡

我是土生土长的雄安人，坠落在细腻温暖的绵绵土里，深深地了解这片养我的泥土。这片地存蓄着几万年的雨水，沉淀出悠久的历史，似一个博大胸怀的汉子，站在悠长大清河岸。

每年春天，喊一声："开闸放水啦！"一道洪流顺着柳林长堤，向故乡这片土地滚滚而来，湿润了故乡土地。童年总是赤着双脚，手里提母亲缝制的那双鞋，追着蛇一样的水流，随着人群，沿堤岸往下游跑去，汗水浸湿了我的衣衫。这片古老而现代的土地上，生长着追求梦想的千年秀林。

人常说：家是安身的地方，人走到哪里，哪里就可安家，只有人出生的地方称故乡，故乡是安魂的地方。这句说到了人的心里，人总让把故乡牢牢记在心里。

乡亲们祖祖辈辈居住在这里，熟悉俺故乡土地的人都知道，在茫茫的华北平原，最富饶和贫瘠的莫过于这片神奇地方。说它富饶是因为地处易水分流低洼之地，赶上年景好时一场水一场麦；若遇水涝可就难说了，自古就有"淹了东南洼，十年八年不回家"的说法。

天资聪慧的故乡人，用一条百里大堤，疏解了每年山洪分流的侵袭，建成人工堤堰上的黄金分隔线，自此故乡有了堤里堤外之说。堤堰里的故乡承载了我童年的回忆，堤外与白洋淀相连，大大小小的水泊盛产鱼虾，并浇灌出麦花稻香，沿弯曲的百里大堤上，无意地插上的垂柳条，造就柳成荫的富饶之地，

事

取了个文雅的名字："柳廊堤"。故乡也称"六郎堤"。故乡的人用戏剧曲艺口口相传，永久地把这条六郎堤河堰当成了人们心目中爱国忠良的古战场，那鲜活的生命随着滚滚时光东流悠然而去，只有说书人代代相传和那几百里的地下战道遗址，还有堤岸下一溜十八岗的村名，见证着久远的历史。

夕阳下，白洋淀大大小小水泊连成了密集的淀池，开满荷花的是荷花淀，长满芦苇的是芦苇荡。开满白花的是棱角淀，分隔大淀的是航道，泛一叶小船，航行在水上，采一片苇叶缠绕成芦笛，笛声惊动了游在水面的野鸭，展开翅膀飞向天空，溅起的一条水线，荡悠悠的，停靠的船舶。童年生长在淀边，自然地练就了潜水的本领，脱去裈叉，跳入水里潜伏下去，淀面上翻起层层的水花，当浮出水面手里死掐住鱼鳃，吐出憋气的口水，捕捉到一条金黄色大鲤鱼，鱼躺在船舱里苦苦挣扎，笑着坐在船头，双脚拍打着淀水。摘一片肥大的荷叶顶在头上，似一个草帽遮挡住阳光。船头上随手摘下朵莲蓬，掏出莲子，放进嘴里咬出了人生的苦涩，渐渐地又品味出家乡固有的清香，那落日给辽阔的淀上撒下金灿灿的阳光，一条光线铺向了远方，这条线就是一头牵着渤海，一头挂着白洋淀，这是故乡的母亲河——大清河。

堤堰从白洋淀泄洪口至天津杨柳青，百里柳林长廊留下多少往事，一件件在少年的梦里，融入血液里。

童年的记忆里每到秋后雨季，堤内的大小水泊、泥坑、水潭，在丛丛芦草包围中渐渐地缩小，笨拙的孩子拿上一个水盆，拦截一道泥偃子，接上一个篦子，掏干水，鱼自然的浮在泥水面上，轻松地捕捞到鲫鱼、鲤鱼、泥鳅之类的杂鱼，只要勤快，随意可捕获得活蹦乱跳的小鱼，将其带回家。母亲洗净稍大一点的鱼掏出内脏，小鱼则无须处理放在烧热的柴锅上煲干，放置在通风之处，等待冬天物资缺乏之际，增添生活的补给。

带苦腥味道的小鱼成了故乡一道家常小菜，也就是现在经常挂在嘴边的贴饼子炖小鱼，是故乡的家常菜。胃里自然地习惯了这种味道，再大再好的大鱼总没有童年的那种朴实而充满乐趣的情调。

在这片土地上，土壤里包含了更多的田园乡土文化因素，一年一季的小麦是要隔年种植，当大秋收获后要在秋分后耕作大片的土地，精心地打畦整垄后，播下麦种，深秋，在淡淡的轻雾笼罩下绿油油的小麦苗，生长在肥沃的华北平原上。

一身亲娘针针缝制的笨重的棉衣棉裤，一条腰带系不牢，总在寒风里垂下，一手提着裤子，一手牵着与天空相连的细绳，回头望着蓝天下的那顶风筝，摇晃地飘在故乡的土地上。

秋收冬藏是故乡人自古以来的习俗，大片的麦田等待寒冷封冬水。冒着热气的地下水，润泽着土壤，给冬小麦苗铺盖封冬的棉被，等待着来年的生根发芽。

春天把沉睡的大地唤醒，来年的第一场返青水，是大年过后的大事。麦子从肥沃的土地里慢慢地苏醒，经过一冬的休眠，青青的麦苗伴着春风铺满大地，东方的旭日暖阳给陌生的麦苗一种无穷的力量，令其在强大暖流的督促下成长。

故乡的清晨家家袅袅炊烟，轻烟飘浮在熟悉而又陌生的村庄上空，与春天的晨曦的薄雾融合在一起。童年燃烧玉秸的青涩熟悉味道，如今早被菊黄的天然气管所代替，以往的灶膛旺火被现代化的电子燃气灶所代替，开启现代的故乡生活。

事情已过几年，那天是踏青祭祀的日子，我和乡亲们一样，杀鸡割肉等着远方回家的游子。故乡有前清明十天后清明十天的说法，几声清脆的鞭炮声为清明节拉开了大幕，回乡扫墓的人踏上故乡的土地。

一颗爆炸性的新闻炸到了全世界各地，那播音和电视新闻震惊了全国，全国沸腾了，全省沸腾了，全县，全故乡的人民更沸腾了。雄县，安新县，容城县三县以及周边部分区域，设立国家级新区——雄安新区。雄安新区是继深圳经济特区和上海浦东新区后又一具有全国意义的新区。故乡的变化令人欣喜，一夜之间的事，故乡人奔走相告，全国各地纷纷投来羡慕的眼光，给雄安人戴上一道亮丽的光环。

这片生我养我的土地被列入了幸福之地，而没有变化的是那道分洪渠的大堤，它依然守候着那片一望无际的麦田。兴奋不已的乡亲，在这片希望的田野里等待着城市发展的改变。备好镰刀收割下这片最后一次耕种的小麦，依依不舍地立在田间望着脚下这片赖以生存的土地，千百年来养育故乡生存的土地，故乡人就像飘摇的叶子，在风中盘旋回荡，总落在这片泥土上，因为这就是他们的根。而为了新区建设只有放下土地，建设打造出千年秀林区。

他们用步公丈量着祖辈传承的土地，从迈出的第一步里，看到他们那坚定的而又忐忑不安的心情，大面积地种植千年秀林，与丛林鸟语为伴，以往的打鱼捞虾种庄稼的生活一去不复返了。泪水从眼睛里流出，滚过脸额，自然地流入嘴唇，苦涩里带着忧伤，无助地望向天空，等待着在村里没有盖章的土地租赁书上签字。将会永远失去土地的农民，再没有了披星戴月天旱浇地的场景，但为了发展为了国家，故乡人舍去私情去迎接雄安新区的千年秀林的种植，为新区的环境绿化贡献出了这片祖宗留下的土地。

我曾经用双腿丈量过故乡的土地，那是雄县沿堤岸，处于五行中的重要节点，家乡正处在金位的雄安高铁，向西南便是水位的明珠——白洋淀，西是木位的雄安首府——容东片，正北是连通首都的京雄高速，千年秀林地处雄安东侧，形成了完整的五行方位。大堤具有可持续发展的潜力，构成了完整的自然循环生态链，大堤里的下游土地，大片种植上了名贵树苗，高空航拍中似一道圆形轮廓，在几千顷的大堤内，形成环保的天然绿色屏障，是国家千年成长的风景保障。弧形的栽培区域内合理地密植上塔松、油松、马尾松、银杏等。每次踏在落叶布满的土地上，已没有了坑洼痕迹，还有开花的绿植、果树。大堤似一条漂浮在白洋淀上的绿色飘带，已经成为雄安的一道风景线。

纵横交错的铁轨架设出一道彩虹，交通枢纽中心就建在姥姥家的土地上，唱戏的老舞台所在地，一座硕大宽阔的现代化高铁站通向全国各地。

放飞一架无人摄像飞机，在百里大堤上空，居高临下再望这片土地，它在千年秀林衬托下显得那么年轻，处处郁郁葱葱，一派风景独好。

故乡还是故乡，思绪被高铁的汽笛声打断，童年无数次玩耍的地方被建成雄安高铁站，2000多座建设吊装塔耸立在容东片区，大片的配套设备已竣工，纵横交错的地下管廊，配套齐全的市政设施，初具规模的雄安新区屹立在京南大平原，作为京津冀协同发展的连接点，绽放出现代化大都市的魅力。

一座现代化的城市被绿色的秀林所包围，之前说的千年是公元前和公元后，而今天说的千年，是一座将要崛起的千年后的新型城区在茂密粗壮的大森林。一个现代化的新城区，在时光隧道里崛起，雄安新区，我的故乡。

事

思农欲语

今年从政协退出来了后，我已经不再写提案和调研报告了，近日农经委找我谈农村脱贫后的农村振兴，借此我在月中参加了密云文联组织的"农村振兴文学创作"启动仪式。

主办方密云文联副主席、作家王也丹，参加人有著名文学评论家白桦，著作作家评论家解珑璋，著名作家高级编辑兴安，著名作家、评论家凸凹。我和当地作家谈论农村的振兴，会后我认真学习了习近平总书记的报告文章，并根据我多年农村生活观察写此小文展开分析。

《大学》中的明德之道可以很好解释如何去做乡村振兴。诚意、正心、格物、致知、修身、齐家、治国、平天下，这八法是一个君子修行的晋级之路，也同样是乡村振兴带头人的修行晋级之路。

乡村振兴属于《管子》所说的"以家为家，以乡为乡，以国为国，以天下为天下"中的"以乡为乡"。乡村振兴是为政之道，所以我们文章的对象首先是政府中从事乡村振兴的领域的公务员，乡村振兴带头人，其次是外部企业经营参与乡村振兴和服务乡村振兴的一切服务者。

我们今天分享实现乡村振兴的六个步骤，"一正二谋三通四产五生六兴"，这个步骤参考了"大学八修"理论。

一正，也如同领导人说的"扶贫先扶智"，要想振兴要先改变观念和想法，需要通过"＋教育"的方式进行。乡村振兴需要正认知、正心态、正思维、正观念、正能量。实现乡村振兴是国家顶层设计，实现乡村振兴是时间问题，这是毋庸置疑的。尽管当前的问题和困难很多，但是办法会更多，需要我们发挥集体智慧的力量。首先就是要摆正认识，从大历史的纬度去看乡村，不要一提历史上的乡建就离不开清朝以及民国时。历史很长，一部中华农耕文明的历史就是中国乡建史。

二谋，有了正确的认识以后就要"上士闻道，勤而行之"。谋划乡村振兴的蓝图，要一张蓝图绘到底，做好顶层设计，顶层设计要处理好乡村振兴和国土空间的关系，要处理好片域和中心村的关系，要处理好"三条红线"，要注重生态文明……谋划不是服务单位的自我表达，也不是乡村振兴带头人的一厢情愿，而是振兴派的合作努力，振兴派就是村庄主体，政府相关所有主管部门，顶层设计服务单位，以及与村庄发展相关的社会企业和外部相关联专家人员，包含已经或即将返乡的乡贤。

三通。通什么？通网络，通交通，通政策，通人才，通资本，通教育资源以及水利基础设施等。"通则不痛，痛则不通"，乡村振兴最主要是双向流通的资源渠道的打通，只有通了才有未来，才能将城市内容流入乡村，才能和谐共生，实现城乡融合。过去乡村落后很大一部分原因是信息不畅、交通差，今天我们的乡村也经历了互联网的高速发展时期、道路强国时期，已经从信息封闭到信息畅通，从道路闭塞到县县通高速，高铁经济已经独步全球。乡村已经逐渐走向与城市信息对称，尽管不能完全对称但是已经基本是"不出户而知天下"。有了这个"不出户而知天下"的本领才能更好地利用政策人才交通资本教育水利等各种资源。

四产，产业振兴是五大振兴的第一步，只有产业兴旺才能给乡村提供源源不断的动力，通了以后就是发展，就是时间问

事

题，如何打造产业才是关键，乡村要努力实现一产二产三产融合，当今是服务业为主流的世界，乡村要融合现代科技和互联网，未来我们会从乡村的文旅服务中催生第四产业第五产业第六产业等。乡村可以利用一切可以利用的资源，发展"资源三变"模式来发展产业。资金变股金，农民变股东，资源变资产，调动所有农民的积极性，使农民人人做老板，让大家拼命干，努力干，好好干，干多了都是自己的收入，无限地调动所有农民的积极性。由产业振兴带动人才、组织、文化和生态的振兴。

五生，乡村是要运营和经营的，未来每个乡村都是一个大公司，要讲"生意兴隆"的，但是既然是生意，那就会比以前更敏感脆弱，有更多的经营风险性，只有打通五生体系——"生态生产生活生意生命"，才能创造内生动力，才能生生不息。乡村作为一家企业，活下去的办法除了补贴和战略，更关键的是日常流水，要有现金流，所以要格外注重"造血"能力，"造血"的关键看运营。持续好的运营才是乡村生命的关键。

六兴，实现产业组织人才文化生态的五个振兴，实现全民富裕，才是乡村振兴的最终目标。这个目标的实现不是一朝一夕的，却需要争朝夕，这是三十年的发展战略，需要近两代人的努力，所以我们今天看到乡村现状不管是破败也好混沌也罢，都只是发展的一个过程，世界上最坚硬的不是混凝土，而是人的意志。只有从根本上认识到乡村振兴是中华文明的文脉传承，人们才会更有信心。

乡村不仅是提供给所有人健康的水、空气、肉、蛋、奶等的地方，更是给大家带来精神营养的地方，寄放乡愁的地方。乡村发展更会被寄予到更高的高度，乡村振兴更会百花齐放。

在大历史面前，我们只是"一时贪玩"出走未归的少年，乡村振兴是一条回家的路，不管路有多长，路有多远，我们都会回家。

我是农民的儿子，住在大城市，心系着农村，农村是我的根。我骨子里流着农民的血，吃着农民种出的饭，满脑子的乡土情怀，能不把农村的事挂在心上吗？

　　我不管走到哪儿，不管贫穷富有，不管官居何位，农民的思想，农村的情怀放不下。

事

几度黄昏

我走进了孤独又寂静的银杏林。飘落的金黄的叶儿，如蝴蝶在秋风里盘旋，恋恋地不愿离开枝条，走在空旷的林里，别无他人，徐徐地踏在落满金黄落叶的小路，疑惑地望着夕阳载着沉沦的黄昏，沿途撒下它阴暗萧瑟的影子，逐渐地消失在不知道的远方。

林里空旷荒凉，暮色下垂到最后像极了盖有红印的退休证，柔和的如暗淡的巨石块坠落在身体周围。承受着重如千斤的压力，傲然地接受现实，口中发出长叹，唉，人已花甲，既成事实。但如何踩着铺满黄金落叶的路，继续前行，内心几度十分忧虑。

高铁从林边高跨桥上疾驰而过，拉着长长的笛声，转眼渐渐消失在黄昏里。狂奔的列车追寻着前方的站台，归林的小鸟寻找栖息的巢穴。

伤感中有些许的快乐，像三月的花香，飘逸在我微风和熏的梦间。背着写生的纸页，坐在石头上，大山潮湿阴冷，望着蒙蒙薄雾下粉红色的桃花和带着淡绿色的柳梢，当想心与山融为一体，提笔涂抹时，笔飘然飞起，像一只飞翔的小燕，追也追不上。当我醒来，看见朝阳冉冉地升起。

我还曾有一些无聊的时光，在幽暗的窗下，开垦一块属于我自己的方田，松软的土壤，施肥撒种，浇水剪枝，看花开花落，听雨落鸟鸣，享受农耕夜读的生活，也许这也是我在寸土寸金的地方的非分之想。

挥笔磨墨，涂抹抒情，不管小毫大笔，隶草行楷，书写自己的名句真言，在辽阔的天地间挥毫留古。

在人生漫长的后半夜，紧闭着双眼，仍然遁入安逸，努力地忘掉忧郁。

小山巅峰的昊天塔，因暝色中天空低垂而更显得高大宏伟。而秋叶红得像火焰，林木间葱茏的固守那片片骚动的叶，彩色衬托起塔的尊严，仰望高塔，脑后的大筋发出"咯噔，咯噔"的响声，感到一阵酸楚。

在遥远的昔日，当我徘徊在这幽静的山麓下，曾不经意间预言，选一个晴空万里的早晨，登上那座昊天塔顶，观摩东方宛平城楼的日出，芦沟红润旭日和蜿蜒曲折的永定河畔，西边延绵纵横的崇山峻岭，大山下云雾缭绕的燕化新城和眼下朝气蓬勃的良乡古城。

秋天的黄昏是凄凉的，也是最美的，与夕阳同行在幸福的午后，慢慢地品味出黄昏的味道，年过六十我要活明白，人近黄昏后，人暮更朦胧。还是不要想不可探索的梦想，脚踏实地顺其自然，随心所欲地去追求健康。

事

咸菜轶事

　　生活就是这样，从小吃惯了粗茶淡饭，生活改善也没改变饮食习惯。基本上家家对四季时蔬和各种素食感兴趣，对大鱼大肉已经有所厌倦。人们对不知名传统咸菜有着浓郁兴趣，不知从什么时候开始渐渐将其纳入必备的开胃良品。偶尔半夜胃酸，从创作室出来到厨房找咸菜，一个精致的小坛，装着咸菜，打开盖子，夹出几块，放入口中，不怎么咸，又夹了一筷子才回到书房继续工作。感觉到了生活的味道。

　　母亲已经年过八旬，对故乡的习俗有着深刻的印象。以前每逢冬天，我们北方人家，过了立冬便开始腌菜了。

　　故乡在华北平原的富裕之地，除一年两季玉米小麦生长的经济作物更多的是萝卜、白菜、土花生、芥菜、白薯之类。除少量季节性储藏只有萝卜腌制成咸菜可一年四季长期食用。北方人把咸菜看成自己的看家菜。将固执倔强的人称为"咸菜疙瘩"，意思是一生不可改变之人。北方不像江南温暖气候有丰富的绿色时蔬。在寒冷枯燥的北方咸菜成了不可缺少的调料和佳肴佐餐，咸菜在北方人眼里有着重要的餐饮位置。

　　在丰盛餐桌上以咸菜为佐料的菜并不少见，不管东、南、西北、川、鲁、淮、粤各大菜系都有以咸菜领角的上等菜品。鲁菜系有咸菜鱼萝卜干，川菜腊肉炒疙瘩头、咸杭辣炒牛肉等。各地区也有以咸菜为主的大餐，如东北地区酸菜白肉，老家的咸菜炖鲤鱼等。每次与朋友聚餐，必须备两碟咸菜，如果没有会不客气地要，有咸菜吗来一盘。

　　毫不客气地说，咸菜已成为餐桌上的必需品。北方每到秋后家家户户腌制咸菜。咸菜是小菜，却是过去生活中的主角。那时的咸菜名副其实。咸，为了下饭。凡是从七八十年代走过来的人，腌制咸菜已成为生活中不可缺少的程序。每到秋后的集日，周边农村菜园子收获的时候，大车把收获的萝卜、芥菜之类的拉到集市售卖。此时母亲再忙也要腾出手，买上几十斤，价格自然比其他叶菜便宜很多，母亲总说叶菜实惠。准备好腌制的主材。晾在太阳底下晒出水分，准备好腌制的坛坛罐罐，清洗干净消毒杀菌，准备入瓮。一层菜一层盐。满缸后装入调味以及凉水，俗称暴腌，讲究的也有酱腌、糖腌，为改善其口味的多样性。水质也是非常讲究的，老家的井水和城市自来水、山泉水，腌制出来的效果是不一样的。往往山泉水腌制的清脆耐放，而老井水和自来水次之。捞菜食用也有学问，自幼母亲就不让我们动咸菜缸，宝贝似的看得很紧，说是孩子一动招蛆长白毛。后来明白是污染造成。

　　故乡有过以咸菜作为主菜的日子。咸菜最廉价，因而最普及，芥菜疙瘩，又称大头菜，用盐直接腌制的在北方也叫水疙瘩，用酱油腌制得高级一些，叫酱疙瘩。不管水疙瘩还是酱疙瘩，都可以直接吃，还可以切丝切片拌着吃，更讲究一些的还可以炒着吃，炒时放入辣椒，在贫困时期已算是至味了。我上大学期间因经济困难，只有咸菜疙瘩成了调节经济的手段。经济紧张时期，一块咸菜一个馒头吃上几天是常有的事，称之"咸中重宝"。

　　长期以来芥菜是个大家族，有好多种，有叶可食的，有茎可食的，有苔可食的，还有根可食的。叶可食最有名的过去是雪里蕻。今天最有名的广东人叫盖（芥）菜，清炒、蒜蓉、上汤随意。根可食的变种算是榨菜了，无人不知，再有就是大名鼎鼎的大头菜。据说是诸葛亮隐居襄阳时发现的，一次他得了病，上山采药，偶然间挖出了这种萝卜不萝卜、土豆不土豆的东西，回家一炒还挺好吃。大家问这叫啥菜呢？诸葛亮不假思索地说叫大头菜，再后来人工栽种多了，一下子吃不了就腌制起来，携带方便，聊补无菜之虞。襄阳人就叫它诸葛菜，也有叫孔明菜的。写此小文时，满口涎水，家里没有馒头，没有辣炒大头菜，只有红心萝卜，还有那不咸的咸菜。垂涎时抿抿嘴，口水中带着咸味。

现在生活好了，咸菜也就不咸了，咸菜不咸了，日子也就淡了许多。今天吃什么大菜也不香了，过去穷日子里一天劳作下来饥肠辘辘，拿起刚刚出锅的雪白大馒头，掰开夹上一兜子咸菜，深深地咬上一口，那滋味如今就剩下回忆了。实际生活中还是离不了咸菜，我认为世上最好的菜肴不如咸菜好吃。

吃咸菜可以调节胃口，增加食欲，补充膳食纤维吃咸菜已经成了我的习惯，习惯已经成了自然，改是改不了了。有些人也告诫我咸菜影响健康，特别是腌制所产生的亚硝酸盐有严重的健康隐患。我也明白这个道理，但已经对咸菜产生了依赖，已经无法脱离。也许随着时代变迁年轻人将对咸菜失去兴趣，但味觉改变了发展规律。

秋伴三伏

又到伏天，大暑，小暑灌死老鼠，伴着一场一场的雨水，迎来一年的最高气温，不可控制的水涝、冰雹灾害也频频发生。农作物也加快生长，劳苦了半年的庄稼人有了盼头，终于可以挂锄歇伏了。

人走在田间地头，随手摘得黄瓜、豆角、茄子、倭瓜之类的蔬菜，装进篮子、背篓里，如脚踩着五彩的音弦，美悠悠地奏出快乐的歌。

夜里坐在小院，摇动手里的蒲扇，乘凉。萤火虫可与天上的星星相媲美。抓一把小虫聚在一起，原以为它发光会烫手，结果不然。

暑期最特别的是十几天连雨不停，树林里长出一丛丛蘑菇，可以随手采。色彩斑斓的有毒，不能食用，有经验的庄稼人非常会辨别。

立秋，是二十四个节气的第十三个节气，秋之始。辛弃疾《西江月·夜行黄沙道中》诗曰："明月别枝惊鹊，清风半夜鸣蝉，稻花香里说丰年，听取蛙声一片。七八个星天外，两三点雨山前，旧时茅店社林边，路转溪桥忽见。"

立秋二字，让人颇有惊秋之感。

立秋三候更透秋气——凉风至、白露生、寒蝉鸣。虽然此时已近立秋，但一早一晚初凉，已经有了秋高气爽的感觉，欣喜未已，劲秋之悲悠然就到眼前，不由发出光阴似流水的感叹。想到了汪曾祺笔下的《贴秋膘》，老北京对贴秋膘，有更多的讲究。炙子烤肉和清真涮羊肉，解了嘴馋，贴了秋膘，也为城里人一夏天的清汤寡水找了个由头。乡下的庄稼人可没有那么讲究和有口福。

记得童年时乡下人也要贴秋膘，倒不是烤肉，而是滩面菜，打一盆白面浆糊，用麦秸把大柴锅烧至五分热，将白面浆糊倒入锅中，摊平烤至九成熟，从锅中取出，摊在盖联上，一层一层地摆好，再将像煎饼的片卷在一起，切成寸段，起锅烧大油，放葱姜炝锅，炒面菜，吃的时候拌蒜汁。这可能是现在失传了的特色小吃。

就像传统的节日吃食一样，除夕蒸馒头代表发，正月初一包饺子代表交子，正月十五吃元宵代表团圆。打春吃春饼，五月当五吃粽子，六月六青瓜烙。节气的吃食也像一部教科书，传承着每个节气的含义。

离收成不远，劲秋之悲却忽到眼前。不由发出光阴流水的感叹，屡屡被误解为多愁善感的庄稼人。感怀宇宙之无穷，诚为庄稼人心里的哲学。

立秋期间，流传多种谚语："早立秋，冷飕飕；晚立秋，热死牛""立秋十八天，寸草结籽""立了秋"。

故乡也有习俗，七月立秋，晚田不收，意思是天冷得早粮食成熟晚。

故乡还有一古老习俗，在立秋这天，摘一片树叶贴在孩子肚脐，叫贴秋叶。贴上秋叶，能防止孩子闹痢疾腹泻，说起来也奇怪。

立秋当头，无论大棵、小棵的大田作物，还是瓜果梨桃，都陆续进入成熟期，人们开始采摘，时间不充裕，不用歇晌了，有工夫就打羊草，打猪菜，准备冬天的冬藏。

大好时光是给吃闲饭人预备的，庄稼人可没有闲逸的命。

故乡的人开始忙活起来，最大的项是抢收抢种。抢收大田里的玉米，抢种小麦。玉米齐腰部砍倒，将秸秆从地里运到地边，码成伞状。腾地运粪铺肥，翻耕平地，打畦规垄，一切为种小麦作准备。大车穿行人喊马喧，一日不停。

谚语"白露早，寒露迟，秋分种麦正当时。"节气推着人走。每日出工，天未亮出门，天黑才归。如果遇上秋雨，只要不是过筛子那样密，遮不住眼活照样干，砍倒的棒子秸，沾足了雨水，湿漉漉的。若砍时带泥更死沉死沉，湿了裤，湿了袄，鞋底上沾上一层厚厚的泥土，又重又湿，像被土地牢牢地捆绑一样，移动起来费劲。走几步停下来扣去脚下的泥，轻松了很多。

你以为细粮是那么好的吗？当思粒粒皆辛苦。真心心疼庄稼人，多日的收获码放在打谷场上，晒得干脆的谷穗、豆秸，等待着变成精粮。

随着辗动碌碡，粒粒脱壳落下，把谷瓤挑在一旁，还要留着喂牲口。筛选用不了扇车，只靠人工扬场，挑走了豆秸，将豆子归拢一堆，三人一组便开始扬场。一人用木锨把带杂质的豆子倒入扬场的簸箕里，扬场主手端着簸箕向上方一扬，簸箕发出"唰唰"的声音，顺着风的方向，半空中扬出一道弧线，飘落在场上。

轻的碎叶草梗飘得远，重的粮食有次序地坠下，干瘪豆子掉在前边，饱实的豆子落在中间，砂粒砖石，则抛到最近的地方。干干净净的豆子一股接一股留下。扬场的把式得意地笑了，嘴上的胡子一翘一翘，下巴颏底下粘一层豆糠。

庄稼人最大的盼头就是秋天的收获和种植。

草木知己

　　用文字书写出朴素的语言，表达对故乡的情感，不用过多的言语修饰，用亲身经历而非刻意的矫揉造作。用熟悉手法，叙述泥土里的人和事。

　　种地的人都知道，乡下把粮食分为粗粮和细粮，粗粮是大秋作物，玉米、高粱、薯。而经过秋种、冬植、春长、夏收的麦子，磨成了雪白的白面，称细粮。有人耕耘文章播下文字的种子，笔耕不辍，收获出精细的精神食粮。不断地回馈着生我养我的故乡。

　　董华，不矜不伐低调做人，多年的基层创作，抵御了文场浮躁，以一文化农民自居，避开了自吹自大之嫌，低调谦和做人，多年以不欺世、不欺心、不欺人的态度写乡土的小花小草。他没有脱离养育他的村庄和邻里乡亲。

　　他是农民的儿子，他祖祖辈辈都是农民，他也是农民。乡亲们说，老董家二小子，识几个字，会做文章换粮食。他种的文字庄稼是正经粮食。

　　野菜投缘，董华老师十年前退休了，住在一个普通的小镇，小院汇集农村应有的元素。种植他津津乐道的架豆、黄瓜、茄子，小楼下汉白玉砌石踏步通向他文学的天地。自称汾阳后人的董华，在先祖留下的土地上，经营着千年黄土易百主。小院，以农耕为主的本色人家，德养运，善养福，举目牵心，出门踩土。就这见识了蒿草冬雪融尽春风率先破土的规律。

有品尝那株野菜绿色无害，那种野味有毒，那种经风雨依翠更鲜。记得童年曾经伸出小爪，在这片土地上将其连根拔出，与汤粥同煮，无须品鲜只为充饥。这就是贫瘠年代的生态平衡。

完全从草木中读懂对青植的可敬。

草族存真

我读了他的每一个字，不光读他的文学，还从他文学里的内容牵出我记忆中尘封的往事，像干枯多年的泉水，汩汩地复活在我内心流动起来。

我也是农民的儿子，知道土地里长出嚼活是不容易的，不但需要天上的雨水和地上涌出的泉水，更多还得靠庄稼人辛勤的汗水。连儿童都熟知"谁知盘中餐，粒粒皆辛苦"的含义。这就读懂你文章的重点。

我想是文字构建文学，文学自有文学的力量，用农耕语言表达文学情感的文章不少，从古至今涓涓不断，像董华将对土地的深厚感情化作写作的灵魂，承载一叶小舟，在历史长河中顺势而行的少见。他表现了人与自然和谐共存。

睹草情深

野茼蒿是草本植物，谷雨前后，采食旺季，从旧草出新芽，嫩梢很快长高，叶子不高，窄如鸟羽，枝上分叉不多，惯常为一丛丛。挺着茎梢。此时采摘，茎和叶皆可食，过了五月，梗就逐渐木质化了，想吃也吃不成了。

过去可食，现在也可食，今食茼蒿为时尚养生而食，多为更换口味。野茼蒿是时令菜，山里人家从来不觉它尊贵，如今我见到的却多是因追求养生而食。

一草一木皆有情，特别是桑榆。可闻的桑花，可吃的桑葚，可养蚕的桑叶，农家后人自幼而知。

吃桑葚的快乐，其实是在跟黄鹂争食。葚熟了，散落的桑葚，全被黄鹂霸占，桑树下面是它们啄落的桑葚和排泄的黝黑带白的粪点，孩子们去摘桑葚，惊恐的黄鹂绕着树扇动翅膀，一个劲地叫。把它的叫声翻译过来就是"吃我桑葚红屁股"，农村孩子无师自通。

养蚕是个趣事儿，北方人很少按规模养蚕，养一点儿只为添乐。蚕这种活物，农人虽熟稔，讲述起来不一定细致，《荀子蚕赋》里描述过蚕的形象"身女好而头马首"，蚕不吃桑叶的时候头很像马头，而蚕的身体非常柔软，很像女孩子的身体。荀子说得很逼真。看一张蚕种纸，密密麻麻，像小白芝麻粒蚕子儿，待它们萌发生命，渐渐细长，渐渐肥胖，由黑变白，变亮，钻进了蚕茧成蛹，从小到大身体有一万倍的差别。孩子们晓得它生命过程，挎个篮子摘桑叶。蚕作茧是人的胜利，蚕的悲哀。

北方人并没有花费精力种桑，有人烟无人烟的地儿，都长有大棵小棵的桑树，食了桑葚的鸟儿，葚籽不得消化，鸟儿在天空拉屎遍地播种。历来民间谚语"前不栽桑，后不栽柳"。大概桑与丧谐音，历来桑树不进阳宅，阴宅不分大小户坟地尽可以栽桑，桑树树荫广茂，取财丰业盛之义，氏族坟地中最为常见。

观秋。秋之观者，宜至深秋，霜降节前后，该红的红了，该绿的还绿，漫山遍野极为壮观，乃独有之体会。

世人观赏红叶者甚多，红叶仿佛暗中鼓劲。山林红叶充谷时，霜打的柿子也红了。如果不红，喜鹊、斑鸠连连叫嚷也

草木知己 167

会催促它生长。

农宅，希望有一棵柿子树，凭着秋后挂满的果实，给宅子添松快，添喜气。

更不要说坡岗上，一枝枝红灯，一袭袭红衫，一岭岭红塔，一道道红轰赶着你纯正之心走进红红的秋色。柿子红了，模样儿美，胖胖憨憨的像女孩腴润香甜的脸。牵动着庄稼小伙憨厚的心田，果子像自家媳妇一样，瞅着如此可亲可爱。

柿子红了，红在树上美，摘下的晾在窗台，晾在屋顶也是美，柿子进了家门，准备随时食用，庄稼人觉不出依存的美，美的发现让给了外人，逛山进来的游客，立在山坡往下而望，见了家家屋顶红色的蒸腾，村落安谧，人间朴实的美让他们觉得身轻似纸，心似仙，羡慕感油然而生。一棵柿子树，生存百余年，庭院中的树往往为上辈人所植。树死了烧炭，人死了成灰，人生辗转，代代如是。我家的柿子树是祖父祖母种植，他能够让他子子孙孙同乐享受柿子之美，真乃是人间福源。

董华的散文作品，在保持乡土本色上以善良度人。他愈老愈勤奋，笔耕不辍，他紧紧地挨着地皮的写法，摸着犁耧套把，看着土苗草本、闻着桃韵花香的独特风格在故乡作家群独树一帜，作品被有眼力的编辑、评论家赞许为京味散文。

向透过笔下草木的文学致敬，向种植文字庄稼人，向董华致敬。

汤泉小镇

枯竭的水源，让人想到了饥渴，人类的生存离不开水，在风水学上讲，先讲风，通风，阳光明媚地适应居所，更重要的是源源不断的水源。择水而居是民族生存的重要条件，想必这就是人总把黄河称为母亲河的原因。我想水源有两种，一是老天赐予的雨水汇集成河流，自然流淌，其次就是大地供养的泉水淙淙不倦地冒出，来养育人类。感恩天公地母，为人类提供优质的水源，多年来我们饮用的山泉水，就是泉水水源的佐证，从而我对"泉"有着深厚情感。

泉，水也，源源不断地从地下涌出，可谓富足。古人以"泉"作为货币的名称，取流通天下之意。汤泉，温水，若从地下涌出热水，乃宝水，温之适宜沐浴，取暖。故乡河北地处温泉带，温泉水源源不断地喷涌，富泽了这片土地。

河北的故乡，沿京开高速，驶进百里便进入温泉带，过固安，柳泉曾是著名的温泉之乡，我的老家正处温泉带中心地，自然水温度极高，正适合沐浴，是天然的养生保健之佳处。

《说文解字》："汤，热水也。"我把汤和泉组在一起，说的是故乡的温泉。

家乡有给人不断供养的滋品，如母亲的奶水般养育我们成长。天然的白洋淀水，养殖的鱼虾和茂盛的芦苇，硕大的荷花淀。丰富的地下水资源，浇灌着这片绿油油的青纱帐，更为神奇是在物质缺乏年代，在华北进行石油勘探，探测到了自然流淌的是温泉水，这就是我的故乡——雄县。

事实上，泉在世界上极其寻常，河坝边上的土壤，故乡的大平原，只要挖掘，涓涓地涌出清澈，冷冽，的地下水，故称之为井下泉水。

用古人文化来理解。

这泉便是源，是以把一切事物的出发点称源泉。

这泉也是渊，是以把一切事物的本原称为渊源。

《诗经》有"我思肥泉，兹之永叹"的表述，当想起泉水，心生感叹，念及它经过多少坎坷历程，经过多少年的沉淀，或涌于凹池，或滴于山壑，汇归于小溪流于低洼山野沟谷，归淙潺潺溪流，集于小流，汇入大河，流入川海，或浇灌万物，给予生存之本质，它不同于的雨水供给，泉水有它纷繁复杂的寻找过程，要勘探出线索，来寻找它的源头。

人无非也是如此，生于懵懂，学至终老，积累生存的经验，长期积累形成大智。

在故乡流传着一句口头语"姚树梅打井玩完一个了"。姚树梅是我外公，母亲在世时经常讲，外公请人查看水脉。在浩瀚的华北平原打井是件容易的事，白洋淀的水资源丰富，根据当地风俗挖井要选黄道吉日破土，因干旱，匆匆请来挖井之人，并说好按深度尺计算结算，开挖之日鸣放鞭炮上供祭拜，用契约上口边担土的把戏，将井内挖出的土堆积在井口，因风水先生看错此地，井挖在了高岗之上，受到按尺度计算付款的误导，白白挖了几丈无水。但因契中有约，外婆又在病中故去，外公无心顾及，才落下笑柄。

故乡人常说"滴水贵如油"，若老天不降雨水，赐予万物。只有凿井取水。

二十世纪七十年代，隆隆的爆破声，晃动着房舍，华北石油勘探局，钻千米寻地质化验，层数不同结果不同，有出原油，有钻在温泉带上涌出热水。

热水是好东西不能浪费，二十世纪八十年代用于温泉大棚，植花种菜。随着改革开放，利用温泉建设开放洗浴养生场所，取名"汤泉"。因水中含有微量元素有利于身体健康。特别是对皮肤、骨质增生，有着非常明显疗效。休闲养生者蜂拥而至泡汤泉。

给故乡增加了丰厚经济收入，对文旅发展又起到重要的作用，北京、天津来此享受汤泉之乐之人颇多。

有人存在错误的认知，认为泉水只能够解渴，满足生命的饮用所需，就无需盲目囤积，只要开发就源源不断的注入湖川。流过大地的浮表水被工业污染，若地下水资源的再次沉降，将难免再次污染。

水已经成为宝贵的资源。国家提倡人人节约用水，把水提升到国家紧缺资源，停止无序的开发利用，已经成了治理的关键。泉水经千年沉淀渗入地下，应为子孙后代留下珍贵的资源。

释放生命活力的泉水，像流淌的血液，自由地循环在大地，滋养着我深爱的泥土。

面对这片人类赖以生存的土地，它有着说之不尽的情感，它涓涓细流供养着这片土地的人民，虽然多次被唾骂过，但我相信一切原因皆因利益所驱动。再回故乡，曾经被地下泉水冲刷过的清澈河流已经不存在，踏在乡间小路一股恶臭味扑面而来，再看小河底枯萎的芦苇丛中，一条黝黑的野兽凶猛吞食着这片土地，上游的化工废水排泄在裸露的壕沟中，让人不忍目睹，也许用不了多少年，这片汤泉胜地将被污染，大量的有机元素，会对身体造成极大的危害，饮用水污染会影响人类基因，对人类遗传基因有重大影响，我茫然地站在那里好久无语。

自从雄安新区设立以来，环境彻底地改变了。治理了上游污染水源问题，清理了河道，清澈的泉水在曲静幽畅，茂盛的芦苇郁郁葱葱，恢复了过去那优美的水渠，安上了路灯，在河的北岸建设出一条紫红色的橡胶跑道，弯曲地随着小河通向泉水突喷的地方。

我多少次想把温泉引进家里，不用出门就能享受大自然的眷顾，一切愿望都在实现，小城镇建设给我分了两套单元房，地下的温泉直供居舍，在家就能享受到汤泉的保健，让这多年瘙痒的疲惫身体得到了浸泡，也激起回老家的趟数。

喜欢在汤泉盆里自由自在的遐想，把一切美好捆绑在一起，深深感到我们生在中国，在这强大富饶的国家是如此幸福。

方门益正

古人云，人有开门三益。人生莫过闭门，开门，出门。自古一曰"闭门阅佛经"，二曰"开门接佳客"，三曰"出门寻山水"。此人生三门也。即将门关起来阅读佛经，开门迎接志趣相投的友人，出门寻找美好的山水，这便是人生三大乐事。益在多处，主要是修身养性，强身健体，感悟家治。古往今来多少文人贤士在人生的门中感悟到益点，成为益师、益友、益健的三益。

吾亦有三益。闭门阅佛经不敢，只是"忙里偷闲习书画，日夕笔冢荡地天；借月光诵读诗书，试填格律自抒胸；开门迎宾，结交宾朋业务交流，文化交流，鉴书品画道收藏故事，淘宝拾遗话辨识经验。其次就是浏览天下自然风光名胜古迹，品尝当地美食，听地方戏曲小调，这三件人生悠闲之事。"此为吾之三乐、三益、三性也。足以三益定生，何许再清闲。

面对当今快节奏的都市生活，思想愈发地浮躁，能做到"宠辱不惊，去留无意"也实属不易。因为我们都是凡夫俗子，关键要摆正自己的心态，明确生存的价值，只要做到心态平和怡然自得，方能达观进取，笑看人生。

面对多彩的世界，能够真正地静下心来，全身心地投入到书画、诗词的创作之中，极大地发挥自己的潜能，以忘我的心态去做自己喜欢的事情，不被名利所诱惑乃是一种享受。我常说干自己喜欢的事情，首先得到的是快乐可而这种快乐是要以文化、情感、技艺为底蕴作支撑的。只有这样创作出来的作品才是成功的，有魅力的，才能具有不衰的生命力。在自己享受快乐的同时，也为他人带来了愉悦，何乐而不为呢？至于别人如何评判，已经变得是微不足道的，倾心忘我的创作才是最好的精神追求。我谈作品的三个要点的判断，首先艺术作品要正能量，其中要具有艺术欣赏性；其次最重要的启发和教育意义。下面是我对古人三益三乐的角度感悟分享。

我喜欢书法，从临摹和欣赏到。从多角度认识书法，在文字内涵里寻求书法艺术中涵盖的中国文化，将从人生中提炼出来的内容和大家分享。在长时间临摹作品中书法给我带来很多人生感悟，其中笔法、墨法、章法，乃书法之精髓。笔法中锋、侧锋、间锋，如做人做事的原则，中锋使用有方笔，圆笔，快慢，做事该圆了圆，该硬了硬，该方了方。可谓为人之道，做人做事的原则体现手法。

墨法，用墨主要是讲究浓、淡、干、湿，以此体现作品的灵动性，而浓墨厚重，淡墨肤浅，干墨露白无韵，湿墨渲染飘逸。浓墨重情，淡墨无义，干墨吝啬，湿墨寡义。学古人之用笔感悟人生之奥秘。

其次就是章法，楷书均衡拘谨僵硬，中规中矩。草书洒脱豪放，行书间之，所以我喜欢行书，行而不乱。

还有书法中如戏曲舞台上的生旦净末丑，同样演绎出忠恶善丑。隶书如生庄重沉稳，楷书如旦俊俏端庄，行书如净变化无穷，丑如行草狂而不乱。从书法中感受人生万象。

这种精神的享受是自己内心世界的感受，是他人无法涉足的抒发自我情感的自由王国，是将心灵放归自然的闲适与畅快。

以"无我"之境，涵容万物，似禅家坐定涤清尘念，方能入境。寻找到真正的自我。因此，我便能得到自在。借月光抒情，写成诗，写成文章，用诗浓缩的语言，借景抒发情感，写成

事

诗文借机发挥，用艺术的魅力，咏读诗书，日日与圣贤晤语，便可以得到与古代先贤共鸣的快乐。行走在山水之间，便是与大自然的神交了，欣赏大自然的同时能回到生命的本源，用文字艺术在文章里抒发生我养我的土地，歌颂这个时代和美好幸福的生活，开门迎客，是经营多年结交天下朋友的重要组成。一杯清茶，一杯薄酒招待远方客人，与客交流情趣增加感情，浅谈人生，携手共谋发展。

出门寻山水之三益，常言读万卷书行万里路，寻游名川大山，饱览人间自然风光和名胜古迹。一益放松心情在山水间行走，感受到天高地宽，心情宽阔，看山山高，望海海远，得天地之灵气，心情自气爽，沿路步游景区，锻炼身体舒松筋骨，开放眼界开阔心胸，这位首益。

游名山大川增学识广，游历史故地，留下只言片言典故，览民居民宅、观其地殿堂庙宇、街道风情、地理风貌。此读其史二益。

其次当地文化和风味小吃更是馋人，听地方戏曲民间小调，增加文化内涵，从地域风情中了解地域文化，充实自身文化修养，可顶万卷书也。

而且在全国各地时可收藏一些文玩古画和瓷器，而收藏又是一种爱好，是一种珍惜，是一种心境，是与古代遗存之间进行跨越时空的情感交流与对话。此为三益。当通过自己的眼力淘到一件自己欣赏的藏品之时，在斋室之中明盏之下独自地细细把玩，体味远古先人的非凡创造力和深厚的文化积淀，追寻先贤们的恬淡、自然、古朴。领略一种无尽的遐思，享受独有的自我陶醉。

任何一件古物都是有灵性的，尽管在我的手中只有些普通的藏品，但它们却充满生活的气息，给我带来鉴赏的愉悦。我爱收藏。

每一首诗都是生活的影子，每一幅画都是生活的真实写照，每一件藏品都有着无穷的探索给人以无穷的遐思。生活中每一件小事情都会让我为之感怀。这就是吾之三乐三益。他能使紧张疲惫的心情松弛，让我品味到生命的价值。

　　　　　　　　　　　　　　　　　　　　　　　　　　事

西山晴雪

我钟情于山水，愿置身园林壑间的城市，守一颗淡泊之心，乐于游走在泉石之畔，远离喧嚣，断绝尘俗，羡慕烟霞之仙境。有幸目睹西山晴雪，此景美就美在"雪"字上。古时形容西山是连岗叠岫，上于云霄，群山怀抱，争奇献秀，西山的秋天一旦下了大雪，积雪凝素，雪将西山点缀得格外优美。

留诗为证：

金黄红焰朝天烧，晓霁絮落雪花飘
阳光明媚松山日，西山晴雪更妖娆

高岭竞立于白雪间，层岩峰起，冻树萧瑟。隆寒冬月，天空浓墨渲染，烘托出白雪皑皑大雪初霁的山峰景色，在一抹云暗中，突然射出的一道光，直照在西山峰顶，美不胜收。

其实，西山不要单说晴雪，和晴雪比美的还有西山的红叶，老北京把京西的大山统称西山，实际是有香峰山，翠微山，卢师山，虎头山，平坡山，大青山，小青山，可以说山与山相连，景与景相映。处处有景，处处有山，用北京人讲话省字，叫俗了八大处，我最想登的还不是八大处，是香山。

在北京居住已二十年了，一生转眼就过去，我不算土生土长的老北京人，时间久了也对这里有了深厚的感情。祖上也曾在北京有地有房，也可称城里的乡下人。

年轻人闲得难受，周日骑辆自行车到四九城瞎逛。北城人睥睨南城人，自古以来北城多王府，南城多商贩，新时代城北多是领导干部和文化学者，教授居多。南城的人把北城看成富裕之地。

人往高处走，水往低处流，是北京人常说的老理儿，时不时地骑上我的自行车，出西直门、过高粱桥、大柳树、青龙桥，看到山美水美，养德养心，经常骑车到兰淀厂、稻香湖、香山、八大处，没有目的瞎转乱窜。那时人穷买不起照相机，一个日记本，一支笔，一双眼，收录下最美西山风光，开阔一下眼界。

北京西山文化带确实有深厚的底蕴。自然美和古建美的融合令我陶醉。若你也和我一样在不同角度欣赏有不同感受，若你就住在这块上风上水的宝地，看多了看烦了也就没有了风景。北京城依山而建，靠水而居，自然少不了西山的诸多的山和依靠玉泉山的水。

香山就是天然保障里最有保障的地方。不信你随我观赏。

秋天，香山的枫叶，我每年都会去看的，看西山的枫叶，要分时间和层次。

深秋的香山之景和夏日地碧绿的景色没有区别，只是略感凉爽，没了满身渗出的汗水，常言，看山累死马。一路骑车十分劳累，留下的只有疲惫和停顿游览，只有驻足仰望远景。远远望去山自有山的脉络，层层之间树隔离出深浅。峰岭间被蓝蓝天空衬托出宏伟和高大，秋天的阳光一样撒下热情，用浓淡勾勒出近远。仰望着老天赋予大山的神奇，金色的琉璃瓦下增添了灵性。这也许是西山最让我留恋和敬仰的地方。

驻步休息，让我疲惫的身子骨很快恢复了体力，又马上增强了登山的信心。人，容易忽略了身边的风景，只顾随眼游览一下景色，朝着设定目标达到顶峰。这是中国男人骨子里自带的性格。此时想起那首《山行》："远上寒山石径斜，白云生处有人家。停车坐爱枫林晚，霜叶红于上二月花。"放慢脚步有了登峰坐索道缆车观红叶的想法。

乘索车游览别具风格，香山的全景尽收眼底。有诗云写红叶："黄花深巷，红叶低窗，凄凉一片秋声。"从缆车俯瞰，条条攀山石径区分了山与山，季节不饶人，香山的秋叶已经出现三彩的涂染。瑟瑟的秋风，摧残这片富有情感的山色，执着坚强的松柏依然绽放着青翠的本色，丝毫不惧怕嗖嗖的秋风，银杏禁不住秋的洗礼变成了金黄色，在阳光下闪闪发光。

香山独有的枫叶，禁不住秋的勾引，露出了腼腆红润，那红像一团熊熊烈火，相比于花朵的五颜六色千姿百态，叶子可能稍微显得单调。不过到了秋天，百花凋零，此时红枫的叶儿独领了风骚。漫山遍野的叶儿令我陶醉，像一幅赏心悦目的胜景收进了我的心底。

蓝天不知何时增添层层叠叠的乌云，沉重的气压让人感觉透不过气，而且风也比登山前大了许多，单薄的衣服不能挡住秋风，难怪香山的叶儿变化得如此快。原来是禁不住秋风的摧残。而且刚到深秋，天空就飘下了雪花。

香山的最高峰叫香炉峰，飘飘落下雪，慢慢地化成雾，缭绕在峻峭的峰脊。飞雪遮挡了遥远京城的全景。雪带来的寒冷已经让我瑟瑟发抖。匆匆地坐上了回程的索车。

雪越下越大，雪盖住山顶，覆盖了所有植物。披上了银装的山顶显得那么清秀，而雪显得松柏更绿，银杏更加迷人。满山枫林的红叶，像我开头的七律诗，更像京城的一道名菜，糖拌西红柿——这也许是母亲小时候常说的到哪都忘不了吃。

吃食，在北京汇集了南北风味，汇聚了各民族的烹饪技法，寒冷的日子里最想吃的是清汤的涮羊肉，或是北京人最爱的卤煮火烧。环望四周唯有一家"茶坊"，我想这里肯定有北京人喜欢的杏仁茶，或方桌盖碗的茉莉花春雪，不然为何用"茶坊"招牌。店里只有可供游客方便的小吃，除有饮料、方便面、火腿肠外，还有普通老百姓喜欢的大碗茶，5分钱一碗。为增加登山的体能，要上一桶经济实惠的方便面，用沸腾的玉泉山水冲泡，解决饥寒的肚子。雪花在山腰变成了雨，淅淅沥沥下个不停，沿着弯曲的石板岩路，在色彩斑斓的夹道走下回到我开始驻足在山脚下的停车场。

暖暖的阳光洒在我全身，那句"东边日出西边雨，道是无晴却有晴"感动了我。再抬头向山顶望去，山峰沉默孤独，如此安详，经过雪的肆虐，温和的外貌像寺庙里慈悲的那尊佛，让我敬重。

天晴了，山峰的雪还在，山下的风大了很多，湿漉漉的马路上少了许多的行人。

事

上巳雅集

今年上巳节是清明的前一天。故乡有"前清明十天，后清明十天"的说法。因知悉著名作家、文学家、评论家凸凹先生崇尚故乡晚唐诗人贾岛，遂约其于上巳祭拜，并邀著名作家、评论家、书法家顾建平先生及夫人李微，著名蒙古族作家、画家、书法家兴安先生及夫人骆庆，黄宾堂及夫人，张瑞田，朱中原，龙冬，唐朝晖，洪和文等文化大家。由我组织准备上巳祭拜诗人贾岛，我心中自然高兴，我为这次祭典活动起了一温文尔雅的名字——"上巳雅集"。

暮春，柳丝嫩柔，吐着淡绿色的芽，风吹得人有些微凉，缥缈的轻雾渐渐散去，天高气爽，惠风和畅，我们心中饱含对古人贾岛的敬仰，驱车行驶在房山这片既古老又年轻的土地上。

凸凹先生早早地给"贾公祠"馆的金彦先生发电沟通，说是要带重量级现代文大咖前往。既沉重也高兴，为了报答金彦的假日服务，我携带书画两幅，以备酬谢。

路上直奔主题，由我预热介绍"贾公祠"，用那首《寻隐者不遇》的诗开始"松下问童子，言师采药去。只在此山中，云深不知处"。

想问古人松是哪里的松，山是哪座山，云是哪朵云，自房山城南十里有余，二站自然村。

贾岛，晚唐诗人，字阆仙，人称"诗奴"，又名"瘦岛"，生于原范阳郡（今涿州市）曾居大房岭下石峪口村。自幼家居贫寒，刻苦学习，屡考功名未得，随后到周边村"云盖寺"剃度出家为僧，号无本。

话间，车进入"贾公祠"门外，金彦馆长和讲解员恭候在门外，文友们为表示对诗奴先人的尊敬，车停门外步行进院前去祭拜。

初春正是玉兰花盛开的旺季，淡淡的花粉香气弥漫在这片幽静之地，碧绿松柏苍劲，修竹繁茂，屹立在两旁的石狮散发着威严的气息。左右两栋高大的仿唐代的建筑，高脊大顶，大柱红漆朱门重檐，宫殿罗列，却是大唐风范，分为两院，东院是贾公衣冠墓冢，上书贾公墓与"贾岛纪念馆"两部分。

榜书斗大的匾额上"贾公祠"，下有黑漆金字对联，"普郡长江遗德泽，房山圣水著嘉名"，从章法和字义上彰显出对这位诗人《长江集》的尊崇，表达出这位诗人在圣水河畔流传至今，伟大的时代依然受追捧。

推开那扇高大的方格窗式仿唐代大门，一股文人雅气之风迎面而来，映入眼帘的那尊贾岛塑像，让人肃然起敬，旁边还两位，一位锦衣绣袍的人，一看便知是御史大夫韩愈，"鸟宿池边树，僧敲月下门"是与韩大人结缘的佳话，事由正当贾岛行至官道，反复探索是用"推"与"敲"时，冲撞韩愈率领的官家车队，被手下官兵拿下，推到韩愈面前问罪。据史书记载"岛具实对，未定推敲，神游象外，不知回避"，所以才冲撞了车队，韩愈听后，不曾责怪，反与贾岛共探讨"推与敲"的寓意，从此交为好友，并"授以文法，去浮屠，举进士"。在韩愈的劝说下脱去僧衣重还世俗，成为万代敬仰的诗人。

另外一个人是孟郊（字东野），孟郊和贾岛晚唐时期的诗人，但年龄比贾岛长二十八岁，贾岛不善于人事交际，他俩不识，也未曾相见，只因诗中疾苦而相连，贾岛诗与孟郊诗同为基层百姓发声。那首《夜感自遣》中"夜学晓未休，苦吟鬼神愁"；与贾岛《题诗后》中"两句三年得，一吟双泪流"。同用自身的贫寒揭露人间疾苦。这一对苦吟诗人，真可谓为诗而殉的难兄难弟，世人称"郊寒岛瘦"。

晴朗的天空下，一座汉白玉的台石上，玉白栏杆望柱圈嵌在中间，一尊青石墓碑上庄严地嵌刻着"贾岛墓"三个大字，墓碑后有两块不同时代的碑，分别是明代房山知县曹俊所立，大学士李东阳，并留诗文"百里桑乾绕帝京，浪仙曾此寄浮生。葬来诗骨青山瘦，望尽荒原白草平"。真碑藏于文物所。

据金彦先生介绍：另外两碑是房山知县罗在公，康熙三十五年（1696）去琉璃河，归途路上发现荒芜的贾岛墓碑，"残碑高三尺余"，喜出望外，随即筹资重修。

青石围绕茔，两米高土台，实葬贾岛衣冠冢，众人肃穆凭吊，纷纷拜谒。

在第二展区了解到，真实的贾岛墓冢葬于四川安岳县城南安泉山，贾岛61岁时迁到普州任司仓参军。享终年64岁。砌石为垣，现有清建墓碑"唐普州司户参军贾浪仙之墓"。

当离开贾公祠时，松柏正是花粉期，某人轻轻一触，一股花粉飘然而落，带着淡淡的草木的清香。似如那股浩然的诗风，挽留下墨迹，著名作家张瑞田在朋友圈，留作《清明日园林寄友人》："今日清明节，园林胜事偏。晴风吹柳絮，新火起厨烟。"

诗人对贾岛的祭祀是一种情怀，包含着时代文人对古代诗人的崇仰，就像兴安老师笔下的马，带着大唐古笔的描法，也有现代驰骋千里的笔风，奋蹄跨越在飘逸时代。

沉静的夜色，伏案在桌前，回望着《上巳雅集》，并为金彦先生"上巳祭岛"活动留作，《寒食祭》：寒郊岛瘦百篇读，推敲驴踏自不如，寒食祭过二站院，鸟宿月下玉兰树。《忆碣石山人》：幼童步邻峪谷村，剃度云善吟经文，十年磨得霜刃剑，把酒普州问公君。《寻古》：偶得两句三年寻，只见苍松不见人，借问童子何处往，留作诗奴千篇文。《诗魂》：熟读松下苦吟声，蜀地倚天雪望晴，栖迟可移山谷魂，居家云烟石上松。《推敲》：诗书不复窥园葵，碣石山人瘦古堆，弃去惊马嬉韩愈，唯有月下把敲推。《贾岛松》：峪谷松翠诗奴种，且行矣兮宿天命，浪济仙人非痴育，锁定苍劲郁盘龙。

待等我闲书笔泼墨献"贾公祠"。

物

青青原野雨蒙蒙
清明归乡踏垄行

视野刷屏

从梦中醒来，朦胧中打开手机，肯定是抖音，快手，朋友圈，悠闲时，你打开的一定是这几样，因为快手平台占有了你生活的一部分，可能我说的你感到惊讶，但确实是这样。电子信息时代基本上依赖手机，这是我们不争的事实。

短视频赛道，无疑是近几年经济萎靡下滑，经济增长点的最有力支撑。平台有很多，不能一一枚举。仅就抖音和快手以及视频号加以分析，行家很多。有班门弄斧之嫌。用跑江湖打把式卖艺的话说，有钱的捧个钱场，没钱的捧个人场，在下学艺不精，初学乍练，若有穿帮，还望海涵。

先说涨粉规则，抖音按内容推荐，快手按关注列表推荐，最底层逻辑一致。都是一个空口袋，装啥是你自个的事。也就是说，平台不引导也不干涉内容创作。但是抖音聪明，虽然不干涉内容，但是不奖励低俗。一旦发现哪棵苗长歪了，立刻拔去。不再推荐，以防长成恶龙。快手不是这样，一律无差别推荐。什么叫无差别？就是好的坏的通通装一个篮子里，看似包容，也很仁爱，但到最后自个都分不出好坏来。好坏不分，优劣平行，谁还信你？

抖音奖励优秀，但优秀是必须真优秀。虽然魔佛同窟，但魔终究是魔，魔不是佛。不是还有如来么。有一种错误的认识，以为掌声和粉丝就代表优秀。表演也有这效果。也因此说，不懂快手的人，不足以谈人生。

中国有个横店，横店的群众演员最多。群众演员，顾名思义，他们一切目的就是挣钱和有些为一碗饭出家的僧人一样，也会念经，也许还会背诵。弱弱问下，你把"金刚经"倒背如流就是佛学大师了吗？

我所关注快手最大的网红叫辛巴，可惜他选错了平台。方向，永远比努力重要一万倍。我没有比较的意思，是我对平台了解得太少。我曾尝试过做快手，终究不能生长。曾一度使自信心大挫。也试图推荐我以外的优秀人类，还是不灵。终于醒悟，是平台逻辑的问题。快手挺有意思，以前我看的得挺多，基本上500万粉丝以上的网红，都能叫上名来。也熟知他们的套路，包括一晚上挣多少钱。有个词，叫算法。我也略懂。

说到底快手，有不真诚的地方。这也是它最终不能成功的原因。凡人畏果，菩萨畏因。比如情感，有一年快手主打这个主题，风云榜上独占鳌头的大网红，回头曝出是个巨骗。不是让别人没活路，而是把自个的路都堵死了。和现实一样，装模作样，假戏真做地用苦肉计瞒天过海地作践别人也作践自己。

前几天遇见个兄弟，他女儿给快手大网红做供应链，那几个月都能挣几十W，但他毅然决然地否定了女儿的工作。不是什么钱都能挣的，路要走对。我也很穷，就算思想开小差想挣点快钱，终还是笨。学不会。我也懂和光同尘，终究还是泾渭分明。

视频号也加入了短视频赛道，一看这里钱热，小马哥还是按捺不住。这原本就是他的地盘，由于短视主动放弃，再杀回来分一杯羹。能否如愿我不知道。当然，拼多多也是战场。只不过更低些。也能出网红，也有牛吹。我有兄弟在此征杀，去年我去助过阵。今年连兴趣都提不起来了。

不是快手的错，我敢断言，无差别推荐，死路一条。仅仅是我个人一点浅薄观点，望批评指正。

物

生活羞涩

生活节奏越来越快，信息时代的到来已经打破了传统的生活规律，对新生事物用"奥特"（out）的英文的落后。其实一点也不落后。

清晨，我相信很多人会赖床不起，打开手机刷屏游览着大千世界，庞大的信息量从手机屏幕中蹦出，头条新闻，微信，抖音，快手，短信一股脑地出现，秦始皇固然很厉害，兵吞六国，一统江山，但他最后还是死了，建造了恢宏的地下宫殿，没被挖掘。真不是仅仅由于工程量太大，必然包含人类的敬畏心在内。

有人说他还活着，说得有鼻子有眼，信誓旦旦。说的人有些身份地位都不低，甚至官至省部大员。你信不信？我不敢说不信，毕竟我非愤青。但也不是犬儒，无论做多大的学问，像狗一样地活着。

我生来就缺乏竞争意识，无法"生当作人杰"，更做不到"死亦为鬼雄"。但毕竟我也会死，我向往的并非是寿终正寝。如果正做着自己喜欢的事情，背景有贝多芬的音乐，眼望青山绿水，蓝天白云，溘然长逝，该是何其幸福。但在我活着的时候看不到，也不能去努力试图完成这个愿望。不然，整天待在墓地里等死，别人该不耐烦了：你怎么还不死啊。

苏东坡生于眉山，死在常州。他应该是死而无憾的，但这也是猜测。毕竟死人是无法回答问题的。

俄乌正在开战。输赢尚无定论。一旦涉及战争，基本没有赢家。谁厉害还能咋地，大不了同归于尽。但乌克兰现在没有这个能力，他曾经有，主动放弃了这个机会。丛林法则，无法追溯，普京也有一肚子委屈呢。当领导人也不容易，难题都大如天。欧洲有个新天鹅城堡，路德维希二世不想当皇帝，他就喜欢歌剧，一直到死，他都没建完这个城堡，我去旅游的时候曾经路过。我都没下车进去看。也不只是这，巴黎圣母院也没看。瑞士风光很好，但具体让我说，也说不出子丑寅卯。像当年说我来过北京，别人问我北京火车站门朝哪边开，我答不上来，感觉像在撒谎。

大丈夫喜怒不形于色。我不行，不是大丈夫，我是小脸子。圆滑我懂，世故也懂，但依然过不好这一生。我不能手捧字典说话，就算天天像上供一样捧着，人也不一定都认得字典。满城贴告示，还有不识字的呢。这老大岁数了，活那么累干啥，当然也不是倚老卖老。我要是能得罪你，都不挽回，也不过夜，立刻就得罪你。何必三转五绕，最终不还是得罪你么？

物

书上画痕

　　读书是一种趣味，也是一种休闲，更是一种修养，我有读书的习惯，床头，衣柜总陈列着成排的书籍，悠闲时，沏上一杯茗茶，品尝着甘苦悠香，从书排上随手取下一本经典旧书，品读一下书页的内容。

　　书虽然泛黄，面上有些旧，页面整洁干净，书皮平整没有卷角的地方，常言书中是永恒的文字，记录着永远的内容。随手翻几页，书页轻轻地从指间滑过，仿佛昔日的读书像行云流水般的飘过，没有更多深刻的印象，轻轻地滑过，是我过于冷漠，还是心燥而烦于细读。用笔画过的几句话，勾起我多年的回忆，这是一本比我出生还早十四年的书，是该书已出版二十二后的学校老师陈德生送给我的，他是中文系毕业的高才生。陈先生经常在各大报纸杂志发表文艺作品，特别是古典文学造诣颇深，受到学生崇拜，我多次向其请教写作要领。他送给了我这本泛黄的薄页，书中激情澎湃的文学语言激励了我年轻的心，告诉我，用你银铃的歌声告诉我，你是不是预言中年轻的神。

　　我用蓝笔划痕、圈点着每一句，如"你一定来自那温郁的南方，告诉我那儿的月色，那儿的日光，告诉我春风是怎样吹开百花，燕子是怎样痴恋着绿杨，我将合眼在你如梦的歌声里，那温暖我似乎记得，又似乎遗忘"。青春的文学火花燃烧着我心，怀着热爱文学的心在陈老师的鼓励下大胆投稿，无数信笺贴上邮票，如石沉入大海，渺无音讯。

　　毕业了，开始走向广阔的天地，甩开大步向前走去，偶尔拿出那本《预言》，心中写作的火苗再次燃烧起来。欣赏文学是我唯一放松心情的良方，"请停下，停下你疲劳的奔波，进来，这儿有虎皮的褥你坐！让我烧起每一个秋天拾的落叶，听我低低地唱起我自己的歌。那歌声将火光一样沉郁又高扬，火光一样将我的一生诉说。"偶尔写信问候老师，在信函中老师依然鼓励我继续写作下去，我由于工作繁忙，写作只是自娱自乐，渐渐的因生活所迫放下了写作。老师的教诲让我又鼓起勇气，但寄出的文章石沉大海。

　　一页页仓促中写下的稿件，等待着让陈老师过目修改，还未等到见面，他哮喘发作，冬季犯过无数次的老病，再也没有扛过去，永久地离开了我们，信息是从他爱人宝莹女士报丧给老家的人，后传到我耳朵里的。刚刚步入中年的文学才子，在保定永远地离开了我们，从此我再没了文学起步的信号枪，只能在竞赛上信步走来。

　　现实工作中生产管理的琐事，经营中贸易商谈的游戏规则，生活中普通的大事小事，总是不愿意去想。想逃避现实，就是换个角度用诗歌，散文的形式表达。

　　"一定要走吗？请等我和你同行！我的脚知道每一条平安的路径，我可以不停地唱着忘倦的歌，再给你，再给你手的温存。当夜的浓黑遮断了我们，你可以不转眼地望着我的眼睛。"一次偶然机会去政协委员开会，歇间与著名作家凸凹聊天，有位领导提起说我也写些东西。凸凹，原名史长义，是区文联主席，政协文史委主任，出版了小说《玄武》等，并获得了很多奖项。此次交谈，凸凹先生说让我把作品给他看看，我欣喜若狂，高兴地把作品整理好，提上厚厚的两袋子，请先生批评。之后在《燕都文学》一次刊登几篇文章，并将我的作品推荐给

物

了出版社，出版了《海涛文集》，凸凹先生作序《文学照亮人生》高度评价了我厚道的人生。凸凹先生的鼓励使我重新点燃了文学的火焰。

用笔划在破旧的书上，像一粒种子启蒙了我对文学的酷爱，凸凹先生鼓励如我文学路上的甘霖，滴滴润泽了我文学创作，在文学土壤上发芽扎根，文学已经融入了我的生命。"我激动的歌声你竟不听，你的脚步竟不为我的颤抖暂停！像静穆的微风飘过这黄昏里，消失了，消失了你骄傲的声音！"

风不停，叶摆动，记忆的丢失，受限眼睛的模糊，身心的重要原因，牢牢地抓住文学的绳索驶向人生的彼岸。"呵，你终于如预言中所说的无语而来，无语而去吗，年轻的神？"

茶凉了，风侵袭着心灵，合上手上的那本泛黄的书，书上蓝色珠笔画上的痕迹，已经深深地刻在心里，只端起茶盏润泽干渴的口，也湿润了异想天开的心，那《预言》像一只快乐的麋鹿，踩着细碎的蹄声，燕子展翅在月光下伴我同行。

土地候望

生活就像芦苇做的笛声，低音倾诉着已过的人生，望着空旷的土地原野，心生叹息，不知不觉中从熟悉的土地走到陌生。也许这就是厚望的生命，因为终于摆脱固有人生。

走进了又想又怕的怪圈。

我是农民的儿子，一生眷恋故乡的土地。它承载了我的童年、少年、青年、壮年和老年，如同一棵桃李的种子，生根、长杆、开花、结果、落叶一样，从没有离开过土地，更没有怀疑过故乡土地的能力，年复一年地扎根于故乡。

土壤是苍穹赋予生灵的寄托，不管秀峰峻岭的大山上的青稞和沉浮于水上游动贝鳍，还是行走于大地上万物生存的物种，它们都在赖以生存在土地之上。自开天辟地，繁殖于一年四季间，希望风调雨顺，天下太平，五谷丰登。祈福苍天对土地的眷护。

土地从不让万物生灵失望，一年年经受着大自然狂风暴雨夏暑严寒的摧残，百般柔韧而坚强地生存下去。我无数次感叹，土地没有一次让天下生灵失望，都失而复得回归自然，结出丰硕的果实，来回报生命，并在不同时期给予你不同的繁衍生息。

春天的厚望

春天，绵绵的沙土承接的幼小生命，温暖地进入了大地的

物

怀抱。在萌幼的童年里度过贫瘠而温馨的生活，它绽放在花开的时节。

干旱冰冷的大地上万物复苏，顽强的生灵经过冬天的洗礼，回归的春燕在檐下搭窝筑巢，一切开始了新的萌动。母亲勤劳地开拓荒芜一年的土地，耕耘出松软的土壤，撒下一粒种等待着，我问母亲种子什么时候发芽呢？能结多少粮食吗？母亲笑着对我说，不管他有没有收成，种植是农民的责任。从古至今故乡依然流传着那句不知流传了多少代的俗语"种不种在我，收不收在它，不要辜负了土地贡献的那片希望"。

破土而出的绿芽，经受自然风雨的考验，而生长在泥土中的老枝嫩芽，悄悄地等待着，等待着春风，等待春雨的眷顾。

轻轻的雾弥漫在泥土的上空，刺骨的河水渐渐地露出被吹得皱褶的波纹，残余水地漂浮在河水角边，坚持着脆弱的冰冷。冰块禁不住春的考验，无助地滴下伤心的水滴，跨过小河两岸的石桥，把故乡和远方连在一起。当年母亲曾站在桥上，眼圈里落下儿行千里的泪花，望着我斜挎行囊的背影，渐渐地远去。母亲挥动那时隔多年都无法忘怀的手，印象已经融化在我满腔的血液里，暗许母亲我若有天出人头地，肯定要回来报答。田野犁地的耕牛，在鞭策下用力地耕耘着属于它的那片土地，远方的路很长很长。

年年如此过清明，朝朝日日刮春风。农村的假期是根据节气调整的，只要农忙和节日都要放假，过每年一样的春天。

河岸的垂柳泛起淡淡的浅黄色，蝇头的绿芽爬满稀疏的柳条，等待着鱼条形的嫩叶初绿，耐不住寂寞的桃花含苞终于开放，枝条被涂染成粉红色。一朵开放，万朵齐放，渲染了片片山野。母亲掐一枝梅花，放在妹妹的手上，因她年幼不懂得珍惜，便用小手揉搓花瓣，怪她童幼无知。听说书人讲，《红楼梦》黛玉葬花，是为珍惜美好的青春年华。

时过多年有人问我什么是春天？春天是大地赐予万物生灵的情感，天气渐渐变暖，风和日丽，茫茫平原上麦苗青青，正当清明时节，踏青祭祖，吸天之灵气，淡雾霁霭蒙蒙垄上，大地供给地养分，神清气爽，便赋诗咏之：

青青原野雨蒙蒙，清明归乡踏垄行。认得带泥春来早，柴门篱院掩桃红。

朝雾缥缈在故乡的原野上，回乡祭祖踏在麦垄上过清明，知道故乡的春天来得过早，那篱笆墙的柴门虚掩但院内的桃花不甘寂静，已露出粉红色的艳丽。

年轻人站在故乡的土地上，看着绿色的希望，思乡之情油然而生。优美的景色里，莫忘父亲以木工手艺游走在乡村，用手艺养家糊口，擦一把汗水，抡斧再干，靠抽一袋旱烟解乏，一如既往地搬弄着木工手艺，一旦一家完工，父亲就从乡间小路背着工具踏着回家的泥土，为寻找下个活计而着急。春天是农闲的时候，也农忙的时候，闲是指耕作种植后等待着发芽出土，忙是忙生计为田里化肥和学校里的催账。只有父亲从锛，凿，斧，锯的木屑中所得。

这就是春天的土地，这就是全家的厚望，厚望着长出绿油油的庄稼。厚望儿女们考上好学校，走出这块贫瘠的土地。

夏日的厚望

假期从学校归来，与村边小河相连的池塘的荷花开了，丛丛的芦苇呵护着撑天碧绿荷叶，荷花不甘寂寞地开出粉红色花瓣，让年轻人的心潮涌动。听着柳梢上让人烦躁的蝉鸣，

　　　　　　　　　　　　　　　　　　　　物

催促人们在烈日下寻找躲避的绿荫。

　　望着村口熟悉而又陌生小路，想起那年泥泞的土路，被一阵暴雨浸泡，松软无法拔脚，那时就感觉到故乡泥土的亲切，只要落下脚，就能把鞋牢牢地吸住，又无法自拔。只能赤脚走在乡村的小路。

　　农村的麦收假期是短暂的，父亲长年在外，只有我和母亲为赶三夏，快收，快耕，快种，没日没夜的大干，早早把镰刀磨得飞快，收割前期金黄炸开了芒麦田。当万里无云一片晴朗的早晨，一辆故乡常见的双轮拉车，迎着阳光来到这片希望的田野，两公顷的地头和母亲分段成片割收，初练的我自然没有母亲打腰，收割，捆个那么快。临近中午，一片云彩遮盖了上空，母亲直起腰望了一下天空，她决定放弃收割快速装车，迅速地把麦子压茬码放，拴绳系扣，母亲后推车我拉车，拉着双轮小拉车急促驶上乡间小路，为避开雨迅速踏上回村的小路。

　　老天是无情的，让人接受一次又一次的考验。车没有走多远，雨点密集地落下，雨催促着脚步，用力拉车前行，车上的麦子在上坡时容易倾斜，只要驾住车把，车在母亲推动下自然轻松很多，车轮压在高低不平的土路上，因车太重了少了颠簸，在雨的催促下快了许多，望着村庄就在眼前，雨点给泥土撒上融化剂，双轮上沾满了泥，望着近在咫尺的家门，再也无法前行，我喘着粗气坐在泥土的路上，雨水伴着汗水与泪水从头浇到底，再看大了三圈的双轮已经被泥卡住，无法前行。在离家百米的村口，雨和雨雾给村庄增添了神秘，我望着天下定决心要改变。

　　雨一直下个不停，灰暗的灯光，照在那土炕上，我蜷缩在被窝里，虽然是六月的大热，盖着厚厚的棉被，我却冷得要死。堂屋的大柴锅里燃烧仅有的干柴，屋外的潮气顺着门帘往里挤。母亲用开水煮上姜片，大葱，冲上红糖，热乎乎一大碗，我在母亲的催促下一饮而尽，晕沉沉地睡上了一觉。待我醒来，母亲依然在昏暗的灯下，坐在我身边，手在不停地搓着我的后背。母亲见我醒来，身体轻松了许多，少言寡语的母亲语重心长地告诉我说："孩子，要想走出劳作的痛苦，唯一的出路只有学习，常言说万般皆下品，唯有读书高。"短短的几句话，如同烧红的烙印，深深地烙在了我的内心。

外边的雨还在下，哒哒的雨滴声回响在夜空，母亲的一席话如给我打了一针强心剂，治好了我对学习的厌倦。

庄稼生长在雨季能听到拔节的声音，茂密的树冠接受着风吹雨打，酷暑摧残的干渴的小草，行走在烈日炎炎的乡间小路，故乡的土地供养着勤劳的庄稼人，母亲渴望我走出赖以生存的地方，如同长满翅翎的小鸟飞得越高越远越好。我没有让母亲失望，在乡亲的目送下走出了生我养我土地，不负故乡的厚望。

秋日的厚望

秋天是收获的季节。秋天依然坚守那夏季的暴热，四条漫长的电线上，落满待飞南归的秋燕，叽叽地交流着飞行的路线。

自从融入大城市，成了吃城市商品粮的年轻人，心里装着故乡的亲人，每逢佳节不顾一路劳碌奔波，回到了久别的故土。望着那秋收的土地，已经收获了今年的厚望，已经收钎下的高粱穗码放在打谷场上，掰下的玉米堆放成小山。等待着剥皮搓粒，颗粒归仓。大片的庄稼地里只剩下矮棵的花生，白薯，白菜等待着白露的第一场霜。母亲最忙的是大秋腾出的土地，在施底肥翻耕和播种，重新播下了明年的种子。

薄薄的轻雾笼罩在华北平原，硕大红日冉冉升起在东方。母亲早早地把小麦种子和化肥准备好，同一架农耕时代就有

物

的传统耧放在地头，等候农稼大式拿耧定种，播种技术却保苗棵的疏密。

清脆的耧声回响在大地的上空，一藏蓝色西服内衬洁白的汗衫的年轻斯文人驾驭着陈旧的农耕，人与环境和工作极为不协调，母亲不止一次嘱咐，不管你在外多大官，发多大财，多么富有，一定记住家里土壤里结出的粮食才能养活你，只要家里有粮才最踏实，这就是母亲对大地的厚望。

为了这片厚望的土地，趁中秋回乡团聚过早回来，帮母亲打点她多年厚望的这片土地。摇摇晃晃的耧腿深深扎在泥土里，撒散着粒粒希望，等待着生根发芽，直至盖满绿油油的土地，厚望着明年金黄的麦浪。

中秋的月亮是最圆的，团圆是一年的大事，父亲也从工地放下手中的活回家过节了，母亲放下的农活又成了过节的主角。故乡的中秋是从中午的那顿饭开始的，母亲早晨就把养了一年的公鸡咯咯的叫到面前，先撒一把玉米豆，大群的公鸡朝着母亲围拢上来。专横跋扈的大公鸡，争先地站在满地的粮食间，抖擞着枣红的翎翼，红冠颤微下，机械般啄食金黄的米豆，也许是习惯了在母亲的面前显摆，丝毫没有畏惧，母亲轻轻地伸手抚摸它光洁的翼毛，猛的一回手抓住了两只翅膀。急促地挣扎惊散了抢食的鸡群。母亲毫不犹豫地拿起刀，麻利地拔净脖子周围的毛，用刀隔开一个小口，鲜红的鸡血流在了碗里，当流尽最后一滴，松开手公鸡依然努力挣扎着，反抗着，直至耗尽最后一口气，冲水拔毛开膛破肚，母亲麻利地洗净剁块，最终成了大柴锅里与肉同炖的佳肴。

赏月拜月是故乡隆重的仪式，摆放在院子中央的方桌上，摆上了苹果、梨、枣、葡萄、月饼、馒头，母亲焚香祭拜，举家同围在桌前赏月进餐，虽然没有富裕人家讲究，但生活也不能将就，稻香村的月饼、红星二锅头都是那个时代的奢侈品，父亲看着一桌的菜，招呼老伴、儿子、儿媳妇、孙子共餐。并邀我陪他共饮。父亲高兴看着全家齐聚，叫我陪他多饮几杯。小杯酒的狂饮，几度湿润了父亲的眼睛，看着儿女的兴旺，切切地和母亲私语"知足了，我这辈子知足了，小木匠知足了"。

父亲一生和木头打交道，熟知木头的本性，除花梨紫檀珍贵木料细琢家具外，可锛凿出多少栋高楼房屋。曾不止一次到建筑公司领奖，并自豪的当上了建筑公司的木工工长。一把沿用至今的青年突击手搪瓷大把缸依然端在手上，先进的头衔始终挂在嘴边。几杯酒下肚，肯定竖起大拇指，想当年统领几百号人大干的场面。胸戴红花才领回你母亲。母亲面带笑容地说："别瞎说，你要不上台领奖，我才不认识你是哪位呢？"说着哈哈一笑。

秋天，看的是叶，绿油油地在秋风的唆使下渐渐地变黄变红，有一种故乡称为臭椿树的树种，有一股难闻的味道，枫树似菱角叶泛着红润，银杏树一片金黄，这就是多彩的故乡之秋天。

冬日的厚望

故乡的寒冬是漫长的，漫长得让人感到枯燥，无所事事的老年人，猫在南墙根享受着阳光的沐浴，絮叨着人生往事，等待着春风的使者。而壮年人却赶上了好时代，在大雪纷飞的日子，等候着春节丰厚的分享，赶制了一冬的爆竹在腊八的大集上将开市销售，以图年发之意。

母亲是个闲不住的人，只要有盈利之事，不管多少都要尝试，而母亲盯上的则是瓜子和花生生意。故乡盛产瓜子、花生，因母亲有家传秘制之法。其味道别致浓郁，利用自家大柴锅，经加花椒大料盐水微制泡煮，晾干，用小微火细沙土烤焙，

物

出锅后，筛选留果再晾，酥脆香盐，可谓下酒绝佳肴品。待腊八大集开售，可品尝。

大集销售盈利盛佳，经众人口传每日都有不错的销量。只辛苦了母亲一人。年终已有三四百多元的盈利。母亲高兴地用钱购置年货。

祭灶是年关最紧张最忙的时候，母亲常说，越到年关越瞎忙，母亲托人悄话催促我带孩子们早回。

大年二十八是故乡最后一个年集，早晨天不亮从北京开着母亲那辆逢人就夸的高档四圈轿车，开了一个多小时，为赶最后一个节集，早早地赶回了村子，繁华的大集上人头攒动，在家门口的摊位上，母亲正忙着生意，娴熟地摆弄着秤杆的高低。在低头的瞬间头顶上白发毫不掩饰地露在远方偷偷窥视的视线里，人来回走动，挡住了母亲的身影，站在远处儿的眼泪情不自禁地落下，为了不让其他人看见，赶紧掏出手帕遮住了湿润的双眼，内心的潮涌久久不能平息，想我在外人眼里是如此出息的儿子，还让母亲如此辛苦，惭愧呀，惭愧。感觉到了脸面无光。常言，外有豪车一辆，不如家有亲娘。

我走到母亲的身旁，叫声妈，她带着苍老的声音回了话，回来了。我回来了。母亲老了。

一方古砚

　　心爱之物用之于心，不单纯的是物质本身的价值，"工欲善其事，必先利其器"做事先有所准备，砚台就是文房四宝中的利器。古人写字先用砚台研墨，再铺纸润笔书写，它就是物质本身背后的故事，以传承中有记忆，包括思想中留下深刻印象。都融入于身心。世间还有比心情更重要的东西吗？我相信只要你怀念，他永远是无价之宝，因为它注入了人生最宝贵的东西叫情怀。

　　一切事情的发展与童年的兴趣爱好有着千丝万缕的关系，一件老物件珍藏品往往被时代所代替，文人墨客所珍爱的"文房四宝"中的墨砚被淘汰了吗？未必。讲究的文人雅士泼墨渲染依然保留着砚墨，在宣纸上涂抹勾画的渲染轮廓有古风味，我从小喜欢文房，是娘胎里自带的，更是书法启蒙老师耳濡目染中讲用墨常识而对"砚台"产生的浓厚兴趣。

　　那年，我第一次背着沉重的行囊离开故乡，踏在轻软的土地上，沉甸甸的东西不是银两，除厚厚的一摞书之外，就是书法启蒙老师送我的那方古砚。据爷爷讲，此古砚是在拆老书院那"为人师表"大牌匾时发现的，此古砚不知道经受了多少年的风风雨雨，见证了多少悲欢离合。当时因家中先辈多喜舞文弄墨，便如获至宝收藏在家，只有逢年过节书写春联时才取水研墨，在裁方红条对联纸上挥毫，古砚研出的墨汁浓郁。在大红纸多为吉祥祝福语句，多为"忠厚传家久，诗书继世长""年

物

年有余"之类老词，偶有新词也是毛主席诗词"四海翻腾云水怒，五洲震荡风雷激"，回忆起来记忆犹新。偶尔会给大人添乱，用笔在老砚台上蘸墨汁随意书写，渐渐有了点笔意，兴奋之余把砚台不小心掉在了地上，爷爷见状急忙捡起，可父亲的毫不留情地拿起鸡毛掸子，朝我暴揍，打的我大哭，在爷爷的劝阻下才算完事，之后听爷爷讲述了老砚台的背后的故事。

为何如此重视老砚台呢？据传说这是一方宋代古砚，在杨六郎把守三关口时就有此砚，自古瓦桥关、益津关、淤口关就在此地，现有遗存地下古战刀为佐证；元朝注重蒙汉教育，在多地建有公立书院，在村东留有文成阁古井。清朝时期本村有钱家志平中了状元，传说曾为乾隆身边带刀护卫，修建三层院落带有配房，后期家道中落，钱家大宅后人改为书院，以教书育人为本，周围村文化人多受其恩泽，曾有清代末期道光大匾"为人师表"为证。民国时期乡党多人所见此砚是藏于匾额夹层，以示重视文人震宅之重器，后拆下被钱家后人改做生活案板，将其匾额连同砚台换为酒钱给了镇南"吴家饭庄"，而吴家掌柜正是祖上太爷。

物质的本身并不值有多少经济价值，且不追究传说中故事的真假，事实在于它在我人生中像一颗钉子，牢牢地钉在记忆里，而且这件比一般物件沉许多的古砚，像一块沉重金子闪烁地压在我的心里，时常从我脑海划过。

后现依存状元基地，民国时期家高祖买下状元府西北角宅基地，盖有砖房三间，至今还有此院，此古砚历史只是口传，没有铭文，因为我从小酷爱书法，常临摹古帖，太爷爷传给爷爷，爷爷传给了我，此砚台现由我收藏。有此一物勾出对古砚的浅薄研究。

笔墨纸砚，砚台排在最后却是文房押屋重器，虽然砚中心一拳大之窝，其有"天地人"之功，砚其坚硬经水墨研之，笔写于纸可撑天顶地，旧时文人墨客多以文墨此为生计，把砚台也比田地，"文为砚业，砚为田地"之说法，砚台在全世界唯中国特有。

古砚之形体，不像现代观赏砚，多为雕龙刻凤，精雕细琢的工艺。而是多为实用型古观，常见方正行，取天圆地方，长方多池海墨塘，取天长地久，有研墨砚池和储墨块塘，偶遇装饰多为兰花松竹，海水浪样之类的雕刻，但我手里这方古砚却为长四方形，有两个墨池，一个圆形研墨池，一个月牙形小池，我给它起了个文雅的名字"日月同辉"，四方盖子上刻有一首《咏砚》诗词："圆池类壁水，轻翰染烟华。将军欲定远，见弃不应赊。"是唐代诗人杨师道所作。查阅资料诗人是弘农华阴人，隋朝皇族唐朝重用官员。一方古砚朴实大方，实为上品。

古砚之材质，据有收藏经验人讲，此砚材质非常硬，造型古朴端庄大方，具有宋代肇庆"端砚"之特征，因本人酷爱，查阅其绛州得知中国四大古砚，包括收藏的"端砚"，安徽歙县的"歙砚"，甘肃卓"洮砚"，山西绛州"澄泥砚"。对砚材质鉴赏，《端溪砚史》赞曰："体重而轻，质钢而柔，摩之寂寞无纤响，按之如小肌肤，温软嫩而不滑。"且不损笔毫，宜发墨的特点，其质石坚润，托之如肌肤，磨则有锋，涩水留笔，滑不拒墨，墨少易干，涤之立净为最佳品。在《说文》记载，将砚台解释为"滑石也"。

由本质上探究对老物件古砚台的喜爱，我多次翻阅资料比对，文章里是否有可追逐的东西，也许是孤陋寡闻或才疏学浅，未曾寻得一丝与此砚的线索，但从文集里学得一点关于古砚浅薄的知识，充实我对物质本能的挚爱和对文化的尊重。

据网络上介绍古砚台的收藏历史曾有两次高峰，一次是北宋年间，随着文人阶层的发展壮大，文人雅士逐渐对专属的砚萌发强大的兴趣。其次就清乾隆年间古砚的收藏被纳入宫廷

物

文化范畴，并完成专属名著《西清砚谱》并为砚台赋予了文化内涵，称诗言志，词言情，歌咏言，砚铭心，给古砚台收藏者的人遐思，它是风清致雅之物件，是学问，是涵养，更是修行。今朝墨汁的出现淘汰了砚台的基本属性，当今的收藏业把文房之雅同样归于文玩极高之物，价格被炒，价格不菲，而且把极高的古砚台与文物并称。

我记得当年考上一所市级幼师，学校在市郊外一处封闭之地，下公共汽车还要走八里路，开学期正赶雨季，除背着沉重的行李和一摞书之外，母亲给做的干粮还有这沉重的这方石砚台，北方的泥巴沾脚，走在泥泞的路上，几次想将袋子里最沉的东西丢了，可这方砚几次拿出，又放回，咬着牙坚持着才回学校，想起来历历在目。

我虽喜欢书法，深爱文房四宝，但多年舍不得用这方古砚，收藏在具有书香气的多宝格内，闲暇欣赏并偶用清水浸泡，据养砚经验人讲放阴凉通风之处，惜爱之物只为把玩。几次有朋友有意与我以交换，都以酷爱之由拒绝，时常观察这方古砚之物，隐隐沉思，并深感中国文化之博大，物体之精美中含着文人的傲骨。

疏季成章

我想一切都有规律，自然法则里上苍已经安排好了，春夏秋冬四季分明，吃食和节气必然有关系，不信你就在阴阳的风水学中谈养生。

闲暇之余，与著名文学大家凸凹，沏上一壶明前龙井，闲侃文学是文化艺术之母本，不管是影视剧，还是书法、美术、曲艺、戏曲，它的创作初期都是文学文本，通过二次加工创作形成表演形式，但所有的作品都必须有生活的体验和人物的原形，只有这样他才有创作的价值。

调侃味道也是有记忆的，我真的有所体会。因为母亲的味道深深地融入记忆里。农村改善生活，没有七个碟子八个碗，没有熬炒炖烦琐，一口大柴锅，就是包饺子，兜包子，烙饼，面条之类的细粮，往常天天是粗粮贴饼子，蒸窝头。

打春之日，桌上的餐食多为新鲜的蔬菜、豆芽、韭菜炒鸡蛋、大葱蘸大酱，想起来那个香，讲实话今天的大鱼大肉都比不了。家里兄弟姐妹多，吃饭的时候挤在饭桌，不分你我，你抢我夺，一盆不用多时就盆干碗净，此时母亲再端上一盆，依然如此，母亲总说，半大小子，吃死老子。

母亲是个勤快人，初夏时节，为了改善我们这群吃货的生活，在篱笆墙下开垦一条方田，春天母亲动员我们兄妹松动这方泥土，在集市上买了秧子，在周日早晨，唤醒我们，开始刨坑，浇水，植秧，培土。第二天又灌饱这片秧苗。

物

几天后，支棱着水灵灵的小叶边的茎上吐出嫩芽，在母亲精心护理和我们这群孩子的关心下，开始爬蔓，到了雨季，疯狂地成长，而且从叶儿的边角长出小小的杈，母亲却把长出的幼杈剪下。告诉我这是分秧若长大就会影响主秧生长，争抢养分，结果就不会牢固，到雨季会脱落果儿。我当然不信，母亲还真的留了一棵分长的秧。

　　夏天频繁的雨水，给予了这片秧苗最大的鼓励，秧苗几乎占满了篱笆墙，稀疏间滋出小小的黄芽，母亲告诉我们，这就是花蕾，待花儿开放后，就要坐小瓜了，故乡有时称它叫瓜胎。

　　果然，没两天花开了，叶子大的花开得也最大，叶子略小的花也略小，叶子更小的花也更小，而母亲留的分枝上花儿最多，奇怪的是不像母亲种的月季花白，红黄，粉，紫得那么好看，无论大花小花，秧上开单一色的黄色，大的毛茸茸的淡黄色，中间长着金花的蕊。母亲告诉我他是倭瓜花，而略小的是丝瓜花，更小的是黄瓜花。每棵花的下边都有一个绿色的豆，这就是瓜胎。

　　雨越来越多，而且越下越大，一连几天的暴雨催着秧苗长得更快，有几株另类长得最快而且叶儿呈桃形，开着紫色的小花，更惹人喜欢，它是豆角秧，是结果最多最早的。蝴蝶、蜜蜂在花丛里窜来窜去。但那棵分长的秧花未绽放早早凋零。

　　母亲告诉我，看到了吧，分长的秧儿必须要修理，不然它就不会开好花结大果。和教育你们小孩一样，不听大人话不会成长成好娃。

　　母亲拿着剪刀修剪了分杈，很快几天就恢复和其他秧一样的丰茂。

　　夏天到了，结出的瓜豆给我们改善了生活，春天的萝卜咸菜退出饭桌，伴有蔬菜的窝头或贴饼子打开了半大小子的食欲，从一方田里薅一把小葱，拔几头大蒜，用水一洗，蘸着母亲自制的大酱，那个香是无法言表和修饰的，也许就是时代所造就出的幸福生活。

最好吃是故乡的冷汤，北方人叫"捞面"，物质丰富的老北京叫肉丁炸酱面。故乡芝麻白酱、花生酱不少，自产自磨货真醇香。母亲手擀白面条，根根白细，大柴锅水烧至七八成开，将在一方田摘下的豆角，切成条，倒入锅中焯水，快速捞出过水，保持干脆入盘，再在滚烫的大柴锅里煮二三分钟，捞进凉水大盆，面条放凉水中一过，一次两次，热面经凉水一激劲道很多，捞在碗里拌上方田产的黄瓜丝，用勺熬的花椒油，倒入放有葱花的酱油碗里，嗞啦一声，一股烟，浓郁的花椒香气充满房间。

芝麻盐、豆角、黄瓜丝、花椒油、蒜泥、芝麻酱、陈醋一拌，北京话讲那个地道。那时年轻，凉面从不从嘴里嚼，用嘴一吸筷子一扒拉就一碗，连吃二三碗，若不是母亲拦着我还得吃一碗。出去玩一阵子回来还想吃。这才是故乡夏天的味道。

冷面说起来在今天不算什么美食，但在贫瘠的童年，可不是谁家都能经常吃的，冷面在故乡人的心里是无法抹去的一道风景。

秋天又区别于夏天，抢收抢种，往往吃饭要在地里，此时母亲会做带馅的玉米面菜团子，带上菜团子解决菜与主食，菜团子就是吃几个也不抵饿。到了最忙的时节母亲会发面蒸大馅包子。

蒸包子首先要发面，用农村的老面去发，用现在的发酵粉味道会差很多。过去农村总把上一次蒸馒头留下一小块作老面，下次发面时用热水泡开，在瓦盆里和好，放在热炕上，冬天还要盖上棉被，经过一上午，盆里面就开发酵了，软软的，有一股酸味。此时把碱面用热水沏开，倒入面盆里，再加入面粉，这叫揣碱，待酸碱合适，再加上面揉好，揉得时间越久越好，

物

等面团揉光滑了放在盆里用一湿布盖上面团，再用盖帘盖上面盆，慢慢地醒着，该去准备馅了，馅是一方田摘下的大倭瓜，淡绿套着金黄色，洗净去皮，用擦馅的擦刀擦成金色细细的丝条，在木菜墩上剁成泥，用兜布挤出水，把盐葱姜末儿放好。此时母亲会炼二勺肥猪膘油，浇在馅上把酱油香油倒上，再打一个生鸡蛋，浇在馅上顺时针方向搅拌，不然反方向会破坏倭瓜的纤维，会不成团。馅儿和好了，兜包子开始，把醒好的面团拽出来，揪成一块，在面案上反复揉，然后用刀切成一个个计子，再轻轻揉一遍，粘上薄面，用小擀面杖擀圆圆的包子皮。

母亲常说，兜包子的皮中间厚周边薄，将擀好的皮放在左手心，用一个木勺把馅放到皮中间，然后大拇指紧挨着有馅的皮上，用食指从底部托，这样捏着面皮捏成了褶，大拇指压住面，捏在一起约七八个褶。兜一个放到大柴锅的屉布上，装满，码放一锅，母亲加柴，让我拉着木风箱。

一会锅里冒出了热气，满屋弥漫着香味，稍后母亲说该揭锅了，锅盖一揭开热气腾满堂屋，瞬间热气飘向门口，清楚地看到圆圆满满的一锅大馅包子，口水也跟着流下。母亲只给每人一个，余下的让我给地里干活的父亲送去，等下锅再吃。

来城里住四十年了，将北京城里的，庆丰包子，天津的狗不理，浙江的小笼包，河南的灌汤包及全国其他地方的包子吃个遍，从没有哪家吸引我，不是我挑嘴，总感觉没有故乡母亲蒸得适合我的口味。也许这是固有的原始的味道，时光是一把无情的刀，包括所说的故乡的味道。

乡土气氛

一脉相承的农耕文化，离不开乡土，乡土是人类生存不可缺少的根，乡土是母体，供养了物质和文化的营养，孕育中变化，脚下结出丰硕的果实，亲吻这片乡土，这是我生存和发展的根。

最近得到一本我喜欢的书，书名《乡土中国》，只因书名写有"乡土"二字，勾出我对故乡泥土的深思，因为乡土才是安魂的地方，多少次梦见故乡的少年，在我梦中依稀回到故乡，勾起我对乡土深深的思念。

我是农民的儿子，也就是在农村长大，故乡离不开泥土，故乡的泥土里埋着血脉相承的祖宗，靠农植谋生的人黏合在土地上。

我生在农村，知道"乡土"二字的重要性，我认为"乡"的含义是群居聚集区内具有政治文化习俗的群体，而"土"则是赖以生存可获得生活保障的地方，乡土是我们的根。

我出生在农村的乡下，是周边村的公社所在地，上工由生产队召集，一个挂在村头老槐树上大钟，当当作响，单户的双扇木门才吱吱地打开，那泛红的春联上写着句横批"幸福之家"门内走出，肩上扛着劳动的工具。大家聚集在一起，闪披着青色棉袄的队长，用大喇叭叫到，听到喊到自己名字时，大声回答"到"。

而传统的叫名，半军事化，让负责生产的干部分派给村民的田间劳动。接下来就下地，生产任务是除苗里的草耕地，每人一垄，村里的地头，从头耕到尾。这是我童年记忆的乡土。

日出而作，日落而息，繁衍一代又一代，自从改革开放，包产到户，多劳多得的政策激发出农民对乡土种植的积极性。母亲惜土地如命，只要有泥土可生根的地方都开荒出来，播下一粒种子，浇上水，种子义无反顾回报给你，结出的瓜果供养着全家，丰收的粮食屯集在家里，从贫瘠的生活里解决了温饱，露出了久违的笑容。

狂欢是乡里人对丰收的庆祝，也是对来年五谷丰登的祈福，人们在正月农闲之际，四里八村的人来到乡里走上街头，扭着秧歌，踩着高跷，舞动狮子，走在大街小巷，充满着对幸福生活的满足。

年轻的男女，嬉笑着搭讪，在乡亲们的撮合下喜结连理，喜迎一个新家庭的诞生，这就是我想象中现实的乡土，更是我笔下的乡土。

我说农村土地是固定的，随着人口的增加，一块地上有几代人繁殖，人口到了一定饱和，过剩的人口得外出，放下锄头另辟新的途径。二十世纪八十年代初期，大批的农民割舍土地，涌向城里，他们变换身份由乡下的农民成为农民工，成了城市建设的主力。

那年我十六岁，在母亲督促下，重复着老人留下的古语，"万般皆下品，唯有读书高"，在边上学，边劳动的同时，努力地读书。

说实话，当年读书最初是抱着功成名就的目的，是想离开这固有贫瘠落后的土地，对于我走出闭塞的地方，经历多次的成功，多次的失败，丰富了自己的阅历，积累了乡土文化的含金量，从中获取了我未曾经历的场景，人物，事件及感情，还迫使我去探索更高的乡土文化的本质，引领我探寻人生意

乡土气氛   211

义，从乡土中获得养分，用诗歌，散文抒发情怀，渐渐的我在中学时期就开始写文章表达对生活的热爱。

我背着沉甸甸的书和那简单的行李，来追逐生活的满足，来到了城里，就像乡土中国所说"靠种地谋生人才明白泥土的可贵，城里人可以用土气来藐视乡下人"。

穿上母亲灯下辛苦做的布鞋，是母亲千针万线缝制，自然没有城里人皮鞋、球鞋时尚，满嘴的乡间口音带着土里土气的"夸"，很多人给了一个肯定称呼叫"老坦"，意思是实在诚实的人，起初不知道是褒义还是贬义，渐渐乡土人习惯了这个名词。为了表达对故乡泥土的挚爱，我曾不止一次在诗和散文里抒怀乡土，书写的更多的是乡恋和乡愁，书写时不止一次地落泪，不知是激动，还是感动，总把生活与乡土连一起。这可能是我多年养成的习惯。

虽然身在他乡，可渐渐地也融入了城市，常言"入乡随俗"，而他乡也流出更多的热情，其身融入的这片乡土，在散文中一样深情地吸纳这片土地所应有气息，因为乡土为散文提供了成长的营养。

乡土中所含的营养不单纯的是来自食物，也有精神食粮，所采集的文学创作素材大多来源于乡土，乡土源源不断供给我养分。

描写乡土散发大地风的妩媚和往昔家庭温馨，取材于深入土地上，种种磨难和痛苦夹杂着艰辛，把乡土的朴实、简单记录下来，故乡是散文的母亲，是故乡父辈们赖以生存的家园，包含着团体和地域文化，是我们初期的基本点和远方的终点。

当我们走出故乡之后，就剪断了与母亲相连的脐带，应该以生存的急迫姿态，采撷城市文化的枝叶，嫁接在母体上，培育出新的植株，既有新的乡土气味，构建新的家园，也要能达到这个境界。不要缺少生活的气息，更不要缺少当地乡

物

土的知识修养。写乡土首先要知道乡土，多读乡土的书籍，增加自己的知识内涵，吸收新的营养才能有融入乡土的味道。

　　大山是乡土里不可缺少的元素，相信乡土才是终生依靠的，是可以葬入灵魂的地方，是可以接受眼泪的地方，更是儿女子孙万代繁衍的地方。

　　我爱有家的乡土。

故乡小河

　　水源是古人在选择居住的条件之一。故乡也有一条不知名的小河，但无从考究是人工开渠还是自然形成。我出生在小河岸边，对故乡有扯不断的情怀，自然体现在乡愁、乡思、乡恋。这种情怀是骨子自带的，具有泥土气息，具有生活底蕴，是和深厚的情感是分不开的，无数次在梦里回忆故乡的生活，不管走多远，不管贫穷富有，提起故乡都有说不完的故乡话。

　　故乡有条弯弯曲曲的小河，小河两岸长着柳树，因为是无心种植高矮不齐，枝枝杈杈奇形怪状。河水是由白洋淀支汊分流而过，此河养育着这片富饶的华北平原，春夏秋冬，一年两季，秋播夏收，夏种秋收。潺潺流水一年四季不断。稀疏的芦苇长在小河两岸坡，宽窄不一的水里游动着自然生长的鱼虾。虽然比不上江南水乡，河两岸的百姓富足的爱恋着这条生命的小河。

　　我从娘胎里生出来，就对小河的泥土有了深厚的情感。出生前父亲就从故乡的小河岸边，用筐背来细腻的沙土，为我准备好出生后偎依的温暖的褓褓，故乡也称绵绵土。在大柴锅里焙到温手，用细箩筛去块块，出生的孩躺在里边用布包好孩子不但温暖，而且拉尿都方便。说我躺进沙土里笑了，笑得特别开心。母亲说这孩子对小河和沙土肯定有特殊的情怀，为什么每次换土都咯咯咯笑个不停。

　　童年，是在冰天雪地里度过，天气很冷，但挡不住孩子在小河边地玩耍的热情。早晨，寒冷的水蒸气变成雾，如一道纱

物

幔遮住了东方旭日的红润，岸边的垂柳如镀上一层厚厚的冰，在风中摆动，晶莹剔透闪闪发光。与光滑透亮小河冰面，形成静的反差，渐渐地升起才露出灿烂的笑脸，若在周日孩子们会在小河的冰面上滑冰，在细长幽静的冰面上滑得很远很远。直到中午饿了肚子才知道向回滑。在没有结冰的地方可以用自带的网兜儿捞上几条游动的鱼，但一定要小心，一次不注意我踩空了，脚踏进了流水里，棉鞋和棉裤被弄湿，开始只是在伙伴的帮助下拧出了水，可寒冷的天气还是把棉裤腿冻得像铁一样的坚硬。一瘸一拐地回家，父亲打了我，在冰河上玩耍非常危险，小河干涸时因施工河底被挖的深浅不一，待到河水丰水期坑很难被发现，若落入冰洞，那就会有生命危险了。

春天的小河迎来了生机，融化的积雪冰冻层和流动的河水分离，经冬天结冻的冰层，在春的催促下滴答、滴答，滴在融化在流动的小溪里，汇集后似脱缰野马急促地流向远方。农舍饲养的鸭鹅早早探到春的消息，在溪水里捕捉河里的鱼虾，偶尔潜入水中逆水游出很远，我正为它担心，它却从容地从水下钻出，抖抖翅膀毫不在意地嬉戏在水里。岸边的小草随之抖动。远处的山桃花羞红了粉润的脸，饥渴的大地在牛犁翻耕的土地上正播种着秋天的希望，越冬的小麦返青等待着开春的第一场来自小河的水，水泵抽动加快了溪水的流动。好水知时节，盼着老天落下渴望的春雨。

夏天是多雨的时节，急促的雨如炒豆般打在河水上，溅起一道圆圆的波纹，雨大了，雨点凝成道道雨柱。暴雨过后河床上架起一道霁月彩虹，搭建在沿河岸泥泞的路上，赤脚挽着裤腿身披塑料编织带，头戴蘑菇草帽，腰间提着鱼篓，手拿长长的竹竿，头上绑一个用自行车条磨得尖尖的钎子，踩着缤纷的五彩虹霞，沿岸捕捉鱼虾和青蛙，那个年代还没有保护动物的概念。那就是一个劲得开心地玩。河两岸长满了茂实的青草，靠水边长的茂盛的水摆草，形状像是野生的水稻。雨后湿漉漉的，草叶上滚动着晶莹的水珠。鼓噪的蛙声惹得人烦躁不安。天气瞬间万里无云。夏日太阳直射大地，把河岸晒得焦热，脚踏上火辣辣的，光脚不敢接触地面，用柳条编一双鞋，才能走在河边。那种快乐是无欺的，无忧的，是再也追不回来的。

天无二日晴，蒸发的水汽集结成云，天阴沉着脸，等一场更大的雨的降临。果不其然一场大的暴雨下了两天一夜，小河水位暴涨。河水在暴雨后显得河道宽敞了许多，暴涨急促的河水打着旋涡从上游滚滚而来，听邻村说大水冲走了孩子，造成了生命事故。母亲千叮咛万嘱咐不要到小河边去。此时我对泄下的洪水非厌恶，水大时冲开河岸堤堰，水冲进庄稼地，水淹没了齐腰深的青苗，造成颗粒无收，站在高岗上母亲落下泪水，我望着母亲流下眼泪，望着那片将要淹的青纱帐，心想我一定要治理这条吃人的小河。

转眼几十年，过去小河依然流淌着，随着上游工业化的发展溪水变成了污水，大量化工原料的污水排入造成恶臭，渗透的污水污染了地下水。每次回家看到都伤心不已，回到家不敢喝故乡的水，忍受饥渴和父老乡亲交谈，热心人端上一碗家乡的水不敢触碰，客气地说不渴，只有回到车上才打开自带的矿泉水一饮而尽。可我多次想消除这种现象，一介草民何以有如此本事，默默地低下头不语。只能耐心等待着人们的觉醒。

春天接着又一个春，到了清明踏青上坟祭祀的日子，我和往年一样，回故乡去为祖坟扫墓挂纸，那条小河的弯曲处就是祖坟，外围有一条环绕的绿化带，给祖上带来无上的荣耀。我告诉已故去的父母，小河两岸传来喜讯。而在那年的清明如春雷般惊醒了故乡，震惊了中国，震撼了世界，故乡的三个县，容城、雄县、安新，成立了雄安新区，是继深圳开发区，上海经济自贸区后的国家级雄安新区，将建设成一个现代化的科技

物

新城，以承接北京各个集团总部及央企，高科技引领城市发展。

　　河还是那条小河，河岸上的土地改种了树木，一望无垠的绿色覆盖着故乡，这条蜿蜒曲折的小河成了一道优美的风景线，如串联着各个小镇的珍珠项链，显得雍容华贵。

　　再看这条滋养了多少代人的小河，岸边绿树成荫，林里听到了鸟鸣，水中又看到了鱼游，岸边闻到了花香，一条悠长的红色橡胶跑道沿河岸修出几十公里。漫步在鸟语花香的小河边，倚坐长椅，聆听着轻音小曲，我陶醉在这条与我生命相关的小河畔，不由感叹故乡赶上了好时代，小河变成了大花园。由衷地感谢社会主义新时代造就的青山绿水。

　　故乡快速的发展促进了我回家的频率，每次回家都沿小河堤岸行驶，到了风景优美的地方，我停车欣赏这与城市公园一样美丽的风光，感到无比荣光和幸福。有人再问我是哪里人，再没有了羞涩，而自豪地说我是雄安人，雄安风景多么的优美，人民多么富足。沿橡胶步道可游览华北明珠——白洋淀。

蛙鸣声声

　　雄安白洋淀的大清河，与天津海河相连，是北京五大水系中支流最多的水系。六月的华北平原如南方的梅雨季，雨没完没了地下个不停，地处低洼处的故乡，经受着西部山区连续降雨带来的洪水，只有百里长的分洪堤堰经受着一次次的考验，生活在这里的人祖祖辈辈已经习惯了这样雨水季节。

　　连续几天的雨渗入硬邦邦的胶泥地，踩在脚下如强有力的吸盘，牢牢地吸引住双脚，让人迈不动，只有脱鞋赤脚走在故乡的泥土地上，软绵绵的，好像娃娃的肌肤，肉肉的感觉，几个人相互帮扶你拉我扯才能走，也许是故乡泥土太沾人。

　　六月大雨季节，荷塘中硕大的荷叶随风摆动，承接着急促的暴雨拍打荷叶上聚集的银珠，在碧绿的荷叶上滚来滚去，无数顶荷叶在风的摇曳下倾斜将雨水倒入淀池中，继续承担着躲避不掉的天赐雨滴。

　　华北平原由大大小小的淀池相连，茂密的芦苇自然地生长在白洋淀堤堰内的水中，在风和雨的鼓励下鞠躬答谢着这几天的及时雨。此时淀边上的庄稼人身披蓑衣，头顶戴着芦席编织的蘑菇顶草帽，赤脚走在泥泞的岸边，田里的玉米地正是拔节成长的关键时期，庄稼人都明白谚语："夏施一把肥，秋收一担粮"，抽穗拔节是最需养分的时候，雨季是青稞施肥的时节，挽起裤腿赤足走在田间，弯腰给每棵饥饿的根系，抓上一把化肥，学名尿素的洁白颗粒，这就是六月乡下人最重要的劳作。

天忽然地露出笑脸，放出蓝得彻底的天空，除远在天边的那抹云外，一切毫无遮拦地暴晒在太阳底下，那河岸边柳林的知了，放开嗓子不间断的嗞啦、嗞啦地叫个不停，让你心烦意乱。

小暑后的雨不止催促庄稼的成长，也催促地里杂草的生长，齐腰突穗的玉米地，为了更好地阻止杂草吸收庄稼地营养，施肥前要做一次除草。手持的如意钩形小锄，在齐腰身的玉米地里，这是农民一年中最苦的时节，戴一顶草帽遮住天上的太阳，脖子上搭一条毛巾，随时擦汗。劳动在玉米地里，劳动的汗水，天热的汗水，湿透全身，若穿一件蓝背心，锋利的玉米叶划到胳膊上，留出一道划痕，被汗水一浸，钻心的疼痛。那首童年耳熟能详的古诗《悯农》描写的，汗滴禾下土的苦，确实难以想象每粒粮食种植的苦，那种苦只有在七八十年代农村生活过的人才有的深刻的体会。

若怕划伤胳膊，穿上一件长袖衣服，穿梭在青纱帐里锄地，少了划伤，劳动汗水浸湿衣服，如同水里捞出来的一样，被汗水浸透的衣服被太阳一晒，露出一道道白色的痕迹，记录下劳动生产的痕迹，离开了农村多少年了，这样的场景依旧出现在脑海中。

刚刚铲锄的杂草禁不住太阳的暴晒，很快枯萎，淋上急促的暴雨，披一蓑衣或搭一塑料布当雨衣，冒雨施肥，盼望着秋后的收成，是啊，明代于谦的诗句"但愿苍生俱饱暖，不辞辛苦出山林"，如果没有怕饥饿的人，谁愿冒这样的苦呢。

一场暴雨接着一场暴雨，大大小小的坑被雨水填平，田间沟壑的合唱成了自然界的大合唱，鼓起勇气大声叫喊，像极了不和谐的音乐会，喊出了大地生灵的心声，也许是向天诉说："别下了，别下了，喝饱了，喝饱了。"南宋诗人的《幽居初夏》写道："湖山胜处放翁家，槐柳阴中野径斜。水满有时观下鹭，草深无处不鸣蛙"。

蛙鸣和热辣辣的太阳让人心烦意乱，人们走出家门，来到池塘岸边，站在随风摆动的柳树下纳凉，经过几天的雨水侵袭已经淹没了池塘边的水草，而不管水多大，那满池荷莲浮在水面，这片青蛙的乐园，戏水在池塘的荷叶或草丛岸边，鼓足那囊起的脖子，带着节奏的颤音，倾诉着那满肚子的怨气，也许它们用最动听的蛙鸣歌声召唤着异性，也有甜蜜幸福地拥抱在一起。

当你饶有兴致地接近青蛙，它们会敏捷地跳入水中隐藏起来，那配在一起的不离不弃紧紧地拥抱着藏起来。毫不顾及人的感受和裸露的羞耻，这就是大自然纯洁的爱情。

当你退回警戒距离，马上又回到各自的领地。重新与周边相安无事的鼓噪合唱，给大自然带来无限的生机，而且与树上的知了成为夏季最美的和声。

一切回归自然，这样的场景只有故乡的童年才能见到，每次回老家白洋淀都有新的变化，雄安新区那泥泞的小路已修宽敞的马路，那片青纱帐种植上多种珍贵的树木，蛙鸣声被建设工地隆隆的机械声淹没，一个大型的城市在不久将屹立在世界东方。

物

西河大鼓

西河大鼓源自故乡的街头巷尾田间地头，说书人最大的特点越是周围人越多，掌声越大，他越卖力气努力地演唱。说他是西河人，因为他一生除种田外主要以唱西河大鼓为生。

镇南头，有一口清澈甘甜的古井，井边矗立着一座风一吹叮当响的古塔，下有一棵枯朽干裂的老槐树，苍劲龙爪式的枝干依然郁郁葱葱。当清风抖动铃声时，枝叶也发出哗哗的响声，硕大的树干像一把大伞，夏日遮挡出大片的阴凉地，铃铛阁已经没有往日香火，从远处观看有明显的倾斜，内部构造已经开裂，像一个风烛残年的老人，随时有倒塌离世的危险，平时很少有人接近它。

也不知何年何月修建的古塔，在一场大雨后终于没有挺住，在大自然面前倒塌，倒下的砖头被勤俭人捡走，在原本的一块高地上，又凸起了一个大土包，站在那里可巡视小镇的四周。

小时候，跟大人去田野，下地干活，经常要路过这里，也许是那口井上辘轳的原因，还是那棵老槐树的灵气，不管春夏秋冬，这里都是人们聚集的地方，下地去的时候，就在老槐树下乘凉，从田里回来，喝一口凉井水，小镇南头人有下地种田，铃铛阁见的习惯。

常言高处不胜寒，反过来高处有凉风，也不知从哪年哪月，乡亲们大热天，因家里闷热，都出来聚在铃铛阁的槐树下聊天纳凉。

村里有位说书人，本姓吴叫章圈，因与我是本家，我称他为叔，自幼因说话口吃，俗称结巴，多次请人医治无效，说来奇怪，他只要连贯说唱，就没有了这个毛病，家里托人跟西河大鼓艺人学唱曲，一把三弦自弹自唱，他肚里装着不少故事学问，也算一门生存的手艺。

一天傍晚，章圈叔摇着一把芭蕉扇子，笑眯眯地，把脚上穿的鞋脱一只，垫在屁股下，他越急越磕巴，孩子们总逗他说话，半开玩笑地说："要不，你盛夏在铃铛阁开书场，唱西河大鼓我们就不逗你。"一听请他说书，自然高兴，用一字"行"满口答应。

章圈在铃铛阁说书消息传遍了小镇。

开书的第一天，铃铛阁的大槐树下挤满了人，看上去黑压压一片。大人们早早给放上一张方桌，上围一块蓝布，圆圆的鼓，架在桌，上放建鼓，两块半月铜板和一块洁白的手帕，方凳上坐着章圈叔，怀抱三弦，听他干咳嗽两声，围观的人一片安静，只听三弦在弹拨声中奏乐出地方曲味，如同一针强心剂，把你的精神揽入书中情怀，书便这样开场了：

高高山上一老僧，身穿衲头几千层。
若问老僧人高寿，记得清河未澄清。
五百年，清一澄，总共四千五百冬。
玲珑塔，塔玲珑，玲珑宝塔第一层。
一张高桌四条腿，一个和尚一本经。

西河大鼓《玲珑塔》本是地方曲艺艺人练嘴的绕口令，基本功踏实口齿清晰，吐字清楚，艺人将弦子与铜鼓板也叫犁铧片结合一起，唱和说结合起来，在弦子伴奏中为更好地表现人物造型，用评书的演义手法讲述生动的人物故事，受到

物

冀中的华北平原人民普遍欢迎，多为本乡土语田园地头说唱。

今天章圈叔开场唱的是为显示自己的基本功，整整一夏天，都以他闯荡江湖几十年说的《岳飞传》为正书，每当说到章回绝妙之地，勾引着你破解书中关键之际，他总是要问如何破解？或又问来人是谁？且听下书分解，他留下悬念往往折腾我觉睡不好，饭吃不好，一天都没有精神，总想着后面的情节。

有一次听书回来，夜已深静，母亲看我们翻来覆去睡不着，问我发生了什么事。

我问母亲："高宠挑滑车，最后究竟如何？"

母亲回答："我哪知道，去问你章圈叔去？"

"对。"连忙起身穿上鞋，去前院敲章圈叔家的门。

屋里听到急促敲门声，问："谁呀？"

"我有事。"

一听有事他匆匆开门问："出什么事啦？这么急。"

"你告诉我高宠挑滑车最后怎么啦。"

"嗨，这孩子，憋不住隔夜的屁，非得打破砂锅问到底，"他也卖关子，"明天书场告诉你，明铃铛阁见。"说着关门睡觉去了，我一听急了，接着砸，最后还是婶子说话管事，"你告孩子不行，非得让他大半夜里着急。"章圈叔在不情愿中告诉我，"被滑车碾死了。"

自从他告诉我，我更担心起来，几乎一夜没睡，担心明天宋军的胜败。

第二天傍晚，我们这群忠诚的书迷，早早带上小板凳，等在这里，谁知一开场拨弹着弦子，一高一低一平一和，唱东说西就是不接上回书说，急得我投土疙瘩，可他假装没看见，摇晃着小脑袋瓜子，说东扯西就是不入正题，急得这群孩子直跺脚，话锋一转评书道："只见高宠使出全身力气，一连挑了十辆铁滑车，这员小将精疲力尽双腿发软，第十二辆滑车从山上滚下，高宠力气不支，随身倒下，从身上滚过，被活活压死。"说到此拨弹三弦："牛头山上小英雄，连挑滑车留美名，金兵见到兵溃败，宋史名将兵小高宠。"

从小崇拜英雄的小伙伴，人人紧握拳头要对讲书的章圈开战，可当听到精忠报国的岳飞要给高宠报仇雪恨，才算了事。

我总想，为什么西河大鼓让故乡人喜欢，主要是以冀中平原声韵为基础，吸取了当地的民间小调音乐语言，并运用三板一眼，一眼一板，无眼三板，在演速度上可自由伸缩，唱腔和谐流畅生动活泼，似说似唱，易讲易懂，属于田间地头的民间音乐形式。唱周边老百姓的事或当地流传的民间故事，让人耳熟能详的就是发生在故乡的《杨家将》《岳飞传》等大书。

西河大鼓是故乡的曲艺形式，偶尔在电视上看到，这个形发源冀中流行于京津，当年鼓书艺人，身背三弦，腰挎建鼓，手握犁板，行走在乡村庙会，大部分是在寒冬农闲季节包场，一部书说上一冬天。

西河大鼓在冀中平原流传了几百年，也养活了很多说书艺人，章圈叔一生的饭碗就是说书。他曾和一个瞎子搭帮，行走在大清河两岸，养活着他的全家，他政治思想很超前，跟随着社会时代而讴歌，改革开放宣传发家致富。凭他一副好嗓子走南闯北，闲余时在家铃铛阁的大槐树下为乡亲们演唱，用现挂现编宣传身边人的孝道，调解邻里关系，兄弟情分，种植养殖的段子，偶尔在婚丧嫁娶的红白喜事上，客串一把增加气氛。

物

房山散记

有人说背上行囊是路，放下行李是家，我就相信这句话，在这我不算是土生，但也是生活几十年地方，把行囊和家都安在这块土上，就应该算土长了吧。就像歌里唱的，谁不说自己家乡好，我也一样热爱这片热土，热爱家乡。

当物质生活不再追求，精神和健康充实人的思想，艺术追求成了社会上的主旋律，很少有人能把熟知的家乡，用时光的线串联起来，像珍珠发出颗颗耀眼的光芒。

品味家乡，像品一坛尘封多年的老酒，愈久愈醇，愈醇愈香，给人那种愈久弥珍的感觉。

大房山历史悠久，有着重大的文物价值。有人说西藏在遥远的喜马拉雅山下，有布达拉宫在祖国的西南。也有人说京西南有风景如画的地方，此地悠久的历史也很遥远。喜马拉雅山下布达拉宫，让无数人朝圣，北京西南方的房山同样让人朝圣，那里悠久的历史总让我叹为观止。

房山地貌"地之渊"

在侏罗纪末，白垩纪初，断裂带开始升降，过程中形成山间断陷的盆地，西北部凸起高山，凹陷出丘陵，底部形成平原。裁剪出房山各占三分的特色地质地貌，变化多样的地层，被学术界称之为"地质摇篮"。

自古，常说大房岭，"大"是说地方大？非也。在北方房山是一处自两亿年前形成的地质，五千年历史文化遗迹不断代的地方，所以说大。在悠悠的历史古道上抒怀，三条弯曲悠长的河穿越家乡，一条是由桑干河分泄下的永定河水系，擦肩而过；一条是土生土长的大石河，从风景秀丽的百花山源头，满带着大大小小的石卵，千万年来被激流打磨得圆润光滑，养成了人们倔强的大山性格，人们称之为母亲河；还有就是从来源流经家乡，因北方游牧民族与中原农耕文化的交融线，古人起了一个优雅的名字：拒马河，三条水系眷顾着平原，丘陵，山区的家乡。

当你踏上这片土地，打开尘封的历史册页，被时代的风掀开一页页散篇，每页都记录着鲜为人知的故事，从洪荒自然宇宙长河，确定了人类地球上沉淀的历史，文化就像镶嵌在顶冠上一颗颗明珠，放射出灿烂的金光，背后鲜为人知的故事光彩夺目。犹如穿越时空隧道的踏蹄，深刻的印记，为之让人叹息，当读懂家乡的历史，挖掘源远流长的内涵，吸收那历史中的养分，供养给以待发现的人类历史遗迹。

宇宙善待大地，高山赐给父亲般的肩膀，扛起浩瀚的天空，土地像母亲的怀抱，温暖而亲切。拒马河十渡放竹筏的歌声，造就北方"漓江"假天下，大石河畔山坳里绽放朵朵石花，天然洞，在灯光幻影的照射下别有洞天。石花洞，银狐洞巢名扬天下。

燕山似展翅大雁，叼在嘴下是亚洲最大的燕山石化，雁翅翼地下有更多奇迹发现。北岭长沟峪产乌黑的煤炭，有文献记载"有炭出于巢"煤质乌黑燃点极高，并出口日本。南沟白石山开掘出白玉宝石，自西汉年开采，称白石的汉白玉，多为构造宫殿楼宇基石或雕龙画凤。山石眷顾着房山的儿女。

物

永定河，大石河，拒马河，三条血脉河流，在倔强的土地上流淌，平原上层层麦浪，山梁上的豆谷香，养育着大房山的百姓，大雁飞向远方。

地质之神，地域之别，材质差异，让来往房山的旅游客人感叹，古猿人都依山而居，聪明的开发商同样在这里建设居民社区，可称吉祥之地，大美房山，宜居胜地。

周口店"人之猿"

当你打开地图不难发现，大房山西高东低地展开在渤海湾的轴线上，海洋，平原，丘陵和高山相连。曾经有一个广为流传的人类起源的假说，由于喜马拉雅山脉隆升，人类起源于中亚，周口店的发现为假说提供了佐证依据。北京猿人第一个完整头盖骨的发现，及其石制工具的确认，解决了爪哇猿人，是否是人类的争论，将有实物佐证的历史延长到50万年，从此北京猿人和爪哇猿人并列为人类最早的祖先。

周口店遗址自发现以来，已经历经一个世纪，遗址区内发掘多处有价值的化石，出土了男女老幼不同个体的化石，大量用火遗迹及近百种哺乳动物化石，因此成为中国首批"世界文化遗产"。

丰硕的成果是无数专家、学者智慧的结晶，周口店遗址还是一个充满传奇色彩的地方，特别是"北京人"头盖骨化石的发现，直至今天还是国际学术界研究的课题，都致力于头盖骨化石的寻找。已经成为社会公众关注的焦点。

面对周口店"北京人"遗址百年的沧桑巨变，房山区政府在周口店遗址地建了周口店猿人遗址博物馆。博物馆像一把折扇，慢慢地打开进馆参观，沿途步行参观。

第一展厅，主要介绍遗址发现和发掘的过程，通过大量图片介绍"北京人"体态演变过程，从爬行到直立行走各个时期的形态。

第二展厅，介绍的是"北京人"生产、生活、环境。复原了北京猿人生活在不同时期的场景，展示了距今30—70万年前周口店地区自然环境变化和繁殖过程对"火"和"石器"工具的使用，推进人类发现的过程。

第三展厅，介绍周口店遗址发现早期智人和晚期智人的化石，并用数字影视，再现猿人和山顶洞人生活方式。

前进进入周口店遗址景区，山顶洞人遗址是龙骨山顶部的一山洞，遗址分洞口、洞巢、上室、下室。洞巢已被考古挖掘清理。清晰可见用"火"痕迹。

令我感到自豪的是：周口店猿人遗址是第一批国务院"文物保护单位"，列入"世界文化遗产"清单，"国家一级博物馆"；联合国教科文"世界遗产教育基地""科普教育基地"。

多少次周游世界，当别人问起我是哪里人时，我会回答"北京人"，再问北京哪里，答"房山区"，问人摇头，我说我是周口店人，竖起大拇指，随之就是身为房山周口店人的自豪，"北京人猿"从这里走来。

商周都城"城之垣"

当你从中亚大陆步入太行余脉，一条大河从幽燕之地穿越，它是中原农耕文化，与塞北高原游牧文化的交融地，一条由太行山谷流出的水系阻拦商贾往来，也阻挡剽悍民族的马踏中原的掠夺，在河水急缓的要塞口岸有一个古镇叫——琉璃河。

当你在琉璃河畔，踏进一个叫董家林的自然村，京保路边，

物

从外观看没有什么区别，但在二十世纪六十年代考古，打破了这里的寂静。在生产劳动时发现了几处殷商遗址，经考古挖掘，认定是西周初期城址区，宫殿区，墓葬区的遗址，出土大量带"匽侯"铭文的器具，证明这里是3000年前燕国的都城所在地。

来到西周燕都遗址博物馆眼前是一座仿周代宫殿建筑，殿堂前一尊硕大的青铜器仿品"堇鼎"屹立中央，主题展板上"鼎天鬲地，受命北疆"其含义是顶天立地人，服从命令保卫北疆。

据史料记载，周武王姬发兴师灭商，分封诸侯，"牧野之战"中的功臣姬奭，被封北方燕地，建立诸侯地燕国，不过姬奭要辅佐王室留在镐京（西安西南），就派长子姬克，带领部族来到燕山脚下的平原地带，滨海上游。从出土青铜器最大件"堇鼎"，还有精美绝伦伪装"伯矩鬲"，特别是"克盉"与"克罍"两件精美的酒具，上有铭文"克"按统制分封铭器制度，符合姬克的身份等级。两件铭文大意是，"周王说，太保，你用盟誓和清酒来供奉你的君王，我非常满意你的供享，命克做燕地的君侯，克到达燕地，接收土地和管理机构，为纪念此事做祭祀彝器"。

除出土的各类青铜器，玉器，漆器，陶器外，馆内还有原址保留的四座西周燕国的四驱车马坑，其车驾天子八匹，封侯四匹也符合分封等级标准。

从出土文物可以看出，燕文化与姬周文化的融合，青铜器多产自陕西的镐京地区。燕商文化与土著文化的融合，保留原商人原有的生活方式。

燕侯墓中随葬品很多，有铜戈、戟、护面和马车器，高等级的军事武器，说明燕侯尚武统领军队，抗击北方塞外民族的进犯和维护周边地区的治安，巩固燕周政权的作用。

我很敬畏这片尘封在房山琉璃河董家林村的遗址，西周燕都遗址的挖掘，足以证明，房山地区就是易水之源，推翻了门头沟"漂柘寺"建于西晋公元307年距今1700多年，"先有潭柘寺，后有北京城"的传说。西周燕都遗址始建于公元前1045年，距今3000多年的历史，足以证明房山琉璃河"西周燕都遗址"为"北京城之源"而自豪，把北京建都史向前推进。

十字寺"教之源"

多年了来，我总在踏青游步于金陵之地，总要登览云峰，观九龙山下景教寺遗址，当地风俗称"十字寺"，寺院遗址，犹如一颗沉默的巨星，埋藏在大地，从未被发现其重大历史价值，我愿把游览中一点浅薄的知识抒怀。

始建于东晋建武元年（317年），初为佛教寺庙，时称"崇圣院"。有崇拜巴黎圣母之意。其见证了天主教进入中国的时间表。

立足在"十字寺"原址，望之叹息，十字寺原建筑已毁坏，其遗址地基尚存，寺庙地上一棵古老银杏树，树冠茂郁遮天蔽日，并有大殿基座，建有残垣石墙老屋，院中仅存汉白玉石碑两块，一块为题额为"三盆山崇圣院碑记"大辽应历十年（960年）立，此碑两截碑文尚可认读。另一块是"大元敕赐十字寺碑记"，其雕双龙碑冠，十分精美，因在铁围栏内保护，加上我老眼昏花不能对碑文通读。

十字寺院北边有块复制碑，据介绍是仿西安的大秦景教流行中国碑，基督教传中国始于唐代。唐玄宗天宝四年（745年）九月，诏曰："波斯经教，出自大秦（古罗马帝国），传习而来，久行中国，爰初建寺，因以为名，将欲示人，必修其本，其西两京波斯寺，宜改为大秦寺，天下诸府郡者，亦应准此。"

在远离西安的幽州，房山三盆山唐贞观十二年（638年），

物

废弃原东晋建起的佛教寺院，立"十字幢"改为"景教寺院"到了辽应历十年（960年）寺院立三盆山崇至院碑。元至正十八年（1358年）三盆山崇圣寺扩建，元顺帝赐名"十字寺"。

明清（1368年至1911年）又改为佛教寺庙。民国时期十字寺逐渐衰落殿宇毁坏。

"十字寺"遗址的发现，是中西文化交流的重要物证之一，也是珍贵的景教遗址。《马可波罗行纪》中记录马可波罗小时候（1271年），他的父亲叔叔到元大都（北京）经商，并朝见过蒙古族大汉忽必烈大汗，呈上了教皇的信件和礼物，并且马可波罗推崇西方天主教，不免曾从元大都，到过房山"十字寺"一游。

总之房山的"十字寺"是中西文化交融的点，体现出基督洋教在中国房山发起和传播，三盆山下《崇圣寺》与天主教有历史渊源。

云居寺"石之缘"

北京房山"云居寺"是京西南名寺古刹，坐落在太行左麓燕岭的白石山，古树参天鸟语花香，蔽林修竹山清水秀之地。

山谷有清溪流淌，潺潺淙淙不断，自山脚有汉白玉拱桥跨越，仰望有苍松翠柏云雾霭霭间，似如仙境，忽有一抹红墙碧瓦拱形山门露出，方听梵音，鼓乐齐鸣响彻于山谷间，乃京西佛教圣地东方的一小西天。

西天，是《西游记》中吴承恩笔下玄奘师徒四人历经九九八一难，前往天竺印度佛国西取回真经的最终地方。此处故称东方的"小西天"肯定有真经出现。

在佛教里称之名山的有，山西五台山，浙江普陀山，四川峨眉山，安徽的九华山，分别是文殊菩萨，观世音菩萨，普贤菩萨，地藏菩萨的道场外，也就是与天并齐的"梵净山"，佛教经刻的北京房山云居寺被佛界崇仰的"石经山"。

当你步入云耸的台阶，穿越佛龛大殿，沿径攀上，让你震撼的是那敬畏千年的石经。

沿山凿成六洞，外有一条露台，三面有汉白玉栏杆，有一座休闲小亭，原洞一，二石门紧闭。三洞大门敞开"石经堂"，一列三洞，石经堂下另有二洞。共七处，摩崖外有明代书法家董其昌"宝藏"二字为众多寂寞的经板，增添了极为珍贵的历史文化价值。

阳光照射在洞口石门，如同时光穿越，清楚地看到重叠相压的石板，历史经过静静地等待着奇迹的发生。

石经历史的悠久，自东汉传入中国，南北朝极为盛行，北周建德六年（577年），武帝灭北齐后，对佛教沉重打击。据《帝京景物略》记载"北齐南岳慧恩法师，虑东土藏教有毁灭时，发愿刻石经，封闭岩壑中。座下静琬法师承师咐嘱，自隋大业迄唐贞观《大涅槃经》成"。

自隋代，创始僧人静琬法师，刻凿石经起，历经唐、宋、辽、金、元、明、清历代，在虔诚僧人和佛教信徒，经过多少代人的努力，共刻佛教经典1122部，3572卷，14278块经版，3500多万字。悠久的历史记载，浩大的雕刻工程，虔诚的佛教信仰，1400多年的历史长河的沉淀，已经放射出闪烁的佛光。

为什么静琬法师选在风景优美的白石山下华严洞，开凿雕刻石经，必有其原因。《论语》说"工欲善其事必先利其器"，在白石山下，储藏着洁白如玉的石头，自西汉年开采，有着悠久的历史，石质坚硬细腻光滑，适合大型石材的雕刻，给当年在选址中考虑重型石材的运输增添便利，此地有村庄叫"大石窝"有开山凿石的经验。我想这就是当年选址此地的条件吧！

232　　　　　　　　　　　　　　　　　　　　　　　物

新中国成立后，国家重视文物的保护和修缮，中国佛教协会在整理中发现千年石经遭受自然的风化和人为的毁坏。北京市委市政府经专家论证，在南塔下建成石经地宫，并利用现代恒湿恒温技术创建适应石经的养护条件。

若把浩瀚的万里长城比作军式防御的工程，那么悠久长远的石经，应是佛教卷帙浩繁的工程。

云居寺的石经和大石窝的汉白玉，具有一定的联系，它的地理位置和国宝石经的材料有着千丝万缕的关系，这种关系石材与佛经有着不解石之缘。

贾岛"诗之园"

贾岛，字阆仙，人称"诗奴"，又名"廋岛"，生于范阳（今河北涿州），自号"碣石山人"，涿州本无山，何有碣石山人之说，实际古范阳西北，房山县有山，在西北十余里，风光秀美景色宜人的山谷有个村，叫贾岛峪，植有古朴苍劲古松称贾岛松。他就出生在这里。

贾岛童年饱受了风雨的沧桑，据《太平广记》记载，"性格孤僻，冷漠不讨喜"，"安史之乱"后幽州地区萧条冷落，贾岛寻求安逸便在房山大次洛村"云盖寺"出家修行，为云游僧人提供了方便。

隐隐中深感，《寻隐者不遇》就发在大山深处的上方山，那句"松下问童子，言师采药去。只在此山中，云深不知处"，多少次梦中追寻那云山飘雾苍松鹤立的山谷里，有诗仙回归的梦幻。

这位大诗人，对晚唐五代及后代诗坛均有影响，后世称其为"苦吟诗人"，著名的"推敲"典故就出自他的诗作，对文学诗句有着深厚的造诣。他那句"二句三年得，一吟双泪流。知音如不赏，归卧故山秋。"是对文学作品最高的评价，从"推敲"中创作的"题诗后"应有优雅风趣的内涵耐人寻味。

贾岛自元和六年（811年）见到了韩愈才有了生活上的变化，广为结交朋友，创作《双鱼遥》《延寿里精舍寓居》《送陈商》《哭孟郊》《赠李文通》《赠李金州》《寄钱庶子》《寄韩湘》《酬姚少府》《送蔡京》等作品。

因诽谤罪贬任长江县主簿，贾岛晚年是在贫寒中度过的，会昌三年在普州家中去世。葬于四川安岳县安泉山，现有清代"唐普州司户参军贾阆仙之墓"，我曾出差此地凭吊过。以示敬意。

在贾岛故里房山石楼镇二站村，有贾岛衣冠冢，明代李东阳，曾为墓题诗"百里桑乾绕帝京，阆仙曾此寄浮生。葬来诗骨青山瘦，望尽荒原白草平"。魂归故里，清朝有对墓地的祭堂庙舍修缮，建有"贾公祠"留有碑可凭吊。衣冠冢由于年久失修多处破败且荒凉，后庙堂坟墓移平种植麦田，诗奴随烟云荡然飘过。

故乡没有忘记，房山区委区政府鼎力挖掘房山文化渊源，在二站村西重建"贾公祠"，由北京韩建集团自筹资金重新建设，按唐代风格建设"贾公祠公园"建有东、西两区，东为"贾公祠"，西区为文化区，推广贾岛文化理念，宣扬中国传统诗词文化，并多次组织贾岛诗词大赛。推评贾岛创作理论等活动，促进北京地区的文化发展。

我多次去"贾公祠公园"祭典，学习，参观。

物

"陵之怨"

踏进深山幽谷，有一片神秘的地方，在北京西南郊的云峰山脊九龙谷口，有龙腾跃，一座帝王陵寝——金陵，是历史上为数不多的少数民族皇陵，据查它比昌平十三陵早200多年，金陵是我国北方女真金朝皇帝的陵墓群，共有十七座皇陵，苍松翠柏绵延百里。

完颜亮，女真人，本名完颜迪古乃，他的是金太祖完颜阿骨之孙，金朝第四位皇帝，金朝建都第一人，自幼被送到大草原，锻炼了他勇敢善战，粗犷剽悍的性格，后被召回，在王府内随汉族儒士攻读经书和兵法，少年时立下"提兵百万西湖上，立马吴山第一峰"的大志，他曾在叔父梁王完颜宗弼（金兀术）帐下，担任过最高军事首领都元帅。

完颜亮对皇位"遂怀觊觎"，杀了金熙宗政变上台，二十七岁登上皇位，天德三年，海陵王下诏增扩燕京城，贞元元年（1153年）三月乙印"以迁都诏中外"。

贞元二年（1154年），海陵王到房山游猎，看大红谷这个宝地，山峰有九脊奔腾而下，汇集九城（衔）寺，因其倚背云峰，也称"云峰寺"。下马进寺，抬头见佛塑像，祖父完颜阿骨打（金太祖），叔父完颜吴乞买（金太宗）和完颜宗弼（金兀术），便掏洞挖龛，将其灵牌位安放，自此有了建金陵的想法。

便命"以大房山云峰寺为山陵，建行宫其麓"。

此时，从会宁府"今阿城"，迁大房山共迎来14位皇帝，建了14座皇陵：

睿陵：太祖，位于九龙山大红谷龙城（衔）寺葬金太祖完颜阿骨打。

恭陵：太宗，位于坟山葬金太宗完颜吴乞买。

德陵：世宗，位于睿陵之侧，其父完颜宗干。

思陵：是金熙宗。另外十帝陵被尊以帝号，光，昭，建，辉，安，永，泰，献，乔十陵。

后有几皇位皇帝葬于金陵，当时金皇陵规模非常壮观。

元代散曲家冯子振作《鹦鹉曲》，吟唱"燕京八景"中"道陵前夕照苍茫"的"道陵苍茫"很少有人知道，曾读王德恒先生《大房山金皇陵》有记。

"燕京八景"的道陵是金朝章宗皇帝完颜璟的墓葬，在大房山下，是女真族皇家陵园中的一座，当时建筑富丽堂皇。元、明两代文人墨客游览吟咏的悠山雅地。在北京城留有很多金璋宗时代修筑的亭台楼阁，只不过后人屡屡翻建而已，如北海公园的琼岛，玉泉行宫，高粱河两岸的垂柳，并有很多寺院古刹，著名的卢沟桥工程也是金璋宗为到奉天县（今房山）而建设。

迁都、建陵的完颜亮，"国家大事，皆我所出，一也；帅师伐远，执其君长问罪于前，二也；无论亲疏，尽得天下绝色而妻之，三也。"是完颜亮的经典语。有权，有力，有色，是一个的昏庸残暴的帝王。死后由于被贬为海陵王，埋在金皇陵的诸王域内称为帝号，后取消王号，变为庶人，被驱出陵区，迁到金陵西南 40 里处埋葬。

由于完颜亮的父亲完颜宗干是金朝的缔造者，威望极高，未被迁出金陵。完颜亮死后的悲剧，多少人痛恨唾骂完颜亮的无德残暴，自己迁帝建造的壮观陵寝，没有葬入自己，能不算金陵之怨？

"歌之缘"

百花山下那面鲜红的党旗，飘扬在山崖，令我仰慕，令我激动，多少次吟诵，多少次我歌唱，多少次我流泪。

物

这是我的家，太行山下的小村庄——堂上村，在霞云普照百花齐放的山脚下。一栋石板砌筑的房顶上，层层相叠的石板，被漆黑的夜晚重压在大山之下，百姓呐喊出强音，"起来！不愿做奴隶人们！把我们的血肉，筑成我们新的长城！"用挺起的胸膛，向那压迫者发出了怒吼，一盏油灯下，急促的笔下，用音符书写对你推翻这个封建半封建制度的感恩，用那句句肺腑之言，告诉中国人"没有共产党就没有新中国"。

那头戴卷边八路军双扣帽，脖子系着一条花，手持红缨的儿童团员用童声，在高高山坡唱……

那头卷羊肚毛巾，满脸皱褶的陕北老汉，身穿翻笔羊皮袄，走在沟壑纵横的黄土高坡，用原生态的高音唱……

那头捆小辫，一双清澈的大眼，粉如桃花初艳的姑娘，身穿蓝底白花上衣，腰扎皮带，脖子上搭着雪白的毛巾，站在浩瀚的大平原高唱……

全副武装的八路军战士，青春靓丽的革命军人，手握三八大杆，肩壁上白底蓝字"八路军"臂徽，挺立在巍峨的太行山上，用浑厚的美声高唱……

"没有共产党就没有新中国。"

瞬间，东方冉冉升起红红的太阳，照亮了中国大地，亮红了天。

这首歌从这里创作，这首歌从这里被传唱，城市人里手举着解放全中国的红旗；工人放声高唱，乡村打着腰鼓扭着拉花秧歌，农民放声高唱。共同感谢共产党，全中国人民齐唱"没有共产党就没有新中国"。

我在嘹亮的歌声中陶醉，我为翻身做主人的人民感动，一时我像一个孩子站在那栋石板房前，久久地沉浸在回忆中，歌声里唱出对中国共产党的感激之情。

结尾

渐渐地我从回忆里走出，铺开桌上的文稿，把故乡的情怀里的东西，用时光的线把一颗颗闪烁的珠宝串联在一起，捻动任何一颗都有尘封的历史，我为家乡的文化积淀而自豪，从大自然创造地质到人类发展的繁殖，从重大历史变革到世界遗产。哪里都没有这里厚重。

物

豆里淘章

——抒豆

　　偶得老舍先生《万物静观皆自得》一书，心情愉悦，人间物质皆可抒怀，把生活点滴归纳于心，用情抒怀。

　　想表白的是"豆"。豆科是自然植物，作为最古老的物种之一，营养价值丰富，被人所重视。《说文解字》："豆，古食肉器也。"本义为一种盛肉的容器。如《孟子告子上》"一箪食，一豆羹，得之则生，弗得则死"，豆作为一种容量单位，战国以后盛器转祭祀器具，汉代后"豆"就用来表示农作物中的"豆"类，沿用至今。

　　也不知为什么对豆类有着深厚的情感，一则我是农民出身，对种植豆类之爱属天性；二则我是木匠，豆科物种有所了解，再有就是喜欢食用豆制食品。可能有人说到豆，自然想到黄豆、绿豆、豌豆、红豆，很多植物的粗纤维也来自豆科植物，做木匠时对铁梨木、黄檀木、刺槐木、非常爱惜，做刨床材质坚硬，不解木质赛铁。查阅资料方知，属豆科类植物含一种固氮的元素。

　　听父亲说，早年木匠拜师，要请十里八乡的木工艺人，摆上几桌，磕头，上悬鲁班祖师爷像，正中条案上摆放一把锛头，锛头的柄是黄花梨，你可能说这黄花梨把柄有何奇怪。这把锛头木柄，是故乡百里木工的图腾，它是明代朝廷圣物。流入民间，只要开工大吉，木匠先拜此圣物，父亲在拜师现场为了表示心诚，爷爷从县城扯了七尺上等布料，做了一身衣服，敬献给师父，师父回赠一块小叶紫檀刨床材料，此事在乡里传开。紫檀料俗称青龙木，也被称为"檀木中的黄金"，可谓珍品。乡里轰动一时，父亲像珍宝一样收藏，便让我查阅资料，此豆科有何特殊更重要的价值，原来它属豆科类植物，属于濒危灭绝物种，实属珍贵材料，故宫博物院的小叶紫檀家具已成为国宝。

从此，对豆类植物便产生了浓郁的兴趣，从豆中学习到了很多知识。

春天里的故乡，母亲一生吝惜泥土，只要有多余的土地，母亲就开垦出来，到了清明前后，种瓜点豆季节，便放上种子，经一番打理浇水，豆儿渐渐地拱出嫩芽，头上顶着两只小瓣，萌萌的惹人爱，童年对豆苗成长充满期待。

清晨，阳光照着那方篱笆小院，悄悄地观察秧儿变化，一束苗儿用力地把泥土推翻，长出圆形的小叶，母亲除去弱小的秧苗，留下壮实的苗壮成长，藤蔓爬上篱笆墙，慢慢地向上，开出小朵微微的紫花。一条微弱的豆蒂冒出头，长出来啦，长出来啦，惊喜地告诉母亲。母亲说："这才是第一茬豆角，以后结的会更多。"儿时的记忆有了种植豆的概念。

这是豆儿家族的扁豆，一串串挂满秧，吊坠在篱笆墙内外，丰富了餐食。秧上留下了一颗最粗最大的做种子。

当第一茬"扁豆"还没拉秧。母亲在它根的中间又点种上豇豆，在多雨的夏天豆秧猛长，叶儿间绽放出洁白的花朵，似若展翅的蝴蝶，又牢牢地抓住蔓延的绿藤不愿离去。当泛起点点的紫色，垂坠豆秧上结出豆。秋天初晓，豇豆角就像条条悬挂的柳丝，摇摆在徐徐秋风里，努力地摘都摘不完，与街坊邻居分享豇豆的收获，都在赞许母亲勤劳。

晾干豆角，冬季可以做干豆角炖肉，飘雪的冬天，为北方农村人的生活提供了上品佳肴。

豆角的食用，在餐桌上普遍常见，多为凉拌、清蒸、油炸，特别是炸酱面里的豆角，是为绝配，其次豆角排骨焖面，油而不腻的肉味与豆香，感受到清爽里带着滑润。麻酱拌豇豆，酱的浑浊和豆角的酥脆，令人回味无穷。

蒸煮豆类，必须注意，生食容易中毒，据资料记载，生豆角中有皂素，对胃肠有刺激作用。破坏了皂素才能放心食用。

煮豆，魏晋诗人曹植以"豆"作《七步诗》："煮豆燃豆萁，豆在釜中泣。"以"豆"与"萁"比喻同根同族，诗中浅显道出手足兄弟，政权背后，不应猜忌与怨恨，晓之以大义，寓意明畅毋庸多加阐释。取"豆，萁"之妙，用语之巧，叹为观止。

生活中常以"豆"抒情，夏天，酷暑难耐，在没有消暑措施的时候，母亲总煮一锅绿豆汤，说消炎解暑。孩子们总对那熟绿豆感兴趣，我也是，因我排行老大，母亲总先盛一碗给我，说我正长个子，吃豆放屁排气爱长大个。

让我感到自豪的是故乡广阔田野上，大片黄豆地，红小豆地，绿豆地，肥沃的泥土上浩瀚无垠的绿色，在秋风的鼓噪下泛起波涛，它是故乡的经济作物，包含故乡勤奋庄稼人的心血。我无数次走在齐腰深的豆垄上，倾听大自然的虫鸣，呼吸清新的空气，心潮澎湃吟诵《多情的土地》的诗句。

站在多情的土地上，
这是我的故乡。
春风洗礼着麦浪，
秋天闻到了豆香。
土地像母亲的乳房，
把故乡儿女养育。
捧一把黄土贴在心上，

起伏的脉搏同您一起歌唱。

多情的土地呀！

你就是生我的爹娘……

抒发出我对故乡土地的眷恋和怀念养育我的豆香。

世上没有无缘无故的爱，对豆的深情，装满了童心世界，源自日常生活，平淡中留下了对豆物深刻的记忆，融入血液里，记录在身，永远地刻画在脑海。

秋天，除去大棵玉米、高粱外，农村经济作物就是谷子和豆类，精心种植的豆类是全家一年的经济来源。

故乡华北平原上生产的红小豆，圆润饱满，俗称"赤豆"，紫红色的豆冠，凹陷脐棱上一道细白的印蒂，它包含着众多有机元素。肥沃的沙地上，适应红小豆的生长，吸收这片土地的精华。

大豆生长在繁枝叶茂下，根部长小小疙瘩，称之根瘤，在《说文释例》里说，大豆"细根之上生豆累累"。在农村有经验的农把式曾介绍，根瘤越大，产量越高。不解，经资料查询，原来根瘤上栖息着根瘤菌，生长在根的土壤里，接触豆秧的分泌物后，就在根的周围大量繁殖，生长的瘤吸收养分，供给大豆生长。

但不解，故乡为什么总把红豆，称之为红小豆，加小字是为赤朱粒小吗？非也，绿豆粒比红豆粒更小，总给红豆带小另有原因，古人把红豆寓意情豆，有王维《相思》诗曰："红豆生南国，春来发几枝。愿君多采撷，此物最相思。"妙笔生花，寓意高雅，此诗委婉中带着奔放，寄托情爱。北方人把红豆带上小字，更显示爱情细腻中的豪放，就像大男人称"小美人"一个道理，让人感受到用"小"表明的精致和珍惜的寓意。

二十世纪八十年代，家家户户把收获的红豆变成经济作

物

物，乡粮站收购精致的红小豆用于出口。母亲想尽办法对小豆实施筛选，聪明的母亲，用大眼筛过后，再在盖联上滚动一次，再用手挑拣，灯光下全家动员，把坏豆，半拉的，有虫眼，粒小的统统拣出，留下最好的齐刷刷的精品，交粮站，按品级收购，国家出口销售换取外汇，个人也有了经济收入。庄稼人则作为来年开支。

豆儿的残次品，自家做成豆沙馅包子改善伙食，煮饭煮粥并可用于食品添加，宋代文豪苏轼《豆粥》中这样描述"地碓舂秔光似玉，沙瓶煮豆软如酥"。现代人把红小豆，制成小豆冰棍，消凉消暑解渴，或制豆沙馅糕点，柔软细腻微甜。

除去食用价值，还有更多的药用价值，《药性论》："消热毒痈肿，散恶血不尽，烦满，治水肿皮肌胀满"。《本草纲目》记载，红小豆"味甘，性平，无毒，下水肿，排痈肿脓血，疗寒热，止泄痢，利小便，治热毒，散恶血，除烦满，健脾胃……"

冬天，进入猫冬季节，华北平原一片寂静，第一场雪花飘落在大清河两岸，闲下来人有了新的追求，蒙蒙胧胧的淡雾给柳丝挂上白色，留在我记忆里。

家住在镇上，阴历逢五排十的集市，吸引着十里八村的乡亲，街道两旁林立着大大小小的商铺，从小就在街上玩耍，听惯了熙熙攘攘作坊的声音。南北大街上有着各种百货日杂的买卖。各种食品加工的作坊，每天清晨唤醒我的除了铁匠铺的"叮咚，叮咚"的打铁声，就是听习惯"咣当，咣当"，榨油坊里的榨油声。

冬天，农村生活闲耍，总至街上探访，让我记得最深的就是"榨油坊"大嗓门的吼声，"开榨"，接着将一袋子黄豆倒端口的凹槽，一个木楔子嵌入木凹槽沟里，然后顺着楔子一字排开，抓起木槌，对着楔子喊着号子，均匀的槌打，顿时，狭窄油坊里咚，咚的沉闷声震耳欲聋。在大木槌连续击打下，镶嵌在圆木凹槽沟上一排木楔子不断向下慢慢嵌入。直将黄豆压实，压碎，压扁用力将油料挤压出来，油料渗透在铁皮槽，看着泛金光的油清清细流汩汩流出，这种古老的压榨办法，至今难以忘怀。榨油人在冬天光着膀子，汗珠从额头流下，最终榨出清醇无比飘香四溢的金黄豆油。

与油坊相对的是一家糕点铺，他主要是制作京式八件，其糕点细腻精致，洁如白雪，薄如纸张，撒上粉红色的胭脂红透着精神，他家最著名的是"绿豆糕"远近百里，细腻口感中带着馅，让人回味，老字号依存，每次回家不忘带回几包馈赠友人分享故乡特色。

再就是三家豆腐坊，三家豆腐因制作方法和用水不同，生产出不同味道。

冬季的早晨亮得晚，勤劳的乡下人起得早，当推开门，远处一盏马灯幽灵似从黑暗中走来，接下来就是有节奏的梆声，它奏响了一天的序曲，狗叫声，鸡鸣声，人声嘈杂，这就是卖豆腐敲响的前奏。我的童年往往是被这声音吵醒，接下来就是母亲絮叨的开始，"快用瓢挖点黄豆，换点豆腐，中午好吃"。我赶紧穿好衣服，去办母亲交代的用黄豆换来新鲜的几大块豆腐，当用盆端进房间，弟弟会裸身披一件棉袄，从里屋窜出，用刀切一块，狼吞虎咽地吃下，还央求我别和母亲说，当母亲看到盆里豆腐量少，责怪卖豆腐人的小气。多少年过去了，因提到了"豆"的琐事回忆起，童年趣事在脑海里记忆犹新，榨油坊内早被现代化电动智能榨油机所代替。但回到故乡总望那条街上，原址上已经盖上了楼房，糕点铺代代相传至今依然繁荣，每次回故里，总想着故乡的美食绿豆糕，带回几包，为其代言推广，多人品尝夸奖，心得安慰。

我叹息，豆棵类的品种之多，我赞美豆子的功效，在人类

物

食用方面的功效。

　　也许你认为"黄豆秸"只能变"萁"燃烧或变废为肥，错，当地的乡亲变废为宝，将粗壮黄豆秸秆粉碎，利用其内含的纤维成分，加胶合成，在千吨液压模具下铸造成板材，减少了对树木的砍伐，保护了环境，其产品成为优质环保的新型建筑材料，并出口世界各地。

　　今日借豆论豆，回味童年，多有不到之处，请你批评指正，对豆的情感不只限于嘴馋而深念，更多的是豆科植物里涵盖了总想倾诉的故事，在这现代化的时代，增添点生活情趣，希望没有归途的人生路上留下滴点的墨迹，以表对人生的谢意。

碾盘轶梦

　　如梦的家乡，永远像梦境怀揣在心里，哪怕是经历太多，那梦中依见的幻影像碾盘碾过圆周的岁月，永不停息地轮回在时光的大道，原本淡然脱俗的心情，总会情不自禁地牵挂。我相信只要你降临人间，必有着一种挥之不去的使命，哪怕是经历的苦难和幸运都要演绎一场，老天是公正的，时间是公正，慢慢地等待，肯定都是那么灵验。

　　也许到了年关忙碌的时候，总感觉到有很多忙不过来的事情，可又无所适从，夜深高眠之时，又把陈年旧事翻腾出来，似真似假，梦幻一般，弄得一觉醒来身心疲惫好不惊讶。

　　生活里重复着已往的生活，淡忘中回忆着淡忘的生活，才过阳历元旦，阳历又到腊月年关了，风风火火的年关一切都停下，鞭炮禁放了，那种从爆竹中炸响出的多彩的快乐，已经成斑斓的梦幻，也许它的巨大的响声，一张张炸碎的纸屑变为书页里页码的书签，加合在历史的书册里只等翻阅。从而减少了污染，节省下了购买的花销和年关大集购买的时间。

　　大门上的红对联已经不用自己书写，整齐的印刷体，只有看红黑间的色调和那带有时代感的名词外，没有了年关的忙碌，总惦念着往事，停下来留下的只有童年回忆。

　　故乡的大年，是从腊月初八开始的，俗语"丫头，丫头你别馋过，了腊八就是年"，物资丰富的市场经济时代，可以经济调配。而童年的岁月碾盘虽然碾碎了时光但碾不碎幼年的记忆。

华北大平原一望无际的黄土地裸露在寒冷的冬季，无遮无挡村落紧凑地连在一起，年关，周围几个村里唯独剩余的两磨碾盘停放在村头的老槐树下，十里八乡的乡亲情系人工碾转年的气氛，从腊开始排队，一家一家粮食码放在碾盘旁。碾子永不停息地转动，辗转在永不可能退回的岁月。重大的过年项目，主要落在家庭主妇和孩子们身上，故乡把碾俗称踩碾子，那时大牲畜都归生产队，靠人工推磨。

黑夜，母亲提着灯守候着那盘的归属，排到我家时已经凌晨，母亲催促我们穿好穿暖，参加这场没有硝烟的战斗需要全家出动。

那年我十四岁，自然是主力，弟弟妹妹都十来岁，母亲负责配料摊料，我和弟弟妹妹负责推。

碾碎的料物在母亲的细箩反复的筛动下，一遍一遍聚集在碾台上，转动着一年所冀盼的希望，就是年糕面蒸年糕，图个年年增高的寓意。

腊月的风催促着漆黑，凌晨的黑夜更加的寒冷，那棵百年老槐树如同一个魔掌，盖住了整个磨盘的上空，四个孩子反复地推动，迟缓的脚步在碾盘上发出不情愿的响动，母亲鼓劲我们给我们加油，偶尔也停下箩，一手扫边上的粮食一手帮忙推两圈，而后又收走碾台上的细面担箩面。一盘碾磨成年人都要努力才能推动，四个孩子确实费劲，小弟开始积极兴奋，几十圈后没有了干劲，小弟在大家毫不知情的情况下趴在磨扛上睡着了，更出奇的是小弟在磨道上做梦撒尿，淋了一圈又一圈，等发现脚下结冻的土块僵硬，才发现小弟弟尿了裤子，湿漉漉的地方冻成了铁板似的，依然扶着磨棒转圈，此作为小弟弟一生的笑柄"磨道里撒尿一圈一圈的丢人"而小弟自己却是说"转圈冻人"。

四十多年过去了，此事虽已淹没在生活的时光里，每在新年到来之际，兄弟相聚，还当笑话，他也从不避讳，淡淡一笑。

　　世间真的有许多难言之隐，置身于忙忙碌碌的红尘，每一天都有相逢，每日都有离别分散，放逐在茫茫人海里，常常有这样那样的事擦肩而过，若这件事进入你的视线，就会成为心里一道永远的风景，不知道多少年后，梦中有缘再次相遇，算是初见还是重逢呢。

　　碾盘如历史的齿轮，一圈一圈转动，转动了人生快乐的童年，无知的少年，青春的壮年和白发苍苍的老年，也转动了人生。一个时代又一个时代的交替，已经更换了多少朝代，从金戈铁马的烽火狼烟，到殿阁楼台的歌舞升平，从被蹂躏的民族到当今强大的祖国，我无数次感叹，我们赶上了好时代，幸福生活的日子里转出了美好的甜蜜。

物

品读为鉴

　　翻开一本不知名的书籍，闲暇之余开悟人生。只为从书中寻求一点为人处世的东西，来支撑自己本来缺乏的理论知识。

　　人生就像蜡烛耗尽的是自己，照亮的是别人。燃烧的那条灯芯就是胸怀和修养。人生路识得方向，做好自己莫问前程。

　　人不管做什么，总找个由头当理说，这点都不为过，但有的人没理搅三分也不少。可能解读不同认知不同。最让人说不过去的是，无理找三分的人，胡搅蛮缠强词夺理。不管谁是谁非，只认自己的死理，让人无法理解。

　　古人言人生在世，有三不能笑：不笑天灾，不笑人祸，不笑疾病。

　　何为不笑灾？因自然形成的灾难，如地震造成的房倒屋塌，海啸等造成的生命危险。如新冠肺炎病毒变异所产生的灾难，病毒传染性极强，全世界受到了很大伤害。如暴雨造成的洪伤，滚滚洪水泛滥造成的财产和生命的危害。我们不看笑话，而是伸出援手，帮助受灾的地方，捐款捐物支援灾区。以其善举行善德。

　　不笑人祸。茫茫人海命运各不同，因病贫瘠，因车祸残疾，因贫穷乞讨。因困难无法上学等，用一颗善良的心对待弱势。能帮则帮，能扶一把就扶一把。万般物质都有灵魂，无论植物，动物，人和动物的区别就是心灵和文明的区别。人受灾难时千万莫耻笑，要反思，若自身处此境里该当何论。

人哪有不生病的？人海茫茫，对哑人，肢体不全之人，千万莫用眼睛注视，多看就像人常言人无完人。

立地为人，有三不能黑：育人之师，救人之医，护国之军。何为"立地为人"？不要把自己的利益看重，对教育人的老师要尊重，自古有尊师重道之日，《荀子·大略》中写道："国将兴，必贵师而重傅；贵师而重傅，则法度存。"意思是国家兴旺必须重视教育，重视教育就重视老师，知道老师的教育国家有法度。所以要尊重育人的老师。

治病救人是医生的天职，自古有两不骗：不骗父母，要和父母要说实话；不骗大夫，要和医生要说实病情，医生才会把握病的实情，把脉问诊，开方施药治病救人。

护国军人，安邦守土舍身保国。为了国家尊严，为祖国疆土，抛头颅，洒热血，与来犯敌人斗争，为了国家安定，为了人民生命财产，舍生忘死。保卫着伟大祖国。

千秋史册，有三不能饶：误国之臣，祸军之将，害民之贼。

在历史长河里，误国之臣，当属读圣贤书，有三不能避：为民请命，为国赴难，临危受命。经商创业，有三不能赚：国难之财，天灾之利，贫弱之食。

以慈悲心待人，以谦卑心待己。有两种人，尤其需要谦卑以待，一是政治人物，二是知识分子。政治人物身居高位，上一呼而下百诺，很难听到不同意见，很容易把权力当作能力，把附和当作赞同，把吹捧当作民意。知识分子以文字为业，往往自以为博古通今、学究天人，很容易把知识当作智慧，把观念当作现实，把偏见当作真理。

物

花魂

又是一年桃花红。

那首唱了多少年的《在那桃花盛开的地方》，每次听到都会想家，想娘。是啊！歌唱家蒋大为的几首桃花，每首都如一只小手在捅着我的心窝，令我心中酸楚。

又是一年桃花红。

三月的桃花雨，似重复的约定，它踏着春风，勾起我对故土那片桃花盛开的思念。在华北平原的京南之地，有着千年桃花史，印证这片桃花的历史印记，莫过于"桃园三结义"的故事。象征忠义的桃花魂。

《这一拜》，此曲荡气回肠，忠肝义胆。在涿郡，刘、关、张结义，属于八拜之交，亦是生死之交。当今不提倡这种做法，实属搞个人主义，以个人利益胜过一切。友谊与义气是有区别的：友谊是心与心在交流，有真挚的情感，不管相隔多远，都会想着有对方这个朋友，将整个思想融入在一起；义气乃宽容，但义气也有融于俗世之中低俗的情，与现在我提倡的积极感情有着不同。我们有一个共同的理想，为达到一个共同的目标，来实现自己愿望，是一个伟大的思想，与义字不能相提并论。

所谓江湖义气，主要表现为：慷慨大方，热情仗义，乐于助人。正因为江湖上需要江湖义气，所以江湖上对那些很有江湖义气的人物，表示敬重。仗义疏财，时常接济他，把"义"字当通行证，人人都希望社会稳定，国家安定，所以我认为"义"

字，是要有道德底线，不是所谓的两肋插刀，不惜自我牺牲，来维护正当的"义"。作为现代人，尤其是年轻人可不要欣赏和效仿那些影视作品中的江湖义气，要崇尚自由平等，公平正义，遵纪守法，才是现代公民应具备的桃花品格。三国演义中的故乡人士刘关张结义，完全是处于古代礼制和动荡社会背景下，为朝廷匡扶汉室的忠义之举，而非个人结交的私"义"。

桃花是寒冷冬天北方人所盼望和期待的美好的象征，所以在希望的同时，表现出"忠义"而非"侠义"。实属像桃花一样报春、报国的美德。

桃花总被历代文人墨客咏叹。唐代诗人吴融有《桃花》诗："满树和娇烂漫红，万枝丹彩灼春融。何当结作千年实，将示人间造化工。"晋代陶渊明的《桃花源记》："忽逢桃花林，夹岸数百步，中无杂树，芳草鲜美，落英缤纷。渔人甚异之，复前行，欲穷其林。"借桃咏者历来不在少数。当下我回想大雪纷飞的时候，踏雪寻得那不惧严寒的梅花。白皑皑的天地间独放一朵，却有那胆量绽放在冰冷的世界。那种精神只为万物探春而至，不觉想起那故乡的柴门和桃花依旧笑春风。一朵盛开，不是漫山遍野桃花开和当今提到的脱贫致富同出一辙。你一人富足不算富足，只有贫富均衡，人人有饭可吃、有病可医、有学可上、老有所养，才算脱贫。可谓万花遍地才是春。

又到今年三月季，踏青赏景，观桃花心自不悦，什么红消香断，什么轻浮薄命，特别是林黛玉荒丘葬花，心中总给我一种凄凉、悲切的感受。今日春寒乍暖，云淡风轻，遐思漫步，看着故乡这片桃林，信步踏入置身于桃花之中，仿佛进入了桃源仙境。阳光照射在粉红色的桃花上，粉红色的光芒映着红红的花蕊在紧紧抱着花瓣，仿佛空气都成了红色。蓦然我想起了李清照《如梦令》那句："应是绿肥红瘦。"而正是早春，却是红肥绿瘦。

物

桃花素有报春之名，当它的芳魂枯萎成落英，化作春泥时，又成了百花争艳的肥料滋养了绿色。龚自珍就曾写过："落红不是无情物，化作春泥更护花。"这也许就是人间所谓的轮回吧。桃花就像春光，无所奢求复生，它朴实、勤奋，怒放的艳丽点缀着祖国的山野、平川，孕育出硕果累累，甜蜜人间万物。

　　此刻，我对桃花真切赞美。吾赞之美非葬花之怜悯之心，而是花落后所结出的果；吾颂之是红肥绿瘦，而非瘦红绿肥，只有肥沃的绿才能孕育出甜蜜的果实。

家

芝麻粒虽小
可以成大器

追逐铃声

　　往往一件小事，却是一生的情怀。

　　古老乡村的标志，古庙、古松、古槐，历史悠久，记载鲜为人知的往事，这也就是我常说的土地上长出的文字，所有的符号，永远记心里，融化在血液中，即使过去多少年，都能从记忆信箱提炼出来，供你回味。

　　那年，我去法国塞纳河畔西堤岛，见巴黎圣母院大教堂屹立在广场，望着高大的欧式建筑，听到了悦耳的铃声，铃声悠扬梦幻，真不及故乡挂在村口的铸铁大钟。

　　此时，心不由自主地联想起故乡村口那口大钟，相信生长在冀中平原上的人，记得《地道战》片段里，用板胡里拉出惊心动魄的曲调，夜里看到日本鬼子在扫荡，老支书高老钟迈着急促步伐，冲向那口挂在树口的钟，钟声唤醒熟睡的乡亲，准备与敌人开展生死斗争。这样的场景不单纯的是出现在影视作品中，也是我故乡中发生的真实的故事。

　　这片贫瘠与富饶的土地，养育了倔强勤劳乡村人的性格，他们祖祖辈辈生活在的北方湿地——华北白洋淀。

　　我记事那年，村里老槐树上，依然悬挂着铸满回云纹的大钟，它是村里大庙里的产物，因为它是召集村民的警钟，避免了那场浩劫，依然挂在古朴苍劲的老树杈上，伴随时代变迁，它记录了我的童年。

　　公鸡报晓，天微亮，"咚……咚……"

村长披着青色夹袄，头扎洁白的毛巾，那双粗壮有力的大手，敲响那口大钟，社员们匆匆起床，父母也同样，聚集在老槐树下。

　　出于好奇，我裸着身体，悄悄地打开半掩院门，窥探大人，聚集的年轻人打着哈欠，伸着懒腰，满脸皱褶的老汉，蹲在大树下的土坡上，用力吸着旱烟，叽叽喳喳的姑娘。只见生产队长咳嗽一声，开始了一天劳动部署，钟声里带着童年的悠长。

　　那个时期，在这个贫瘠的年代，其实服从简化成一个解决吃饭问题，如果不服从钟的指令，老婆孩子热炕头上凝聚的懒惰，土地就会荒芜，玉米就会歉收，就会挨饿。况且，敲钟的人和被钟声召集的人，都要毫不例外地扛上锄头，下地干活。都要"躬耕田亩"。

　　所以，钟所敲击的声音，不单纯是"官本位"的权威性，也有"民本位"的和谐性，他本能的都是"日出而作"结伴同行，共同创造人们相互依赖的家园。

　　春天悄然来到，挂在牛脖子上，"叮当，叮当"的牛铃摇响着春天的到来，田间劳作，在摇晃的鞭声下，与牛铃编织出春天的序曲，朦朦淡淡的雾中，送肥的牛车摇曳着春光，缓缓行驶在乡间小路，碾压在松软的土地，两道深深的车辙印证着，童年情怀。故乡把"二月二龙抬头，遍地走耕牛"联系在一起，如一副牛铃耕织画卷里，传出清脆悦耳的声音，那难以抹去的铃声，伴随我度过了童年。

　　谷雨时节，杏儿黄了，清河弯的柳林里，传来了布谷声，村里的集合钟响起。

　　今天的劳动，是给南大洼地播种，在麦田的垄上套播玉米，绿油油的小麦已小腿高，麦田浇了两次水，表皮已经风干，趁着谷雨时节，套种上玉米。耧车是故乡播种的农具，后有一个耧把，前边两根耧辕，种子放在木制方斗里，下有可调节的下种口，为了下种均匀，控制苗疏密，就是这个口的"耧铃"，故乡也称叫"和拢鬼子"，农民在"当唧，当唧"清脆而有节奏感的声音里播下种子，田野里传来阵阵耧铃声。

少年时代"铃声"是在那用砖砌的教室里听到的，上课的铃是一个战争年代遗留的炮弹桶，它的响声满带着激情。少时贪玩，最厌倦铃声的召唤，课堂上背诵那篇《谁是最可爱的人》，童心未泯的我想，那英雄的志愿军战士，谁都知道，战场是最艰苦的，但他们是怎样呢？有一次，我在电视里见到一个战士，在防空洞口里吃一口野菜饼，吃一口雪。

我问他："你不觉得苦吗？"他把正往嘴里的一勺雪收回来，笑了笑，说："怎么能不觉得？咱们革命军队今天在这里吃雪，正是为了祖国人民不吃雪。"想到这我更加珍惜童年学习的时光，再也没理由，抱怨学校铃声迟缓。

青年时期最盼望的铃声，是一辆飞鸽牌二八自行车，一百多元的价格可是天文数字，一双白色回力鞋，一身绿色的军衣，如果再有一辆一按"丁零，丁零"响的自行车，肯定招女生的目光。

故乡人家家有辆加重水管的自行车，闸是双脚，刹车前蹬后踹，凭借母亲纳的硬邦邦的鞋底，赶上下坡没有铃，靠肉喇叭喊"借光，借光"遇到下坡的惯性，两只脚被前后胎磨得火辣辣的疼。

在我大学毕业的那年，为了给我找一份体面的工作，父亲省下半年工资，攒够了买新车的钱，去了商场一看买飞鸽牌的自行车要排队，现货只有永久牌，上海自行车厂生产的，但价格要贵 10 元，父亲咬咬牙，买了永久牌自行车。只有串亲访友骑，赶集下地不许用，一是怕丢，再有是怕尘土污染了新车，母亲还专门用一层绒布包裹了大梁，骑行在大街招来邻里的羡慕，只要父亲下班骑车，到村口，一听清脆的铃声，就知道父亲回来了。

后来我搬到了北京城里，同样追逐着电话的铃声，那时的电话机，是高层人家的奢侈品，不然就是街道居委会电话，凭大嗓门喊，如果赶上线路紧张，一天都打不出去，也打不进来。刚刚落成十平方米斜三转角的房子，我就托人花高价安装上了一部电话，周围街坊邻居都来借用，清脆的电话铃声也圆了我儿时的梦。

　　这些消失的铃声，记录了我的人生，每当回想起来包含着深远的情怀。

　　所以，这钟铃声是个温馨的历史记忆，告诉人们：过去还有一段值得回味的东西……那时虽然物质短缺，但却有像钟铃声难得的公平与公正，人们一起卑微，一起忍耐，即使含辛茹苦汗如雨下，都是心甘情愿的。

殷实家道

童年的小镇，吴家饭铺早就改成了茶馆，几把铁壶，轮番经受着灶火的烘烤，嘴和盖子被沸腾的热水鼓捣，冒着热气，发出强烈的咆哮。

老掌柜的用凉水浸过的毛巾，提换着另一壶，一边张罗着外边聚集的茶客。我伏在角落里，听喝茶人海阔天空的谈天说地，一个络腮胡子的人，嘴里吐出的烟，弥漫在屋里，抿抿嘴又开始絮叨抗战的故事，里边的人物和太爷爷讲的《西游记》里的孙猴子的名一样。记得其他人总称他石猴子，是不是从五峰山下蹦出来的，不知道，但他的人生经历总在脑壳里游荡。

流经茫茫的华北平原的一条大清河，承载着渤海湾与白洋淀的水系，在空旷的大地上瞭望，除冯村的那座高大古庙和九曲八湾的大堤上柳树，一切尽收眼底。寂静的冬天，只有古庙的钟声，惊起的乌鸦叫声外，没有任何入耳的响动。十八岗的村民都知道，悠荡的钟声里带着沉怨，祈福和忧伤。

老方丈从大庙的基台走下，一身深黄色肥大斜襟僧服，一块圆形玉璧在胸前打个结，穿在高大宽厚的身体上，似一座石山，慈善里带着严肃，光滑的戒疤脑门上反着亮光，老方丈迈着沉重而稳健的步伐，从汉白玉的石阶上走下，高帮带帕的僧履，手里掐着那串佛珠，他就是冯村庙里的方丈，法号释延静，因是冯村本地人出家，俗姓石，长得天宽体肥，慈祥的面容与弥勒佛有些相像，十里八村的居士香客称他石勒佛，他双手合掌口念："阿弥陀佛"，他就是冯村大庙"济光寺"的主持法号释延静大师，也是大庙的武僧主持。

身后跟着佛家和俗家弟子，石勒佛自幼家境贫寒，又体弱多病，便寄养在庙里。这座历史悠久的大庙，据石碑上记载始建于北魏时期，历经修缮，风雨飘摇里度过了千年，佛法经典代代相传，善男信女众多。

在佛门弟子和俗子中，排在最后的是一个年龄最小的秃头和尚，看上去七八岁，从他神态举止上看已是一个老手，双掌合拢，掌心相对持握心前，虔诚地跟在队伍后，向大庙练功地走去，因他身材矮小灵活，人称石猴子还真有西游记里孙猴的长相。

石猴子，本姓石，是石勒佛的亲侄子，家就住在冯村东头，大河边上的三间土坯房里。常言"靠山吃山，靠水吃水"，他家祖辈靠水吃水，并不是行船摆渡撒网打鱼，而是担河里的水，磨豆腐，石家靠卤水点的豆腐香甜滑嫩，周围各村井水豆腐没法跟他家比。一块"石豆坊"的牌子，传了几代人，靠磨豆腐和几亩薄田养活一家人。

石猴子这孩子，是老和尚石勒佛的俗家哥哥石义田那年冬天卖豆腐时在路上捡的一个襁褓里的婴儿。

他家本是武门大户，富甲一方的商户，因一场劫难家道败落，从此一蹶不振。

那还是民国初年。

石义田的父亲石光玉，是华北地区远近闻名的武术把式，靠教把式收徒弟为生，家里祖辈生活在大清河岸边，从做豆腐卖豆腐为营生，在周围村里也算富甲一方。除卖豆腐，老石还有练武强身的传统，也不知在哪朝哪代，从山东搬迁到华北边这个富饶之地。据说他们祖上是《水浒传》里石秀的后人，无法考证，反正长拳短拳十八样招式样样精通，特别是轻功飞檐走壁和缩骨功，十分厉害。到了石义田父亲那辈，买卖兴隆门庭若市，三栋的灰砖青瓦木质结构的院落，雕梁画栋前廊后厦。因武艺高强，家道殷实，主业是教化武德，强身健体，周围百里青壮少年来这里拜师学艺，副业则是做豆腐，专供乡里红白喜事。

常言，人怕出名，猪怕壮。一天正在前院打桩练功的徒弟急忙向老教头报告："外头有人拜访。"

老教头静心盘问："来人是哪里好汉？"

"报师傅，来人是来自百里开外沧州的江湖人士叫郝树山。"

老把式石光玉一听是郝树山来访，一屁股坐在椅子上，但看着江湖面子上，硬撑着也得召见，毕竟人家是来拜码头的，但石光玉老爷子心里明白，这个郝树山，可是大清河两岸杀人不眨眼的土匪，人送外号郝大头，他横行华北平原大清河两岸。经常祸害百姓，强抢钱财，奸淫民女，他的到来必有阴谋。

为了不丢面子说道："有请。"只见门外走进一个三十多岁年轻力壮的人，一身长袍，斜挎着盒子炮，后面跟着三个彪形大汉，个个手里提着家伙，手里同样提着礼品，这个让石光玉老爷子摸不着头脑。

郝大头，进门双手抱拳称："石老前辈久仰大名，今日登府上拜访，有事相求，望石老成全。"

石光玉这么一听，心想我这有什么呀，除练武强身，就是卖豆腐养家，不可能是比武，或是来抢豆腐，可能是索要钱财。

随口便问："小弟有何事，敬请吩咐？"

郝大头说："不瞒老兄，今日郝某登门，是为请你下山入伙，听说你武功盖世，带领众多弟子和你两个公子共创天下。"

石光玉老爷子一听就急了："我堂堂名门之后，祖上官宦之家，岂能落草为寇，干些鸡鸣狗盗之事？"由于老爷口直心快把郝大头骂了个狗血淋头。

但郝大头不但不恼，反倒客气劝道："老爷子你带众兄弟入伙我可让出第二把交椅，统领兄弟们干一番大事业，长期盘踞在白洋淀，拉杆子成队伍，你看如何？"

石光玉早听说郝大头刚刚在大清河抢劫了一家大户，并奸淫了人家母女，在当地早就激起了民恨。

石光玉告诉郝大头："你死了这条心吧，你我老死不相往来，送客。"

郝大头碰了一鼻子灰，也放下狠话："告诉你，你若不知好歹小心你两个儿子的性命，不信咱走着瞧！"

双方不欢而散。

比武闯祸

郝大头生气地走了，但接下来家里接二连三地出事，先是自家养的一条大黄狗，离奇失踪，而后又是自己拉磨的驴死了，石光玉已经猜到，必是郝大头干的这下三滥的事，心想自己多加注意防着点，可时间长了，今天丢只鸡，后天死只羊，日子过得紧巴巴的。

一天有人报，说家大门上有一封信，用把匕首插在门上，信上写的内容是问石光玉答不答应，不答应合作的话，就定于四月初八，比武较量。比武输的一方答应对方要求，若不参加比武，则表示直接认输。

石光玉一听比武，心里还是有底，毕竟江湖闯荡多年，心中自有得胜的把握。

四月的大清河两岸，柳上蝇头绿芽初黄，抱在柳丝上的鱼状叶儿，在春风鼓噪下，轻轻摆尾，河水泛起雾蒙蒙的潮气，笼罩在空中，已是上半晌，还不见散去。

石光玉是守信的人，带着自己的徒弟和两个儿子——一个年十八岁的大儿子石义田，一个十二岁的小儿子石义佛，来到大清河岸指定的一处柳树林，摆开阵容准备迎接挑战。

河岸的石桥上，隐隐见几匹战马，从远处飞奔而来，身后卷起尘土，快马一声嘶鸣转眼到了指定的地点，比武的消息不知从何走漏，十八岗的村民不约而同要看看这场较量，并想目睹这个杀人狂魔的郝大头。

今天"济光寺"的老方丈也带僧人来观看这场比武，老方丈与石光玉为同门，本是师兄师弟，郝大头见来人甚多，便下马躬手："石老先生不好意思，今日当着众乡亲的面，问一声，合不合作，合作称你为大哥，共谋大业，不合作将比武论高低，各写生死簿，签字画押，永不反悔。"

石光玉本不愿结仇家，碍着面子也只能接招，郝大头是来者不善善者不来，郝大头亲弟郝二头曾在河南嵩山学过两天，后因吃不了苦回到了沧州又拜名师，正当年血气方刚，看是石光玉是一个四十多岁。

郝二头下马来，打了一个立桩，等着石光玉出手，老师赶紧应招，便抬腿探出虚步，亮爪应着。

最后以石光玉的胜利，结束了此次的较量。

芝麻小事

有人在这某面掌握了本领，取得了小小的成绩，也有人从一点一滴的小事开始取得成就，与自己的努力是分不开的，如果不努力，不去掌握生活的本领，只能是失败，一生碌碌无为，可要想取得成功，掌握生活的本事，谈何容易。

常言，芝麻粒儿大的事，还算个事？又有人说，千里之堤，溃蝼蚁穴。事无小事，若不从小事做好，后事必成大患。

芝麻粒虽小，可以成大器。曾目睹了母亲精心种植芝麻的过程，母亲的经济思维在 20 世纪 80 年代是超前的，她说芝麻最大的好处是可以成为经济作物，到市场变现价格高，好出手，但种植过程繁琐，工作量大，要付出很大的精力，母亲好强，总挑战别人不敢做的事。

家住在农村，农作物一年两季，唯有经济作物一年一季，芝麻是含金量最高的经济作物。有人常说芝麻大的小事，但种芝麻可不是小事，种芝麻对环境气候要求是非常严格的，首先种植芝麻的地要平整，细腻，自古有"地垄不平，出芽一丛"。机械落后的年代，用耧播种，拿把摇耧听农家把式，平稳均匀摇动耧铃，拉耧者也要步伐平稳，种子大小才能均匀播种在田间，地若不平大坷垃地，走起来磕磕碰碰，长出的庄稼就一撮一撮，既浪费了种子，苗儿也不匀。

播种芝麻还要看天气，播种气候条件要求特严。天旱土壤干燥不容易发芽，即便是出芽也会被太阳晒死。若是下雨苗

家

儿出来，晴天太阳一照，地皮结痂，俗称"芽根"，地皮的结痂会伤害弱小的幼苗。

等适应环境苗儿出全，再就要减苗，减苗更细致，基本需要三遍。第一遍，纤细的手灵巧地把多余的苗拔出，为保障苗儿的成活率，第二遍苗儿长到一寸要减一遍，为了确保苗儿的成活棵数；第三遍要减去无用的苗儿，合理地布置疏密，确保透风成长。

第一遍减苗需要耐心和毅力，母亲早晨就要到地里，蹲在长垄的土地上，两脚还要放在两畦中间，防止踩着幼苗，手小心翼翼，要蹲着往前移动身体，母亲一天下来手酸腿疼。

第二遍减苗和第一遍一样，苗高不能蹲跨中间，而是骑在垄中间，猫腰，小心减苗，一天下来累得要死，母亲鼓励我们，没有苦哪有甜，没有今天的辛苦，哪有明天的油香。

第三遍虽然苗大了，不能跨腿作业，只能偏着脚立在苗垄中间最后一次减苗定棵，保证通风流畅。

忽然想起那句"井淘三遍吃甜水，人从三师武艺高"，从两个角度来理解这句话，不就是说井淘三遍，精益求精，与减苗三遍有着不同含义，人从三师技高一筹和三次勤耕，索得油香，不也是共同之妙乎。

慎重思索，一切有价值的东西都要有精心耐心地去管理，虽然没有很深的哲理，从初期种植上也许要精心细致地种植，才有苗儿苗壮成长。

大苗科的管理，需要你除草，除草工作是在酷暑的夏天，天最热的时候耕三遍。一遍是为土壤保墒，雨后防止土壤潮湿快速蒸发。二遍防止雨后野草生长与芝麻苗争养分。三遍继续清除杂草，每次都有"汗滴禾下土"的感觉。

但母亲晒得黝黑的脸上，带着对庄稼成长的期盼，若没有大的天灾，也许丰收就在眼前。

常言"芝麻开花节节高"，到了花期，一串铃铛般小花挂在一根直直的杆上，带着生活幸福的寓意，把人生展示出来。

母亲也像一个护花使者，防着采花的动物，不懂珍惜的人踩踏，惊动花儿的开放。

成熟期到了。

庄稼丰收了，磨刀石上磨快镰刀，用一个割字代替，像割麦子，割谷子，而芝麻丰收，故乡用了"血性"的杀子，也不知道为何称杀芝麻。

杀芝麻的时间是有讲究的，芝麻成熟晚杀不行，裂开的芝麻角会掉漏出芝麻粒，浪费。杀劲有讲究，杀芝麻秸，早了也不行，青色的芝麻角里包含不成熟的角，麻粒籽不成熟，用不饱满瘪的，会直接影响出油率，对收的时间也有要求，早晨收不行。秋天的夜晚带着湿漉漉的潮气，若要赶上阴雨连绵，潮湿的青稞会发霉，直接影响香油的口感。

杀芝麻那天，也就是收割的时候，带上一块布，铺在地上，一手扶着，一手用镰刀收割，在倒地的瞬间，要将芝麻粒秸，倒着抖一下，让成熟的粒落在铺好的布上，小心翼翼，不敢倾斜。

一切事物都有它的程序，但在芝麻种植上却有着不同的操作，每个环节都要小心，精心，撰此文我一直在考虑，它那微小的颗粒，包含营养价格，散发的香气，小小的让人敬畏，浓郁的香气让人回味。

对它的精细管理，像对待一个孩子，从娘胎里出生，就要精心护理，小时母乳喂养，喝多了怕呛着，喝少了怕吃不饱。童年启蒙学习，家长精心地照顾，在学习上不惜一切代价，培养他更多的兴趣爱好，家长费尽心血让自己的孩子成才。春夏秋冬无时无刻看着自己培养的幼苗，结出甜蜜果实。

是啊，精心种植的芝麻不像其它谷类，芝麻需要碾压、扒皮、脱粒。芝麻收获后要放到一个干燥向阳的光滑硬土上，或铺上一层布单，塑料布之类的大物件，再把芝麻秸码放成伞形，角向上，等待阳光洗礼，角儿自然地爆开，头朝下用双棍对整捆的芝麻秆，轻轻地敲打，穗角里落下洁白饱满的芝麻粒。

经过几天明媚阳光的亲吻，几次干燥后的锤打，粒粒皆收入囊中。

童年在故乡，没有美味佳肴，更没有山珍海味，芝麻在铁锅轻轻地一炒，便散发出浓郁的芝麻香味，再加少许盐搅拌，与刚刚出锅的贴饼子，是天下最绝的美食。

母亲善于经营，把丰收的芝麻拿到榨油房，经师傅加工，香而带有枣红色的液体，滴滴地被压榨出最珍贵的香油，罐装入瓶，既产成品，用红纸剪成方正的菱形块，写上一个"油"字，贴在瓶上，拿到集市，便成了高价的商品。

到今天已经过去很多年了，母亲已经走了，可那浓郁的芝麻的油香，是我一生中最奢侈的生活调味品。

芝麻粒虽小，但他不是小事，是我童年生活的经济来源，也是我的人生的信条，芝麻里无小事。

初秋蒲获

提及初秋，天依然燥热。秋天人们想到的总是甜蜜的瓜果和丰收在望的庄稼，我则不然，我想到的是少年时期的芳草地，茂盛的草丛，挥汗下难以割舍的情怀。

深秋时节，母亲告诉我们，有一件事必须做——打干草，一为农畜过冬，二则卖出换成现钱。

青春年少，臂力单薄，为赶季节，一放暑假自定额度，分早中晚三筐。

华北平原的筐，是用倒 U 型的筐子，用荆棘条编成鱼鳞状的凹篮子，来盛装小型棵物，一根麻绳捆扎在筐子上，形状统一，个分大小，大人背大筐，小孩背小筐，镰刀与筐组成绝配。行走在田间地头，荒坡野地，寻找一片茂盛的芳草之秋。

在富饶的大平原割草，也是不易之事，家家割草人人参与，谁家草晾得多，谁家劳力多，劳力多就富足。

早晨的第一筐，踏着潮湿的露水，趁太阳未升之时，穿梭在茫茫青纱帐里，在水渠垄沟间，草丛间盛开着不知名的野花，有红的，有黄的，有白的，有些开花的杂草是不能做饲料的。母亲曾不止一次告诉我，所以草也是择地而生，与庄稼争抢养分的草最优，它往往生长在玉米根下，抢夺着庄稼施下的肥料，生长茂盛。

穿梭在集满露水的田野，自然有些苦涩，所注意的事项就是防止被叶子划伤，划伤后易搔痒且不易痊愈。小心是必须的，母亲早晨割草，曾被割破手指，伤口感染住院，胳膊肿胀，疼痛难忍，还好抢救及时，保住性命，但永久地留下手指变形弯曲的毛病，俗称罗锅手。母亲贴出的玉米面饼子上，有一道弯口烙痕。

满筐带有露水的草，沉甸甸的，从乡间崎岖的小路，踏着撒满金色的阳光，背着青草回家吃饭。

母亲早晨刚熬的玉米粥，带着糯糯的甜味，一块玉米饼子，一盘香油拌咸菜，能吃出秋天的幸福。

吃过早饭，就是去完成上午的任务，伙伴结伴而行，去的是村边流淌不息的大河，清澈见底的河水，河边长着丰茂的水草，既是打草的地方，也是游泳解凉之地。虽然已到初秋，但炎热的天气照样，直接暴晒，俗称秋老虎。放下筐，光着身子，跳入流淌的河水，嬉戏于之中，扎猛子，狗刨，你追我，我追你，相互泼水打水仗，偶尔也沿河坡摸鱼，溪流缓慢的流入苇丛中，一圈下来摸大大小小鱼，准能摸上半斤八两。

玩耍后，沿河边收割长满的水草，故乡称水摆草，不知道其大名，青青河边叶似韭菜，初秋结出水稻穗，营养价值高，牲畜爱嚼食，从水里割下在河坡晾晒。

打草毕竟是一件力气活，镰刀舞动后，少年的臂力不支，便躺在浓密的草丛中，舒展疲惫的筋骨，歇歇脚，躺在带有青涩味道的草垫上，被草绿色涂染身体，但滋味是刻骨铭心的。身下的鲜草吸足了阳光，温暖便慢慢地释放出来，撩得脊背痒痒的。

眼前的草尖，水草稻穗羽毛般轻垂，青绿的叶儿无风也在飘摆，更何况秋风还在吹。扶摇的草茎之上，耳朵里总听到虫子的窸窣声。躺在草上我懒得起来，肆无忌惮地叉开双腿，一只手下意识地折断一根草棍，放到齿间咀嚼，青涩的香味带着微微的甜，与生命一般绵长，在青草中待久了，草的青涩味

初秋蒲获

271

道便浸透在少年的血脉中。无论走到哪里，无论多么富贵荣华，草的味道总会出现在梦里。

两筐草完成，晾晒在家门口，母亲趁吃饭的工夫要翻腾两次，为了接受阳光的炙烤，快速变成干草。

吃完午饭，与同村小伙伴，要在水里再泡上一时，跟着下地的农民，到菜园。生产队种植的蔬菜，补充着农村人生活的单调的餐食。季时的蔬菜，正是结果旺季，茄子，豆角，黄瓜，西红柿，看菜园的老汉，明白顽皮孩子的内心，主动摘下黄瓜西红柿，献上那份殷勤，嘱咐："想吃就要，我给你们摘，管够。"此番话里带着对这帮孩子的恳求的口吻，孩子们都知道，意思是不要悄悄地来祸害菜园，趁这机会从菜垄上割杂草，菜园里的草别有风格，茂盛鲜嫩，并伴有胜利的色彩。若遇上队长那就另有结果，准是一场胡骂乱赶，说不定是劈柴炖肉，捂着屁股回家。

秋后，晾晒的干草垛在门前，母亲将草分成三份，一份在草棚喂羊，一份粉碎喂猪，另一份卖给生产队的饲养员喂马，秋天卖草的收入足够学费和书本费。

望着渐渐远去的秋天，湛蓝的天空让人心胸豁达。少年无畏，汗水浸透过的额头，稚嫩的脸上晒得黝黑，内心却充满无尽的活力，也许年少精力且旺盛，养成了初秋割蒲晾草的习惯。

家

蹚河女人

清凌凌的河水，从白洋淀荷花丛流过，汇入在华北大平原的大清河，犹如母亲的乳汁，滋养着这里的人们。那河水弯弯曲曲出现在童年的梦里，故乡难以割舍的情怀，一场场如梦般再现往事。

大片的土地都荒芜在柳行隔起的千里堤外，那弯清河的细流就流淌在河堰底。一个用了几百年的名字——六郎堤，重复讲述了那群生存在堤岸的儿女，轻轻的堤岸边上，它富有诗意的村庄，每到春雨微微，柳絮飞舞之际，折一枝柳枝，插枝成行，无须理睬，便成柳林。村人则以泽为生，折柳为生，夏季打鱼捞虾，寒月折柳藤编，因柳林沿堤而栽，故村名柳庄。

春天，细长的柳丝返青未遂，被雾轻轻浸泡后，软如牛筋，养河边水岸的荆条更佳。而采荆割藤，多不是专属，于麦苗泛青，随手割下带回。

此季男人们依靠在南墙阳光下，下着那盘不定输赢的臭棋，或赖在土炕的被窝里，大口地抽着干呛的旱烟。

喂完猪狗，奶过孩子，不甘清闲的女人早早结伴去荒凉的堤外，筐背尿素手提镰刀，准备好先追泛青麦苗第一把底肥。雾里带着蒙蒙的潮气，堤面淡淡地遮上一层面纱，踏足在堤岸上的女人，说笑声打破了旷野的寂静，微微的清风吹动着摆动的柳丝，不断与女人头上的长发接触，飘逸的青春与春风相遇，美不胜收。

方格的畦垄麦苗，刚刚从寒冷的冬天醒来，伸着懒腰，享受着春天的抚爱，洁白的尿素化肥，在纤细的妙龄少女手上，飘洒在松软的土地上，等待融化成无穷的力量供给泛青的麦田。在这片田野上厚望着那并不远的希望。

　　初春的河水，依然微寒，遥望那片泛黄的麦田，女人们赤腿蹚过这片流动的水系，不惧寒冷收割这片荆藤，只为改善生活，补贴家用。柔韧的纤条在镰刀的收割下聚集在柳筐上，女人背在肩上，如同北归的大雁，扇动着双翼，展翅踏在回庄的堤堰上，高悬的红日透过飘逸的柳丝，成了一道美丽的风景。

　　夏风摇曳的荷塘，弯弯曲曲的大清河水流灌堤内的小河大塘，急促的暴雨一次又一次折服粗壮的柳树，毫不客气的连根拔起，大片的青苗也不止一次承受着不可抗拒的灾难。柳庄村的男人撒下季节渔网，捕捞出鲜美的鱼虾，女人们将网下的收获，装在柳编的筐内，天黑前带着提灯蹚过河水，在鱼虾新鲜时赶到镇上夜市兜售。在漆黑的夜晚再次蹚河水返回村里，柳庄的女人一点也不输给男人。暴雨泄洪水面和深度都加宽加深了许多，滚滚的洪水打着旋涡向东流去，熟悉环境且水性好的柳庄男人女人，从未被洪水吞食过生命。而她们从水中救起无数的生灵和打捞出财物。曾有外乡人致谢过柳庄女人在洪水中英勇救人，在故乡广传为佳话。

　　西北高东南低的地势，使水汇集在华北的白洋淀，溢出的水给下游这片土地打上了十年九涝的标签。太行余脉的山水不客气地聚在故乡的土地，自然吸收了苍天赐予泥土的养分，祖辈传承着一场涝一场麦的说法。

　　接连阴雨连绵，给这片秋天收获的土地增添了难以置信的灾难，青纱帐的玉米灌浆抽穗时，高粱也红了，淀上分泄的洪水，灌满了分洪的大堤河床，不停息地流入河海。望堤堰外的高棵作物在水流的冲击下齐刷刷倾斜，太阳升起的东方，

274　　　　　　　　　　　　　　　　　　　　　　　　　　家

防汛护堤的柳庄人，自觉地在大堤上，搭起护堰防洪的窝棚，成年男女驻守在这条护卫家的大堤上，看汹涌河水将庄稼地，将要收获的青稞没浸泡在大水之下，心是无比的酸楚。堤堰上的柳树只有随风雨摆动，而无法改变。

洪水渐渐退去，膝盖深的水露出了被淹的粮食，虽然倾斜的青稞已经受了洪水的摧残，含粒饱满的果实依然招人心爱，女人们不顾及妆容，赤脚踩在胶似的泥土上，掰下那经历苦难的玉米棒，她们脸上依然挂满快乐的笑容，因为这片半年的收成淹没在大秋作物里。她们心明白秋后种植小麦种子，化肥，冬天娶媳妇过年的支配都融在了这片希望里，她们没有怨言，而心怀希望地迎接着一次又一次大清河带来的挑战。每次都被女人的笑声冲淡，迎来一次又一次的胜利。

都说女人是水做的，柔情女人围绕着大清河岸上的男人，养育着一代又一代，她们生娃养家，每代女人淌着清河水生活在这里，虽然已过了四十年，除了交通方便了，故乡勤劳朴素的女人没有变。

每次回故乡，总站在大清河岸苍劲的柳林下，不止一次地感慨，故乡变了，现代化的排洪水闸，砌筑的泄洪道和宽敞的柏油路四通八达。柳庄新农村已经在柳林河堰种植上花草，五彩缤纷地迎接着我既熟悉又陌生的故乡人，变化了，变化太大了。

蹚河女人

过年纪事

　　过年啦，过年啦，年三十祭祖上坟，这一日是故乡人家头一等大事。

　　此前数日，为迎接先人和神祇"驾临"，为全家团团圆圆过春节做准备。

　　腊月二十三小年儿过后，"忙年"便开始了：仔仔细细打扫庭院，砸好了煤块儿，劈好了木柴，节日里各种吃食，蒸、煮、烹、炸、焖、炖，陆续备齐。到了年三十，屋里屋外，一切环节，安排就绪。

　　温馨的景象，展现眼前——暖融融土屋，新糊的窗户纸，花花绿绿的窗花。一眼望去，紧挨大炕的正墙，贴上了小四扇儿和"大胖小子抱金鱼"年画；在年画上方正墙高处，贴了春条，这一纸春条也可以在屋地正中的房梁上斜跨，都是斜着贴，右高左低，一般为十六个字：宜入新春，万事顺心，阖家欢乐，人口平安。大墙柜上"招财进宝"和小仓柜"黄金万两"斗方，是集字组合，每处的四个字，都以偏旁部首衔接，汇总成一字；门边贴了红对儿，门楣悬了挂钱儿，门上贴了门神。迎面墙的墙壁，大大的福字斗方下边竖着贴了"出门见喜"或"抬头见喜"吉庆字幅。

　　辞旧迎新之时，一年的活计告一段落。宅院里也着笔墨，粮囤上贴"五谷丰登"，猪圈贴"肥猪满圈"，牲口棚贴"槽头兴旺"，碾筐贴"青龙大吉"，磨盘合扇处贴"白虎大吉"；

　　　　　　　　　　　　　　　　　　　　　　　　家

马车辕或骡马鞍子上一副对儿："车行千里路；人马保平安"，
永不更改……

临街两扇大门，是两个鲜红耀眼的斗方型"福"字。

与院子内外红光令人赏心悦目，熠熠生辉，迷倒人的情形
不同，土屋内还有庄户人家的一团和气。

尘封一年的家堂，被"请"了出来，悬挂在堂屋正面墙壁
中央。老家堂上松、鹤、鹿的古朴图案，上托着密密麻麻的
先人名讳，渗出一脉相传的岁月苍茫。两侧悬挂一副对联："灵
爽世凭宗祖泽；频繁时事子孙新"，意味深长。家堂下边条案
立的神主匣，拿下了木罩，安放以小楷书写、字体端庄，列祖
列宗的灵牌。八仙桌子，挂了围桌儿，桌前铺好了行拜礼的
祭垫儿。桌案上边，为四干、四鲜、四食、四菜，十六碗大供。
每碗供品上边摆一片儿鲜艳的胡萝卜，胡萝卜片儿之上各插
供品。供桌的祭品前，香炉中数支细香和蜡扦的两支蜡烛点燃，
青烟袅袅。两侧香筒、烛台，擦拭得干净利落。以上恭谨礼数，
是让"老祖儿"和各路神仙安然归位，天地人神得以济济一堂。

屋子里面，尽数布置周全了。年三十这天，从清早至中午
前这一段时间，各家子弟要亲自去家族坟地，"接"老祖儿
回家过年，以表示子孙后代事孝的至诚。

坟地有远有近，远的有数里路，近的则在村旁。然不管远
近，家人必须亲往。

老坟地的地势也不一样，有的设在平地，有的设在了偏坡
山岗。老坟地平面形态，犹如撑开的伞，顶尖部分为一世祖
的高丘，其下，坟丘一层比一层宽度加大，终而成了一个向
中心辐辏的伞裙儿。就坟数瞧，谱系已不知经历了多少代。
再从那坟圈里各种粗大的柴树和不易长大的酸枣树、山荆子
树看，看那酸枣树都长成了水桶粗相、山荆子形成了冠状树，
遂由此揣度出先人于此一方水土，筚路蓝缕、拓田兴耕的久远，

并由衷萌生崇敬和珍视血亲的感情。

去祭祖上坟，一门大家庭"五服"之内的一茬弟兄，也会相约一起去。那队伍就很浩大，一二十人不止。在乡亲面前，表现了家族的壮观，也显示了和睦向善的门风。当这一拨人说说笑笑走过村庄，会令单门独姓的人家艳羡。

一路上会遇到年龄不一的同行者，还能远远见到各个山坡、各块农田上坟人的身影。

奔坟地去的人，都携带供品，盛供品的器具，簸箕、篮子、背筐、托盘等，各不相同。但是家什上面都盖着毛巾或者豆包布。

至先人坟前，先用手将坟前一片地儿的杂草、落枝清理一遍，然后一一摆上供品。除了三十晚上家人吃的一样馅儿饺子，供上四碟，还有干鲜果品。然而不管是四碟、六碟、八碟……每碟儿里的数量一律为"四"。此讲究在于有"神三鬼四"之论。先人为凡体，不为神，沿袭的数即为"四"。供碟摆好，继而将酒斟满酒盅，放好筷子。这样，先人就可像在人间一样享用了。一切置妥，上坟来的弟兄依次向自己的父辈先人磕头。轮番跪拜，磕过了头，就该由其中一二人供冥币、烧纸钱了。手执一沓冥币点燃，徐徐燃烧，掷于地表后再接着续。看着它在冷风里美妙地燃烧，飞起的灰烬像群蛾子跳着舞蹈，边续纸儿边念念有词，小声念叨。先向先人表达孝敬之言，再叙说家族里一年间变化，出现的喜事，诸如：长孙结婚啦，女儿出嫁啦，重孙子又降生啦，盖了新房啦……只要是家族里面值得庆贺的大事小情，俱可陈述。新一年的打算，也于坟前诉说，以祈先人庇护。

诚心诚意的样儿，以及带着俏皮语调的言辞，与先人在世时对面交流分毫不差。

一脸的虔诚，一心的仁厚，欲让先人知。

倾诉的时候，若见喜鹊立在寒梢"喳喳"叫，更会以为"先人显灵"，祷告者心里就漾起茁茁心苗。

一俟礼数告毕，即于坟地燃放鞭炮，以敬肃之音呈报天庭。

心到神知。祭祖人怀着对祖先礼成之后的满足情愫，怀着对当晚阖家团圆场景的憧憬，一路说笑着，迤逦而归。

三十晚上阖家团圆。三十晚上鞭炮喧天。

大年初一，祭祖仍在继续。初一早晨，主食吃素馅饺子。先敬先人，第一锅饺子捞出来，要先给祖宗牌位摆供。依然是四个碟儿，每碟放四个。并摆好酒盅、筷子。接下来，一门男性老家长给祖先施了祭拜礼后，膝下子孙轮番给祖先、祖父母和父母、兄长、姐姐，一一循礼如此。

家庭之礼行过，遂团团席炕而坐，共同吃饺子。吃饺子时候，沿袭老规矩，爷爷奶奶早嘱咐过了，小辈儿不要说"没了""少了"等犯忌讳的话。在馅儿少了时说"面多了"，在面少了时，说"馅儿多了"。下一锅饺子捞上桌之前，盘里留两三个，不要吃尽。这方面言行，是让先人听、先人看的，表明这一门后代年年有余，而且有教养，让老祖儿舒心、放心。也不敢耽误时间，抓紧吃。此般约束，既恐吃饭中途有来拜年的，受干扰；又惦记早出门，去给本家族和街坊拜年。

一个家族，各成员家庭，必然要去。一条街、一个村庄的熟户，也不能丢下。

快乐时光，总觉时间过得快。

转眼到了初三。

初三白天，仍然是除了吃，就是玩儿。

到晚间，情形有变：吃晚饭时刻，暮色四合，临街的门口旁，燃起一堆堆火焰。那是在烧冥币。依然有祷告、有祝语。一阵鞭炮响，送老祖宗，让老祖宗们脚踏祥云回天。

吃过晚宴，收拾供桌，收拾残羹余饭。将家堂、祭联摘下，重新包好，入柜收藏；将神主匣再罩上布巾，一切恢复如初。

心绪既豪壮，又戚戚、缠绵。

很长一段时光，古典式祭祖形式消失。

至上世纪八十年代以后，世风有了变化，各地兴建公墓，公墓成了大众沿袭之所。

由于旧式村庄改造，城市化占地，许多农民搬迁，使得许多农村家庭游离于故土之外。旧坟难全，遂将先人骨迁至和新去世的亲人同葬于公墓。

百姓的日子，总体上还是变好了。礼义廉耻，亲情归属感，在许多年以后，从心窝复苏，蠕动起来。

公墓祭祖气象，年胜一年。最早期的有骑自行车、三轮车，开手扶拖拉机的，也有开面包车、大卡车的。而后代步工具逐渐升级，自行车、人力三轮儿，变为了电动三轮车，大卡车变成了轿车。轿车类型之广，仿佛办车展，夏利、桑塔纳、捷达、现代、奥迪……各式各样，豪华的奔驰、宝马等等，也不鲜见。男女老少，党政军民，于各不相干处，来一次大聚会。

供品确实丰盛了，档次也高了。且伴有鲜花、纸花、金色银色纸锞，一簇簇一堆堆，墓地就是呈现一片花花绿绿……

是春天来了吗？不是。

只需闻一处鞭炮最持久、音响最吓人，见那里供品摆得最丰富，便可断这家人的身份。既有自身的张扬，亦有为其先人"拔份儿"的含意。

世俗的轻狂、浮薄，侵入了冥冥世界。

其实，这么做真不符合先人做事习性。世代先人，讲厚德，求朴实。生活的哲理，是"夹着尾巴做人""十分伶俐用七分，留下三分给儿孙"，劝诫后辈莫将"势"使尽。

从尊崇文化上说，"节"在《说问》上解，就是竹约，约，为缠束之意。以竹节的节，引下来，以古老仪式、细节，追思先人之德，怀念亲故之情。春节从祭祖开始，清明思念祖

家

先，中秋怀念亲人……所有的节日都是要回到对先人、历史、经验的纪念、沉思上。

但无论怎么说吧，这般人的举态，也比楼群里终日追着宠物，于年于节忘了远天远地先人的人要强。

总而言之，他们还存有善念，明白自己身从何来，承传着敬祖的美德。

先人沉睡的落寞坟得儿孙缅怀，那是一脉血缘的认同，是心性由芜杂而净化、单纯的回归，亦是哺育家国之念的淳良基地。

今人，季羡林先生的学问应该说做得很大了。融汇古今，精通东西方文化，对于濒临灭绝的东方文化"希伯来语"的学术研究，当是世界上研究者甚微中的顶级一人。而他九十岁以后返归故里，在距其母亲的墓地很远处，下车步行，痴痴，踽踽。至于坟前，长跪不起，眼睛里盛满了泪。发出来一个声音：妈妈我以后也要睡在你的身旁……

贤明所展传于世，令无数人发出感慨。

这便是凡情朴素，对于人的影响力。

旧时农村的老坟地祭祖，没有惊动天，没有惊动地，而是将人性之中最柔软的部分裸露出来。

质而实绮，癯而实腴。

故乡年集

总算盼到赶年集。

农村有集市的地儿，约定俗成，集日或逢双或单儿，每月出现几回，习以为常。唯有腊月二十八这一个集日，意味独特，各地均称为"穷汉子集"。

怎么叫"穷汉子集"呢？你们可以掐指一算：离大年三十，还有几天？家境稍富裕者，在此之前已将年货购置齐，就等过年了。而实在混不上来的，年前就只剩这最后一次购物机会，再不抓紧说不过去了。年，有钱没钱的，都要张罗过，所以，贫困家的男人不管从哪儿拆借来钱，总要在这一个集日像模像样购点儿东西，给家中眼巴巴的老小一个交代。

要不怎么说"年关"呢。

故乡是方古镇。它的东西和南面连接华北大平原，四通八达。周围各村的远行者不经由此处，别想进京。独特的地理条件，极易形成集市。古镇本身十分繁华，平日南来北往的客商和骡马车辆络绎不绝，因此这儿的集市一二百年来一直很红火。紧靠大清河北岸方圆百余里，无人不知，无人不晓。

刚才说了，平常的集日，就热闹，何况到了腊月二十八，买家和卖家多少人齐聚在这一集市，就更显市场热闹。

卖白菜的骡马车，最早进入集市。他们或于头一天晚上住进了马车店，或者起五更赶来，马车上苫白菜的稻草帘儿和卖菜人的狗皮帽，都挂了冰霜。他们将骡马卸了套，给牲口搅

　　　　　　　　　　　　　　　　　　　　　　　　家

拌好草料，便兴致勃勃从四处捡来碎柴，一边蹲着倚菜车烤火，一边等候开集。

待大杨树顶儿罩上了太阳红光，东南西北做生意的人，就像潮水一样，陆陆续续赶来了。马鞭声、驴叫声、人喊声，各种声音汇合，渐渐使空旷的集市热闹起来。

各自占好了摊位，一拨儿卖鞭炮的先绷不住劲，个个逞强。他们将最响的鞭炮用竹竿儿挑着，连放几挂。间或有"二踢脚"，"咚——""噹——"响起。

鞭炮声犹如出场锣鼓，向四面八方宣告开集。远远听得响声，禁不住诱惑的，就数各家的男孩儿了。大人还要沉沉气，而小男孩却谁都不依，用胳膊肘、肩膀磨蹭坐炕沿的大人的腹部，嘴里哼哼唧唧督促。这时，当爹的、做爷爷的，再也架不住，冲屋内人响亮地喊一声："走——上集！"便低头再扎一扎腿带儿，起身抓起墙柜上"捎马子"，或出屋挎起背筐，拉着戴虎头棉帽的男孩儿，兴致浓浓地迈出了院门。

一路上所遇，俱是赶集的人。

大集火爆的真容，瞬时在人们眼前展开：好大的集市呀！摊位一个挨着一个，从南大桥一直通到北头的大庙，足有三五里。街道两旁全挤满了摊位，只留中间一小溜儿走道容过往行人。随着逛集的人不断涌入，卖东西人涨满了情绪，他们时而扯开嗓子大声地吆喝，时而与赶集人攀谈生意。嗡嗡锵锵，烘热了这一块土地。

集市上摆列的年物，看似繁杂，然场地割据却有规矩。卖大宗与卖大宗的组合，卖零碎儿与卖零碎儿联体。还有这种情形，一种主要货物旁边，有相关的小品种相随。

年前几个集，白菜永远是大宗货，一串儿马车常常十几辆。卖菜人敞开车尾巴，手提一杆大秤，向过往行人夸奖他的青口菜，多么翠绿，多么瓷实，开锅即烂。插在各个马车的空儿，就还有卖脆水萝卜、灯笼红萝卜、胡萝卜、香菜、大葱、小干白菜、粉条儿、萝卜干儿、豆腐丝、豆腐的。

卖炮仗的自然会找卖炮仗的。贩运工具除了驴车，也有人力"排子车"。他们在集市上，表现最欢。围观者图热闹的，要比买炮的人多。而往往看的，撺掇卖炮的"试声"，更起劲儿。卖炮的也禁不住起哄，又开大腿站车辕上，你一挂，我一挂，又是"噼里啪啦"，又是"咚——""噔——"。大杨树上做巢的雀儿被时时惊起，围着树顶盘旋。树下周遭看客落了一身炮仗皮儿而乐呵呵，过足了不买炮仗而听声音的瘾。

卖猪肉的夹在了集市中间，场面也不小。一字大木杠排开，大铁钩子吊着一扇扇鲜猪肉。围拢肉摊儿的，以中年汉子居多。他们总是耐着性儿等，总是横着手指去量有几指厚的肥膘。都愿意买肥的。买肥肉解馋，还能炼一些油。磨蹭来，磨蹭去，咽着吐沫儿等待。这还算有钱的。真缺钱的，他肯定不瞄"后臀尖"，而是盯着"血脖子"，或者肉案底下的"头蹄""软下水"。

卖烟叶的必不可少。有敷弄平整，一片片儿绑在一起的"襆子烟"；有不事敷弄，也捆成把儿的"绺子烟"；还有将青烟耳子揉碎，掺兑了黄花烟碎末，又称"黄花烟"又称"蛤蟆烟"，吸一口齁倒人的土旱烟。蹲在烟摊跟前的，多数是扣着毡帽壳，上了年岁的男人。卖烟者先让他们尝上一锅儿，然后介绍名产地是夏村"王家疙瘩"，他施用了多少酱渣肥，这烟怎么"不要火""灰白火亮"等等。见买烟老人舒展了皱纹，喜形于色，向棉袄襟里掏钱，这卖烟的也就端起了秤盘儿。

纸制品怕风吹日晒，避风背阴地儿向来为卖纸品的净地。卖年画的，卖财神爷、灶王爷、门神爷像的，卖窗花、挂钱儿的，卖烧纸的，卖高香、蜡烛的，总会扎在一堆儿。卖刺绣所用花红线的，卖木梳、腿带儿、老太太束"纂儿"用青丝网的，也常在纸品旁出现。年画出自天津"杨柳青"，小四扇儿、八扇屏，描绘《西厢记》《三国演义》里面故事，且有传统内容"二十四孝图"等等。连轴画儿买的人不多，人们爱买的是图吉利的"肥猪拱门""胖小子抱金鱼""春耕图"等单张儿。有些纸品，买者尽管直说"买"或"揭一张"，唯独买神祇图，财神爷、灶王爷、门神爷，有忌讳——一定要说"请"。

儿童永远都是社会消费的重要群体。年集这一场大戏，离不开孩子们。供孩子现场吃的，有又酸又甜的山楂糕、冰糖葫芦，有黏掉牙的关东糖，有煮在大铜锅里冒泡儿，吃一碗可以热身的炖炸豆腐或豆腐脑。且乐且迷的，是吹糖人巧手制作的食品：揪一丁点糖面，在手心搓一搓，吹出来的空心公鸡、猴子、老鼠特别像，尤其那老鼠尾巴、猴子尾巴全带着弯卷儿，长长的。又好看，又好吃。供孩子娱乐的，风车、拨浪鼓儿、玻璃球和用竹批儿去拨的小洋人画片儿不算。泥玩具就好多种：有面颊描红了，通身上颜色，眯眼睛乐的胖泥娃娃；有大小不同的泥鸪鸪、泥哨、泥公鸡。玩具都挂了色，露出苇子节儿气孔，上嘴一吹，就发出"呜呜"的响声，都很便宜。小孩儿使旧胶鞋底、碎铁、牙膏皮换也行。孩子们玩具到手后，就一路捧着吹着，泥玩具上的颜色会因为潮热的呼气，将挨着的嘴唇、鼻梁蹭上红，又染上白。看着特别可笑，又可爱。

腊月二十八这一次集，收集比较晚，差不多挨到日落西山。集散人空，留下一堆堆骡马粪，留下一片片菜帮和一地炮仗皮。

有几只野狗，寻来找去。

"好过的年，歹过的春。"这一言说事理的口头禅，总有些悲凉、凄苦在，像无法驱散的乌云，于尘世节期逐欢之际，依然有些落寞占据农人的心理，连应景的和答谢别人的笑也奉行不彻底。倘有个别户，到春节也闻不到荤腥，见不到鞭炮，小孩儿哇哇地哭，妇人唉声叹气，这男主人也只好硬下心肠，忍受那番钻心的疼痛……

唯其生活屡屡艰辛，方使过来人记忆的深。

集市里没有卖粮食的。仅凭这一点，今人就可知上世纪五六十年代，农村和农民是个什么境地。

时光接续既往，情景却不同了呀！那昔日令人刻骨铭心的纠结，已一去不复返。

家

老铁匠铺

小镇不是太大，横竖纵向的两条街的交会点是街中心。靠南头有一座汉白玉石桥，桥南有一家铁匠铺，逢五排十的大集，点火起炉，抢起大锤打一些农具，熊熊的炉火和富有节奏感的，叮当，叮当打铁声，倒给小镇的集市增添了音乐感，给往来小镇赶集的人带来了活力与快乐。

说是铁匠铺，实际是一个用木棍搭起凉棚，芦苇秆遮阳的顶，下支起炉火，一个风箱，一个铁砧板，两把大锤一把小锤和一把铁夹，旁边还有一个虎头铁剪，一桶水便是全部的家当。

铁匠铺老掌柜姓王，字殿臣，耳朵略有点背，和他说话声音要略高一点，不然会和你打岔，你说狗，他准回答是鸡，说他是掌柜的因为他是这个铁匠铺的老尖。王掌柜六十多岁，也许是多年抢大锤的缘故，满脸红彤彤，眼睛有神，若不是满头白发，一件窝下开气的褂叉和健壮的肌肉，还真无法判断真实的年龄。

真正掌握技术是他的儿子，一个高个子的英俊少年。当年有个电影明星叫达式常，掌柜儿子风雅英俊潇洒，不输其模样。每逢大集开炉，周边村姑娘媳妇都拿破铁烂镐，到铁匠铺一睹其英姿，因早有家室，不愿搭讪便招人嫉妒。

他大名王大纪，自幼在天津工厂学徒，练就打铁的功夫，五几年工人大下放他被辞，回到了老家。

当年生产队为发展经济，村里成立副业组主要是给天津北京的机床工厂打白钢刀，队长看中王大纪的打铁技术，请他带领青年男女创业创收。村里干部的闺女看上他，主动参加副业组与王大纪亲近，王大纪是一个不愿言表性格的腼腆年轻人，姑娘借着父亲生产干部的威气，对这个年轻老实的王大纪发起了追求，由于性格上的差异，王大纪回绝了姑娘，引起了很多莫名的攻击，甚至是恐吓和威胁，最后用各种理由辞退了他生产队打铁的活计，从此回到广阔天地劳动，再也没有掌锤打铁。

二里地外贾岗村，姑娘白秀珍人长得清秀白净，见少年优秀，后经人介绍以身相许成为一家，自然那第二把大锤成了她的，镇上人颂铁娘子，当年生了大儿子名叫王青山和我同岁，他一家人在镇上可称为幸福之家。

往往事与愿违，有好事的女人便把矛头对准了那个好强的女人，总有风凉话，咬舌头根子，用各种低级风骚话污蔑王大纪的媳妇，白秀珍也不是吃素的，自然用女人撒泼方式在这条街上大骂。王秀珍心里明白，用这种诋毁的手段，逼王大纪与自己离婚。可不知情的乡亲总把这个女人当成祸水，渐渐把这个女人所有的行为看成了伤风败俗。农村乡俗的流言蜚语，如同一根要命的稻草压制这家，孤立了这家人，这家人像孤岛一样没有人搭理、串门，孤零零地过起日子。

改革开放，包产到户了，家家都凭自己的本事致富，王家开起打铁生意。

小镇上的王家铁匠铺开张了，老实巴交的父子在小镇桥南，搭上一个茅屋，生火开锤做起了打铁生意，没有开张的鞭炮，只有旺盛的炉火和叮当声，叮当的铁锤声招揽着过往的行人。

炙热的炉火上架着烧红的铁块，映射着王大纪通红的脸颊，一双炯炯有神的大眼观看着铁的变化，浓浓的眉间的汗珠，沿着高高的鼻梁滚下，苦涩地落进嘴角，用围在脖子上洁白的毛巾，擦一把汗水。

王殿臣打着赤膊，左手从炉膛用火钳夹出一块铁放在铁砧上，轻轻一点小锤，发出清脆的声音，接着王大纪抡起大锤准确无误地落在铁板上。一大一小，一和一畅，一敲一砸，就像是清脆的轻音乐与浑厚的打击乐合奏一起，有节奏的锤在铁器上，谱写出人间最好的音符，一件挂在脖子系在腰间的围裙，隔开四溅的火花。

当王殿臣放下大锤，转到风箱前，两脚前后弓开，用力推拉风箱的抽动杆。风箱来回驱动吹起旺盛的火焰，顿时泛着由红色变蓝色转化的光焰，那块坚硬无比的铁又被烧得通红。

当把长钳子再次夹住被打的铁器，小锤师傅，指挥着主要的位置和方向，利用师傅手中的小锤打击的信号，引导大锤准确地落下，根据小锤在旁边打着四个角的变化，对应四个位置。

当打造初级成品，用钳子夹着放到盛着冷水的桶里，瞬间，那块被锤打的铁，在低温冷却下，冒着气泡，发出嗞嗞的响声，化成一股热气，腾空融合在芦棚的房顶。

钳子把铁器放入水里冷却，听王大纪讲行话叫"淬火"，就是通过热胀冷缩，快速改变铁器性能，使其铁器增添强硬度，更使铁器更加经久耐用。淬火反复连续煅烧锤打在铁砧上，无数次才百炼成钢。

铁匠铺，在摇曳的风雨里坚挺多年，王大纪在生活里也被锤打成一个冀中汉子，虽然多年被村里误解，被孤立，但靠双手自己家制办了全套的农业工具，他既不跟别人借，他家也不借给别人，而且养了一头毛驴，自守着自己的那一块，经营得不错。

随着社会的发展和进步，儿子王长青学会了瓦匠，在三线城市干起了建筑。

虽然事隔三十年了，王铁匠在村里的人缘也不知道为什么没有恢复，记得老头王殿臣八十多岁过世了，按村里风俗要停尸三天，镇里乡亲要帮忙，将棺材抬到坟里。镇上管红白喜事的正是那位干部，问王大纪怎么办，王大纪说："老人也不容易，不管也要把我爹好好安葬，我有办法。"出殡那天，父子四人加上亲戚，将棺材装上拉车，用绳子拴好，由孙子王长青驾辕，牵头驴拉套，王大纪扛幡在两儿子搀扶下，走在小镇街头，一班鼓奏班引路，虽然街上站满看了看热闹的人群，发出了羞愧的声音，他老王家也是小镇上的人，孝子驾驴车下葬了老人。

当我回老家听到了这事，我的肺都气炸了，王家居住小镇多年，凭打铁生意没有得罪过人，可这事发生在小镇，无法理解。

有句扎心窝的歌词，"就像那个人心呦，长上了翅膀"。

捏面人儿

　　每个人都有他的独特性，有就应该表现出来，如果没有就从生活里挖掘，这就是生活的获得。

　　记不清多少年啦。

　　多少年没有在老家赶正月的庙会了，老家的庙会区别于其它的庙会，是在正月的十四、十五、十六这三天，因为有焰火会的衬托，这个庙会不是春天物资交流会，也不是单纯的是娱乐、美食、戏曲、观赏民间花会的庙会，他是虔诚与信仰的盛会。

　　童年对庙会的认知不一样，逛庙会是快乐的，也是乏味的，那无知的儿时记忆里，总盯着那些吃食，冰糖葫芦、花生沾、山楂糕、豌豆黄、绿豆糕、杏仁茶汤等小吃。

　　那年我七岁，对一切事务的认知都在懵懂之中，家住在镇上的桥头，是庙最繁华的地方，下午民间会演刚结束，街上的人群褪去了拥挤，盯着街边的摊位，新鲜的小吃自然是首选。

　　电杆旁，一个摊位引起我的注意，摊面上摆着五颜六色的"靓女俊男"，行人都驻步观赏称赞，一位中年人穿戴干净整齐，一块高低的木板上分出层次，高板上插着已经捏好的面人，有身披着红袍手抱琵琶的美女，有身穿长袍脖子挂一块白玉的书生，身穿战袍外套蟒袍，后背战旗两条弯曲的雉尾翎女将，还有黑袍长的猪八戒，美猴王孙悟空，这些栩栩如生的面人吸引了我。捏面人的手里正捏揉搓着面团，一根小棍在上按压，嘴里不停地吆喝，"精美的艺术品，吉祥的招财宝，两毛一个。"

我按捺不住心情，跑回了家。

进门一看有两辆自行车放在院子里。那年，我家刚刚盖完新房，来人我知道是在乡政府当干部的姨父和另外一个不认识的人。父亲正和客人聊天，母亲正在堂屋忙活着。

悄悄贴近母亲耳边："我想买个女人。"

母亲一听惊讶了："什么？你想要个女人，你才多大，就要女人，不买。"

母亲回答的声音，惊动了屋里的客人，姨父从屋里走出，问："你买什么？我给你钱。"

母亲拦着说："不用，他要的还不够年龄，等大了再买，他说他要个女人。"

姨父笑着说："你才多大，等大了姨父帮你介绍个好的。"忙掏出一块钱塞在我手里，回屋里了。

我总想表达清楚，又没有表述的语言，只能用小手笔画出高度，母亲这样才明白。"你说的是面人吧。"我这才点点头。问我多少钱，伸出两个小手指，我在看有人买时，捏面人伸出过两个手指，母亲明白了我的意思，把一元钱要回，从皱褶的裤子里，摸出两张叠在一起的两毛钱，我快速地向捏人摊跑去。

摊前，站着几位比我大的孩子，用手比画地在猜测谁是谁。我拿出两毛钱递给捏面人的摊主，他问我要哪个，我指着那个戴翼翎拿长刀的女人儿，他顺手给我扒出，一手交钱一手交货，等我拿到小面人，仔细看时，他又把面人从我手上抢了回去，说我的钱有纸贴的痕迹，太破太旧，又把钱还给了我，瞬间落下泪，匆匆跑回家。

母亲看我委屈地哭，问我发生了什么事，我指着那张破钱，说人家不要你的钱，说太破。母亲拿过小心打开，原来缺了一个角，母亲从裤兜里又翻腾过来，才找到那个角，小心地用纸贴好，领着我的手向捏面人的摊走去。

家

面人摊围着很多人，那个英俊的小女人被别人买走了。只见母亲张嘴就叫："大面片你敢欺负我儿子。"捏面人一听有人叫他小名，猛抬头，叫母亲表姐，原来他是姥姥娘家村的人，母亲从小就认识，因为自幼就喜欢玩面，人送名号"大面片"，常去天津和专业人学捏活，在这一带小有名气。

按辈分应叫捏面人表舅，问我要什么人物，我说："要拿刀的那个俊女人。"

摊主一听知道就是刚卖出的穆桂英，边与母亲说话，边从鲜艳的面团中，随手揪出面团，在手团捏着不同颜色，用竹签按压粘贴，一会就将栩栩如生的人物造型递在我手里，母亲掏出钱给他，他说什么都不要，请他到家里吃饭，他也谢绝，从此再见到他，我恭敬地喊他表舅。

拿到手的面人，非常喜欢，拿在手里不让别人碰。吃晚饭，母亲让放下洗手，我轻轻地放到大柜上，弟弟妹妹们也小，见我放下趁我不注意围过来，想亲手触摸一下。弟弟与妹妹伸手抢，小弟弟把翼翎抓下，妹妹把木棍抽出，我见状急了，哭喊着要动手打他们，在母阻拦下才算消除了风波。

经过母亲修复，勉强能看过眼，但失去了原有的光鲜容颜，为了不争抢，母亲把面人插在小孔瓶子盖上，让我们只能欣赏不能碰。

事后，母亲告诉我，买面人那天，全家只有两毛钱，这两毛钱已经在母亲的兜里，装了几个月都没有舍得花。家里太穷要不是姨父给的一块钱和买面人省下的两毛，还真不知道春天该怎么过。

几十年了，捏面人的事早已在脑海里消失，长大后再也没有逛庙会，更没有看到过捏面人，只有两毛钱的穷家底记在心里。

也许是老天的眷顾，2010年5月我跟随北京政协参观上海世界博览会，会上看到了北京的景泰蓝、麻猴、剪纸、京绣，京做，脸谱的传统工艺。中午就餐之际，我也想参观一下故乡河北的展厅，进馆内看到了唐瓷，定瓷，年画及故乡的绢花。突然一句乡音吸引了我——"哈个吃了饭了吧"，这句乡音是雄县固有的口语"哈个""吧"。

只见一个摊位上摆放着面人，像当年一样捏面人坐在里面，说话人就是他，赶紧凑上前用乡音问："老乡你哪的？"

"哈个俺雄县的。"

"雄县有个捏面人的小名叫老面片，你认识吗？"

"那是俺爹，早就没了，你怎么认得他？"

"我也是雄县人，我应该叫你爸表舅，他是我姥姥的娘家人。"

"哦，俺们认得。"不由自主地倍感亲切。

寒暄中倍感亲切，在这江南城市见到了多年未见的捏面人，勾起我很多暇想，它从乡村民间艺术今日登上世界文博会，展示出民间艺术的内在魅力，这是家乡的骄傲，也是我的骄傲。

从乡土艺术，上升到民间艺术瑰宝，栩栩如生地塑造人物，其艺术价值不单是民间艺人的生存之本，更深层次的是利用塑造的英雄人物，宣传正能量。若把现代英雄人物也加入到面人捏合艺术，使更多的人受到教育，感染人，鼓舞人，将其发挥出更大艺术潜力。

对事物要深入一点，必须了解全面，这是一条真理。抱着自己对故乡的认知，不易钻入了解全面，深入地挖掘出童年丢失的生活记忆，在其中寻找题材。只有用力地回想，待到若干年后提炼出来，成了自身的血和肉的东西，化作千言万语整理成素材，来表达那份对故乡的眷恋，我感谢故乡。感谢故乡给我装满不可丢失的过去。

又过十多年了，随着京津冀协同发展，雄县变成雄安新区，偶尔回乡，听到乡音一样亲切，遗憾再也没有看到捏面人，再也没有见到人面桃花。

　　　　　　　　　　　　　　　　　　　　　家

鼓键悠长

鼓，在古代是在祭祀仪式与上天对话的工具。不管是南方苗寨的铜鼓，还黄土高原上的擂鼓，鼓的传统历史久远。键则是擂鼓的锤，多是珍稀硬木，故乡的鼓键没有那么珍贵，它产自故乡的枣木和朴实厚重的故人一样，任凭敲打，倔强中带着一股不屈不挠。

故乡的鼓，没有戏台上的司鼓，婉转悠扬。也不像队列里的军鼓，斗志昂扬，更不像莎士比亚名剧里邦戈鼓，带着洋范。

故乡的大鼓粗糙豪放，大红灯笼型，紧紧簇拥在一起，一张白板厚牛皮，用铜钉箍扎红色的弓形的鼓板上，宽大的肚囊里，释放出惊天动地的吼声。

它既像厚实的农民，更像披挂红袍的将军，肚囊又像能容天下大事的弥勒佛，它能发出疾苦的呐喊，也能喊出快乐的欢笑，特别是那鼓皮，任凭键棍敲打，它都发出强音。

祖父问我，哪个地方都有快乐，哪个地方都有忧伤，而表达的方式不一样，表演的方式却雷同，我不信。同样的表达为什么效果不一样哪。

如击鼓声，远离，知鼓韵者，鼓音各异，便知晓因何击奏。这点我不否认，《诗经·邶风·击鼓》中有诗句："击鼓其镗，踊跃用兵。"我理解擂鼓，就是鼓舞士兵的斗志，伴着鼓声成长，一点不错，因为镇上有会叫"焰火会"，下设八个小会，"吵子会"士列其中，不管哪个会活动，都是那面大鼓和钹镲叫齐，听惯了擂鼓叫齐的声音，所以有击鼓踊跃用兵之说。

我出生不久，装在太奶奶裤兜子里，肥大的棉裆腰，装一个孩子富富有余，盘腿坐在火炕上，她一双枯萎干瘪的双手，握着我幼嫩的小手，打着节拍，嘴里发出鼓点的声音"咚，嚓，咚，嚓，咚，咕，咚，锵"，两手合掌，会发出幼稚的笑声，想起来那才是童子功。

人伴随着鼓声长大，村子里，只要一敲鼓就要过年了，过年就长一岁。

20世纪70年代，村子里冬闲，只要一进腊月，鼓声就停不下来，那几个上了年岁的老手，每天都穷敲，在家喝上一肚子玉米碴子粥，挣工分，落个乐呵。敲出的节奏里，带着"社会主义大道好"感情，钹镲的合奏，带着昂首阔步地向前方的感觉。

也有欢喜，也有悲，经过了那个时期的洗礼，破习俗，本应为逝者鼓奏的唢呐，在民间几乎消失，若有人故去，村里的大鼓派上了用场，消沉的鼓点让听到低垂，慢节奏的曲排，像沉稳的脚步缓缓前行，"咚……擦……咚……擦……咚咚……擦咚，咚咕咚……擦咚"。只要听到这沉闷的鼓声，村里人就知道有人驾鹤西游了，接着就是鞭炮声，一行穿白戴孝的出殡队伍，抬杠人簇拥着大红棺材，随着慢节奏鼓点前行，哭号声消失在茫茫的大平原。

学生游行队伍的铜鼓洋号，则截然不同，带着朝气，带着阳光，从学校走来，我不是鼓手，童年时成为一个鼓手是我梦寐以求的事，但只能跟在鼓点甩动胳膊高抬腿。那鼓点里，"咚，咚，咚；咚，咚，咚；咚，咚，咚，咚"，跟在长长的学生队伍里面，做着接班人的梦想。第十三届三中全会那天，那面大鼓敲了整整一天一夜，记得那天从挂在木头电线杆上的大喇叭里说改革开放包产到户，让一部分先富起来，从那天，才听出鼓键里打出幸福的味道，因为从那天起，人们解决了温饱问题，甩开膀子，擂出的鼓声，让人们踩着时代节奏，走上了富裕的小康路。

20 世纪 80 年代，正是农民豪迈的时代，在希望的田野里，收获了幸福和美满。富裕起来的农民，此时的鼓敲出农民朴实厚重的步伐。

他们无忧无虑，那面大鼓在大队广场，鼓出现代农民的情怀，鼓点沿用了古谱的《十二排》，这鼓谱里传承了燕赵儿女的豪情。据村里鼓手说，这是宋代当年抗辽，《杨家将》排兵布阵，鼓舞士气的战场擂鼓，听鼓点却有勇往直前的气度。

这点我倒相信，故乡是宋辽古战场，兵家必争之地，杨六郎把守的三关口——雁门关、宁武关、偏头关，与白洋淀下游大清河雄州，霸州、胜坊，连在一起，故乡人一把悠长的大清河北岸大堤，称为巡防边关的"六郎堤"。成排的古柳繁衍着生息，刀光剑影烽火狼烟的年代，震天擂鼓和喊杀的嘶鸣，谱写下悲壮的诗篇，至今考古挖掘的古战道，被历史学家称为城下长城，想当年兵将勇士传递信号，除烽火狼烟，就是鼓角争鸣。

今天的农民怀揣着梦想，开始擂响战鼓，他们开创新的思想意识。

富裕的故乡人，每到春节，为了祈福五谷丰登，风调雨顺，都要举行盛大的焰火大会，此时他们忘却了一年的劳累，甩开膀子，在寒冷的初春，把春天敲响。

记得我刚刚回家看到陈旧的大鼓和那擂鼓的乡亲，我沉默了，鼓代表的是村里的形象，我没有怨言，掏出我一月工资五千元，没有犹豫地捐给了"吵子会"，敲鼓的年轻人笑了，周边的人笑了，用力敲响了一个新的春天，"咚咚，擦咚擦，咚擦咚擦咚咚擦，咚擦咚擦隆咚擦"，欢快的鼓点，烟花的升起，耳熟能详的鼓声，毫不夸张地说已经融进血液，只要是待到春节的正月十五，情不自禁地从脑海跳出那敲了千年的鼓点。

故乡的鼓经故乡的人一代又一代地传承，不是口传心授，更不是磕头拜师，都是和我当年一样从娘胎里就有了那永不消逝的鼓谱，已经长在故乡人的骨子里，用轻浮的话说，就是娘胎里带的，故乡的鼓声。

家

五举班输

大清河镇上的"春风茶馆"。大都是田间地头的老者闲暇时聚集之地，大多是要上一壶茶，边品边闲谈，遵守规矩是"莫谈国事"，茶馆正处京津核心要地，南来北往过客众多，茶馆成为宣传之地。

常来茶馆的五位人士，一位是教了一辈子私塾，后来当上大清河中学老校长的胡维纪，他写得一手好毛笔字；有名声在外的木匠把头高常更，他手艺高超门徒众多；有曾经帮助他人的吴振林，带着几个徒弟包揽着婚丧嫁娶；还有村里大事小情的总管王彦全，好哼上两口河北梆子。

五人常在一起品茶论道，为什么这几个人成为"五近士"，自然有共同点。

全镇几千口人，生活中谁家都有婚丧嫁娶的大事小情，自从有了互助组高级社，人们的心也就更团结在了一起，谁家有事登上门招呼一声，全盘大军的"五近士"马上到齐。

喜事迎亲嫁娶，少不了搭棚布桌，吴振林迎客陪宾带礼，需要一个能说会道，见过世面的控场人。

哪家都有礼尚往来，登账造册的账房先生，胡维纪自然是掌管全镇大小事务。

过去镇上的木工，盖房起脊装修，攒棺材打柜，少不了镇上的高长更，此人为人处世厚道，干活细致勤快，名声显赫。

那还有掌管煎炒烹炸红烧清炖的大厨贯大忠，镇里的大事小情，带着勤行班子，穷人家简做，富人家精做，包你满意。

总负责还是王彦全，称镇上红白喜事的总管理。

几个人凑在一起，胡维纪先生先是东侃西侃。

谈起"四书五经"，天文地理，文章书法，几人听得津津有味。当谈到书法的法则，横平竖直间加结构和人情世故有直接关系，撇捺间东倒西歪合理地支撑，浓淡用墨渲染出的精神饱满，特别用锋的笔墨间转换，从粗细的圆方笔法中，透露出字的精神，例如王羲之，在《兰亭集序》中"之"字的变化，在章法的布局和露白在用笔粗细中，体现出透视的空间。

几人听得如痴如醉，胡维纪把书法艺术讲得让几人叹为观止。

当老木匠高常更，讲起木工，那更是精彩，在木工里分大器做和小器做。

大器做是指大木架和房屋结构，在宋代《营造法式》中把古代建筑分成大式做法和小式做法，大式做法中根据台阶高度，决定柱基高度，柱高决定重檐抚殿，再根据斗拱是一拱三斗，三拱五斗，五拱六斗的层次来决定殿的级别。而宫则小于殿堂的级别，在房山屋脊上区别像斗拱庑殿式建筑多于隋唐时期的圣殿或高大皇家建筑群像北京故宫的太和殿是重大活动场所称之为"殿"。

其次就是重檐歇山式建筑在北京的天安门和乾清宫等，是皇帝居住和办公的地方，代表权力，称之为"宫"。

在我们所常见到的庙宇宫殿在墙壁上体现，有硬山式和悬山式两种，但也有所不同，分寺，庙，道，观，寺多为宗教信仰场所，庙多为祭祀崇拜之场所，道为多为说圣书法之地，观为修行之地，称之为"堂"

而有权威的居住办公地，大多是有品级的官员"府"。

有钱有势力的人居住，再大的院子也要称"宅"。

而普通百姓生活居住的地方，多为土房茅屋称为"舍"。

家

当讲到小器座，是指桌椅板凳柜，其结构也称小榫卯结构，开榫平整大小，凿眼要精准，不大不小正合适，要做工精细。

特别是看面起股刨槽大隔角，更是要求方正严谨。

做小器座箱柜的雕花，多为竹兰梅菊古玩博古，特殊精湛的要数历史人物戏曲人物。

在门窗工艺中冰炸纹，盘肠紧，灯笼花，万字不到头，特别窗棂卡花，多为软云子，竹子叶，双凌卡子，单铜钱，双铜钱。

还有攒棺材，大三七，小二六，特别是棺材头雕花，一看便知故者是男是女，男雕福禄寿，女雕莲花福。及木器做的圆线，攒桶的胀鼓等。

四人听高长更讲木器行的各类规矩。

当听贯大忠讲煎炒烹炸里论"醋"用方法，别出新格，论醋讲究，米醋沉醋的用法，热汤凉底醋，炒菜用烹醋，炖鱼用热醋，凉拌用温醋的说法，提精鲜美提味醇正。

高兴时会拉上一段，唱上一曲河北梆子《蝴蝶怀》"忽听得桥楼上响起更点，倒叫我田玉川，左右为难哪……"

有板有眼，字正腔圆，几个人一时快乐。

几个人中最爱听的还是见多识广的吴振林讲北平旧事，街头市井买卖商号，讲五行八作，他们最喜欢听的是军警流氓，八大胡同妓院的风骚传闻，特别是皇亲国戚纨绔子弟的败家过程和风流趣事，又讲到了《精味楼》饭庄的风云，几人深感吴振林闯荡江湖的经历非同一般。

春风茶馆也是有偿经营，2分钱一暖壶的热水，服务着大清河镇的百姓，劳动了一天的农民，从田里收工回家，一壶开水解疲乏，南来北往的过客，东西下卫的行船，都在此歇脚，热情的服务在大清河镇传为佳话。

小葫芦吴志强转眼已经是十八岁的小伙子，说话办事有板有眼，和奶奶住在桥南大院，偶尔给爷爷送吃的，便和这"五近士"有了众多的接触。

那个年代的年轻人都要投入社会主义经济建设，吴志强也一样，除了跟母亲张秀荣参加互助组的劳动，总想学一门吃饭的营生就和爷爷商量。爷爷说："商量商量。"

回家跟奶奶一说："爷爷说商量商量！"奶奶说："跟谁商量？准跟那四位老东西商量。"

还真是这天，五个人又凑在一起，又是一顿天南海北的胡侃，言语间吴振林，说起了孙子吴志强要学习一门手艺。

三个人六只眼不同地转向了老木匠高常更，高师傅在这里也见过小葫芦吴志强，一看这孩子从心眼看着喜欢，但这些走江湖的人，自然是一番托辞。

说自己岁数大了，带不了徒弟，可又说回去商量商量的同一句话。

次日，胡先生又登门拜访私聊，问高常更想法，高常更说："要学手艺就要吃苦耐劳，善学善研，其次要吃话，能有忍性，不要因为拉徒弟，两家弄得掰开脸，到那时都不好看。"

胡维纪又跟吴振林把事说了，吴振林感觉到高常更说得句句在理。

这天吴振林抽空回了趟桥南家，见吴志强的父母，儿子吴贺，儿媳妇张秀荣，还有孙子吴志强，老伴崔金花，召开家庭会议，问大家的意见。

吴振林把胡维纪先生的话说完，就听母亲张秀抖落着手，就开了机关枪似的："看见了吧！看见了吧！我说你这么大了，学个手艺都没人要，这不……"

还没等她妈把话说完，就奶奶崔金花絮叨上了："嗨，嗨，我说葫芦他娘，你说这话我不爱听，孩子怎么啦，他还不收我大孙子，我家葫芦还不想跟他学哪。"

"说完了吗？"

"没完。"

"人家不是不收，是怕吴志强同志吃不了这个苦，更怕说他，他不听，双方老人弄得磨不开面，再见面多尴尬呀！"又重复一句"人家不是不教"。

"我是想问问，吴志强同志是怎么想的？"

吴志强说："他怎么知道我干不了，他怎么知道我没有忍性，放心吧爷爷我肯定能干好。"

"好，这才是我孙子，我们家没有孬种，是吧。"

他用了激将法，这么一聊使吴志强在木工行业刹了倒退车。

从此吴志强跟着这帮师兄弟参加了社会主义的建设，但规矩不能破，就等着秋后农闲时磕头拜师。

时间就像飞快的车轮，转眼进入了深秋，吴振林"五近士"商量择日举办拜师礼。

"拜师帖"在师傅高常更的建议下确定邀请同门师伯，师叔，师兄，并邀请师保王彦全，贯大忠，师证胡维纪，立书人胡维纪。

邀请函：

xxx先生，今有吴府，吴振林之孙，吴贺之子吴志强，拜木匠高常更为师。

于1955年10月28日在吴府，款待为证。

敬请人，吴府振林，帅全家

敬请光临。

拜师帖制作精制，派人纷纷发下。

拜师帖：

兹有吴府长子吴志强，愿拜木匠高常更为师，学习木工，要求服从师门，尊师重道，团结同门师兄弟，学期三年，收入归师娘，若有师傅，骂不还口，打不还手，伤残病死皆与本师无关。

自愿承诺信守。

拜师人，吴志强，

承诺人，吴贺

承保人，王彦全，贾大忠

立书人，胡维纪。

立字日期一九五五年十月二十八日。

拜师那天，风和日丽艳阳高照。

在桥南吴家南宅，举行盛宴高朋满座，在正房佛龛下，摆放中堂四件，上悬鲁班像，下摆木工信物——锛，下摆香炉纸案祭品。

吴贺为给儿子拜师从供销社百货，扯了七尺浅灰色的确良的布料，拜托缝纫社做了一身得体的衣服。给师跪拜磕头后，为答谢吴志强双手托起，敬献给师傅。

师傅高长更给徒弟一块用红绸缎包外层，黄绸缎包里层的一块小叶紫檀刨床料，回赠给徒弟，哪知这块木料在当地可称木黄金，让师兄羡慕嫉妒。吴志强把这块木料视为宝贵生命，多年也未曾舍得开凿成刨床，伴他走过了一生。

这块木料当师傅交到徒弟手里，感觉到物件沉甸甸的，没有多想。

师傅谈艺人行走江湖的规矩说："手艺人行走江湖要四稳，四德。即手稳，眼稳，脚稳，嘴稳，手稳：在江湖人家的东西，再喜欢不要乱摸和贪心。眼稳：手艺人在大家业主干活，大家闺秀出入，不要用眼窥视。脚稳：不管在哪里干活，不要乱窜，该去的地方去，未经允许的地方不要去。嘴稳：人行走江湖，不要长话接舌，该说的说，不该说的看到也不要说。"

　　　　　　　　　　　　　　　　　家

四德是："仁，义，礼，智。为人要仁义，行侠要仗义；对人要礼义，处事要智慧。"

在座的除同门师长外，还有石匠班主及师长，瓦匠班主和师长，大清河镇上的名门望族，买卖高号，及乡政府的孟庆山，乔雨，供销主任张雨，老书记张万才，社长刘庆，村长崔广田，民兵队长胡铁定，桥南互助组长韩宝奎，干儿王僧夫妻和咎岗朋友姚朋及众亲戚朋友参加了拜师宴。

从此吴振林的后代多了门手艺，就是木工，加入了社会主义建设中。

做车学艺，年轻人学门手艺不错，吴振林常说："家沉千金，也不如手艺在身。"

一晃两年过去，经过两年多的锤炼基本学会了锛凿斧锯的活计，镇上的农业生产也进入了高速发展，人们已经意识到了团结力量大，基本上形成了镇上，各相连的生产组织称高级社，也就是专业小组片级生产队。

桥南生产队部，就在高上坡的地主大院的南屋，井台边的那棵老榆树，这两年也失去了生命特征，枯萎了。原来老五爷的那匹马也要生驹了，在不久的将来会增加到一挂套，这将是桥南人最高兴的事。

虽然有一辆大车，如果再添一挂套新的车马，壮大了互助组的产业，也增添了资产。

这天，韩宝奎把这想法告诉了吴振林，高兴地说就这么办，锯树做一辆新大车。

吴振林这天来到了这棵树下，带着高常更，吴志强和韩宝奎看了看这棵老树，见其形是造车的材料，就下定了决心，开始伐树。

这天桥南的壮劳力齐聚在这里，开始了史无前例的硕大工程。

做车谈何容易。

树锯倒了。

高常更看着倒下的老榆树丈量了下尺寸，常言"丈二和尚摸不着头"，实际上这句话的本意在木工技术上讲"丈二和尚摸着头"，做大辕子的长度要大于一丈二尺，合在一起，六尺的辕子，六尺的车厢；车厢宽度自古语"三合一"就是一丈二尺的三分一；有了尺寸均可放线，头锯扒皮，二锯脿放一寸称子，三锯开三寸车辕子，中心放半寸车板。上杈做主轴。

一切顺利，开始拉锯破料，圆木绑定在一棵树上，吴志强和一个木匠开始拉锯，拉锯的技巧，下是拉齿上是退。两个人轻松配合。

"嗞啦，嗞啦"有节奏的声音，伴随着年轻人的汗水，撒落在青春的岁月。

一块块大木板经过吴志强的努力，露出了洁白清晰的年轮花纹，吴振林笑了。

料是破完了，考虑它走形要烤火处理，次日，便点燃树枝树杈，加上砖，把洁白的木板上火烤单面，里面的潮气伴随着炽热的火气，从底部向上散发。

一块块黑白相间的大板，刨床清理干净。开始放线下料，第一块料就两个辕，再有就是横称，刨平刨净，堆放一起，方尺划线。

车辕凿卯，横称开榫，凿眼自古匠人手起斧落，一凿三摇，节奏声就能听出你的技术根基。猛了劲过头夹凿子，轻了木质硬没有效果，斜坐在木料上一凿三摇，直上直下凿透，为了牢固双榫双卯。

开榫要上下锯平整，平板两头用锯，中间用凿子开榫。

成活那天，准备好了大锤和大绳，大锤是砸榫认卯，用一块方木垫平，先用斧子认好，抹上猪皮大脿，两车辕子对好，对称绳子打漂，通过均匀用力，很快组装成功。

家

接下来是用树上的弯曲做两边车轮的挡厢。铺上底板基本有了大车的雏形。

孟庆山看到乡里年轻人这么能干，又懂技术技巧，操着河南口音，"俺乡里的年轻人呀！就是中"。

他向县政府汇报，县领导决定将从战场上缴获的大炮轮胎下掉，支援给大清河镇桥南高级社，为成立人民公社起到了带头作用。

快过年了，吴振林逢人就夸自己孙子吴志强学木匠做了辆大车。

这天，姚庄的姚朋年前来看老朋友吴振林，又夸自己的孙子，学木匠做了一辆大马车，吴振林邀姚朋去现场看，到了现场一看新做的马车，就感到做车人这小伙子不简单。

路上，姚朋问吴振林："老吴，你孙子多大了？"

"过了年就十九岁了。"

"我有个妹妹，年芳二十一岁，高小毕业，因俺娘去世，辍学在家照顾弟弟妹妹，若有意见上一面。"

次日，吴贺带吴志强去了趟沓岗镇相亲，谁知两人见面后，十分满意。

故乡有正月里不娶的习俗，在春节前夕，双方在乡政府领了结婚证。

年前在吴振林主持下，请了几桌亲戚朋友，在春节前办了结婚典礼。

当了婆婆奶奶的崔金花，比吴志强他娘张秀荣张罗的还全，什么三铺三盖，什么上马席，下马席。

吴志强告诉她："奶奶，新社会了，不讲那么多封建老理，要新事新办。"

那天吴志强骑一辆自行车，带一床被窝，一个脸盆，一个暖瓶，大家吃了一顿饭，算是在破旧立新中办喜事啦。

五举班输

大车的制造成功，孙子娶了媳妇，又赶上了过大年，吴振林，崔金花老两笑得合不拢嘴。

这一年雄县县委发出了"关于试办高级农业生产合作社的初步计划"，计划要求对农业实行社会主义改造两步走。

第一步，大量发展农业社，使个体小农经济组织起来，变成农业合作社。

第二步，在农业合作社有了一定基础，具备了一定条件的时候，就要过渡到人民公社。

大清河镇乡亲们就等待着成立"人民公社"走上金光大道。

家

金光大道

春天，粉红桃花渲染着大清河两岸，黄绿色的柳丝，在空中来回飘动。

踏着绿色的麦浪，泛起层层的波浪刚刚年前制造完成做胶轮大马车，涂抹上了金黄色的油漆。

张记铁匠铺打造出的铁环，铁钉，铁链，也涂上了油亮的黑漆，装订上，等待晾干后再照一遍透明亮清漆。

一对年轻夫妇，身穿劳动帆布背带裤，头戴深蓝解放帽，手拿刷笔，给大车罩上一屋透明清漆，两人边说边笑，从身边走过的人看到了新婚夫妇的甜蜜。

"大孙子，大孙子媳妇，来来歇会，喝口红糖水，吃点大枣，歇歇脚，别累着。"

"奶奶，我俩不累。"孙子媳妇回了一句。

"不累，也歇会，人民公社不是你俩干出来的。"

崔老太太杵着两小脚，提着篮子边走边说嚷嚷着。

旁边插套的王玉堂随口说："老太太给我也来一碗红糖水喝。"

"去，去，去这是我给我孙子媳妇的，没有你什么事。"

说着小脚踩上了横七竖八的大绳，差点弄一跟跄，"快弄弄你乱七八糟的大长虫，差点绊倒我。"

"老太太你小心点。"

孙子，孙子媳妇赶紧过来扶着过来，老太太走累了一屁股坐在大车辕子，刚刚刷过的清漆，一下子沾了一屁股漆，猛地起身，"嗞啦"一声。

"得，我这回算是沾了我孙子的光了。"

惹得大家哄堂大笑。

刚刚刷过漆的大车。从外观看金光四射，在大黑漆铆钉装饰下更加好看。

把式王玉堂拴着三挂套，插套可不是谁都能干的技术把式，插七股小套，编在十二股大套，在牲口用力拉时不能穿套，长短要一样，长短不一样用力不均，短了牲口亮不开蹄用不上力，长了松套。

三挂套，大车是一匹骡子驾辕，两匹马拉套，在农村看到三配套，算是超豪华配置。

经过驯好的马儿，骡子驾辕，长鞭红缨，马膘肥体壮，看上去透着烈性，赶车人年轻力壮。

待到五月杏儿黄，金黄的麦垄铺上一条金光大道。

大清河镇干部领导参加"人民公社"成立大会。那天，一挂金黄大车行驶在大清河大堤上，清脆的铃声在急促的马蹄声中，穿越在金色麦浪里。

车上坐着身穿一身永不褪色的黄军装的社长刘庆，旁边坐着身穿一身藏蓝服装，胳膊上戴着白套袖，戴一副眼镜的供销副主任吴贺，还一身戎装的妇女主任乔雨，一边坐着身穿红色背心上印"劳动"两字，脖子上搭一条白毛巾的吴志强，吴志强旁边是身穿背带帆布裤头戴蓝色解放帽的新媳妇，后边坐着满面春风的吴振林，还有大清河镇长孟庆山。

车轮滚滚地行驶在金光大道向前方。
长鞭催马滚车轮，阳光洒满路成金，
奋蹄踏在金光道，公社发展旧变新。
清河流过清河镇，红旗是咱引路人。
…………

家

道乔花事

　　镇上，每逢集市老道乔趁街上安静的时候，早早在市上摆满了一盆盆花草，鲜艳石榴、紫竹、月季、绣球、海棠，真是花团锦簇，半条街飘满了清淡的花香。

　　不知什么时候，老道乔开始卖鲜花。有人说，他栽培花卉可以供人观赏，美化环境，而且许多花卉具有药用，食用和其他用途。小镇上老人都知老道乔，他不是养花人，而是一个造花人，可以说，他一生与花事有关。

　　老道乔从年轻时就没有离开花事，老道乔，姓乔，因为头顶上留着一个发簪，干瘦的高个，走路稳重，吃话慢条斯理，文质彬彬，形似道观的长老，人颂老道乔。

　　从小我就认识他，生产队时，主管队里的副业就是做纸花厂长，长期跑大城市殡仪馆销售花圈，业务做得风生水起。

　　到了改革开放包产到户，已经五十多岁的老道乔没有放下纸花业务，媳妇和独生女都继续做纸花生意，说死人的钱好挣。

　　那时，雄县的纸花享誉全球，周边十里八村家家做花，不夸张地说占全国销量的百分之七十之多，被称"纸花之乡"。

　　老道乔家做的纸花色泽艳丽，朵大瓣美，是周边订货畅销品，从购买纸张，花片铆压，朵瓣渲染，花蕊组装，朵心穿孔，样样精通，特别是花朵颜色的调配，几遍的润染，使花朵呈现出色彩从白到粉，从粉到红的过渡，盛似鲜花怒，朵朵出品逼真，体现能工巧妙之手笔，配蜡染绿叶，栩栩如生。

　　活多艺术精湛，不少人效仿但不如老道乔的精美，说老道乔，他会采用化学染料，多道工序逐渐调色所产生的效果，不愧是花事上的老手，对艺术追求极高，在周边村是出了名的能手。就连花圈的圈圈用的竹篾都自己烤制编捆，畅销各大城市。老道乔没黑夜没白天地跑销售，媳妇闺女没黑没白天地加工生产。两人经常工作到凌晨，老道乔的媳妇积劳成疾，到最后没有气力干活。

老道乔这才想起带媳妇到各大医院，求医问药，医院得出结果，是不可医治的大病，癌细胞早已扩散转移，只能手术治疗，但费用惊人，老道乔看着越来越瘦的结发妻子，咬牙，交上几十万的手术费做了手术，请大夫开进口高昂的药，总算暂时保住了性命。

趁老伴健在，给闺女找了婆家，远嫁给城里人，要脸面的老道乔，陪嫁给闺女，金银珠宝，汽车，楼房，礼金，以冲喜为媳妇祈祷身体健康，花销巨大。

转眼又过了三年，老伴病情再次恶化，又住进医院，再次交手术费抢救，最终无果，老伴离世，大操大办，风光地办理后事，又花去几万。

老道乔孤单过起了日子，外面跑惯了的他，穿一身整洁的西服，后扎一条小辫，却有港台风范，不妨有靓女追求。

一天，老道乔来到一家豪华宾馆，见其穿戴时尚，风流的柔情女子向老道乔搭讪，老道乔是个风流倜傥的人，光棍一条哪经得起勾引，在两人交谈后便开房住在了一起。

老道乔以为，与女人风流一夜拿钱了事，哪曾想，女人继续和老道乔鬼混在一起，偶尔还带回小镇，百姓见到妖艳风流的女人，有人私下里劝老道乔远离。老道乔说女人要和他在一起，待与东北丈夫办完离婚手续，就和自己领结婚证，并且以夫妻相称，两人出入城市共同做起了纸花圈生意。

老道乔现在不自己制作纸花了，大量地向当地制作纸花的农民收购，先赊欠年终一次结算，诚实的农民看老道乔老实，也就相信他不会骗老实巴交的农民。

一年下来，在女人的张罗下，销售一再提升，销往北方多城，成本低利润高，又超量地发货，女人摸清了老道乔的套路，掌握了老道乔的经济。

快过年了，老道乔正催要货款，一笔笔大额资金流入了准老婆的囊中，日子看上去越来越富足。

一天家里来了一个客人，说是东北女人的哥哥，接妖艳女人回老家，说老家母亲有病了，想看看闺女。老道乔是个通情达理的人，说好一起去，女人张罗给老道乔买了身新衣服，女人也买了一大包东西，准备一同前去东北，说好到东北，接老人来河北老家过年。

一切准备好，来到了北京坐火车，到了车站三人一起候车，大家知道那几年火车票，一票难求，要排长长的队伍，老道乔心实，便自己排队拿三张身份证买票，两人便在一旁等候。起初在眼前，随着队伍的拉长，渐渐地离开了视野范围。

等到了排到了窗口，拿出身份证，工作人员说这两张是假的，这时他才意识到有诈，赶紧找那两人，早就不见踪影，急得在硕大的广场来回转了几趟，也没有找到，这才想起报警，可只凭两张假身份证，哪里找人。

一场风流的花事，把老道乔洗劫一空，分文不留，再回到家，除了立着的房子，一切空空如也，债主天天上门催款，无奈，老道乔只有把房子便宜卖了，还农民的纸花钱，老道乔被放鹰的啄了眼的花事，成了镇上街头巷尾的新闻。

老道乔没有办法，在村边自留地盖了一间房子，开垦出一块专业种植鲜花，他给自己写一副对联"我养花，花养我，花我共养；我吃他，他吃我，他我同吃。"老道乔为花事折腾了一生，最后被镇上人当成笑柄。

故乡情在

　　小时候结伴同行无忧无虑地玩耍，掏鸟蛋，玩弹弓，大河里游泳，淘鱼捞虾，原本乡间一路，忽若孤独一人，人生路上见长短，但愿天堂无痛处。也不知道是受《山石之殇》那本书里的句子影响，还是我的心永远属于故乡，总情不自禁回想起故乡，想起故乡的"生"。

　　清明刚过，本来我的心早被清明家祭所牵制，早在一周前就打好行装，归心似箭。那里有我的雏窝，有我扎翎翼毛的巢穴，更有被无数风雨折断的翅膀，回来疗伤的地方，有人曾问我，为什么总在文章里提及故乡，说实话，是乡心不朽的缘故，惦念着童年故乡，牵挂着童年故乡的"生"。

　　"生"与我同庚。白洋淀有一条清澈的大河，似竖起的桅杆扬帆起航，运载着华北平原的悠久历史。蜿蜒曲折的分支水系，把故乡牵扯在一起，那条河里有我一起洗涤的童年。

　　生活像本被翻阅的册页，每章节记录着不同的往事。在我这辈人里，继承了太祖父的勤劳和俊美，有两个同庚的人，一个是我，另一个是堂兄，命运却截然不同。

　　母亲和婶婶同年有孕，月牙初升的秋天，同来到太爷爷跟前，求老人为未来的曾孙起名，因太爷爷走南闯北，并在北京见过大世面，博览群书略有文才，太爷爷在八仙桌前，品一口茉莉花茶，捻着胡须，沉吟许久，开口道："唐张九龄有诗《望月怀远》'海上生明月，天涯共此时'，若谁先生起名叫'海生'。"

　　　　　　　　　　　　　　　　　　　　　　家

后生的那？太爷思维片刻说："后生用苏轼那首《望海楼晚景》'海上涛头一线来，楼前相顾雪成堆'，就叫'海涛'吧。"

两房孙子媳妇走了之后，他对太奶奶说："那个叫'海生'的会埋怨长夜漫漫，若晚上生相思绵绵，一生身体羸弱，命运坎坷。"祖奶奶追问："为什么？"他说："张九龄诗第二句是，'情人怨遥夜，竟夕起相思'，有情天天怨黑夜，竟想早日，日偏夕落。"

"那'涛'？"太爷爷又捋着胡须说："开始这孩子生下来受苦受难，以后会日子越过越好。"同样问为什么。"苏轼在诗里已经告诉了答案，'从今潮上君须上，更看银山二十回'也就是能坐个小官，而且老年康壮富有，也有成就，也许是笑谈，不知真假。"

太奶奶是嘴快的人，把太爷爷说的话，闲聊时传播出去了，两个孙子媳妇，觉得这可不是一件随便的事，因为对爷爷敬重笃信，不敢马虎，两人便生起了薄怨，再见面的时候，就都指着对方的肚子打趣，"你说你，连怀孩子的事，也一起凑热闹，要不你快点生，不就完了"。

叔和婶成婚，本是姨表亲，奶奶自然与婶亲近，得知此事故弄玄虚，静观谁先生产。人算不如天算，果不其然婶婶先生，不敢违命，长我者堂兄称"生"。而我，于某年某出生，晚于堂兄"生"。奶奶操纵风水先生和接生婆，警告，勿用"涛"字，因涛与淘字同音，不吉利，母亲信以为真，再有诗中"雪"和"血"同音，不吉利。求太爷爷另起，太爷爷看清了"小人"用智，便另赐"君子"之意的"军"，从小叫"军"，大有人民武装战士的意思。

与堂兄同庚，长我几天的"生"，同上学，同劳动，从小比我强壮生猛，善于打架斗殴，乡邻皆知。

我上学的时候，亲近书本，学习专心，以读为乐，但性格总显呆滞单纯。

堂哥生，命苦，七岁其母病故，目睹其父身穿军大衣，将其抱在怀，为母扛幡送葬，乃人生一不幸，少年丧母，奶奶和众家人见其可怜，便纷纷惯养，后叔又娶。

叔不重学，堂哥早辍学，随我父学木工，游走城市。而我母，农家妇人重教，总絮叨"万般皆下品，唯有读书高"之理，家境贫寒，供我读书，支持我完成学业。

二十世纪八十年代初，我因工作需要，在北京落了户，在申请时母亲反复强调取消"军"的小名，我改回大号"涛"，在带大红戳的身份证上，带上了大名，大名使用至今。

生，早熟，陷在青涩的情爱之中，与东村女论嫁，因索要彩礼众多，后继母反对，未果，造成生情绪消沉。

后又与习武的杂技演员杰成婚。

涛也结婚，并同生长女，生又女，而"涛"二胎生男丁，为此，生奋斗无果，收养一子，沉默寡言，夜不归宿，贪恋女色另寻新欢，杰怒，多次与生互殴，杰武艺高强将生战胜。

因三女一男，孩众多勉强温饱，经营无道，钱财微薄勉强生活。

改革开放，生在叔的协助下，财力物力支持下，大力发展，并在北京购得房产，而涛只是基层职工。

后期经济发展初期，金融发展冲击市场，融资放贷使人一夜暴富，生便从银行和亲戚朋友高额借款，充实资金放贷，初期借款人给高额回报，后数额超大，本息骗走，血本无归。

初期年轻人里先富，让同龄羡慕嫉妒，后期惨淡，赔空转卖房车，又因心胸狭窄，屡借高利贷，心中苦闷成疾，于那年病发卧床，与生同为爷孙，回老家探望，同龄同窗心疼吾兄，面见生骨瘦，面带憔悴，含泪交谈，生心愧。

生在老家多次蛊惑我父，散布谣言，因少离家不会给父母养老送终，煽动说涛不孝，违心造谣，涛无奈，吾心无愧。

开始生刚刚发现病情，全家遮遮掩掩，不愿被人知道，因生坚强好胜，不愿丢下面子，自己扛着痛苦。

割舍不下兄弟之情。

生病间探望，为逗开心，问其童年争强，总是梗着脖子，给同龄人强悍的表现，袒护瘦弱的我。

少年不畏，在贫困时代随我的父亲，生他二伯学习木工，因家中缺少工料，我俩趁黑夜去邻村破树堆里，偷大风刮断的枯木，那个看废料的老头，正是我俩的表爷爷，当悄悄地接近乱木堆，正准备搬时，环顾四周，忽听身后有一声"嗯"拉屎用力的声音，接着就是"还没有睡觉哪？"也不知是否发现了我俩，停止了一切行动。

生，举起手做了一个撤退的动作，瞬时我消失在夜色里。

生在痛苦和绝望中离开了人世，他没有来北京大医院进行治疗，当初检查出喉癌时，他放弃了，因为高昂的费用，只在周边小医院保守治疗，在绝望和贫穷中离世，妻子杰没有哭，也没有感觉遗憾，只是淡淡一笑。

望着远去的灵车，道一声"哥你安静的休息吧，但愿来世咱还做兄弟"。

逝者为大，送走了生，但愿你一路走好。

时光带走了生命，留下的是孤独的守候，等待着从苦难人生中解脱。

人像是在竞赛场上齐跑，越是想弯道超车越危险，一旦趴下，被后者超越，倒不如一步步踏实前行，才能一路平安，一生平安。

脱坯筑巢

　　梁实秋有文，讲回忆是最深情的告白，回首往事，往往是虚惊一场，然后在岁月的长河里，沉淀出好看的样子。

　　那是我童年的时候。

　　风雨飘摇几十年的老房子，残垣斑驳，失去了往日的繁华，父母从牙缝里积攒着百元的积蓄，想在那条繁华的街上，建处显赫的新宅。

　　二十世纪七十年代末期，正是物资缺乏的年代，争强好胜的父母，不愿输给贫困，刚刚解决温饱的他们，就向大队递交了建房申请，看准一块河坡地。小镇中心汉白玉古桥早被岁月摧毁，宽深的河床，沉淀的泥沙积淤，除夏季分泄雨水外，早已经失去当年船只往来的场景，荷莲芬芳的美景，被时代潮流淹没。

　　生产队春冬两季，大搞农田基本建设，兴修水利，村里的年轻团结一心，担挑车推泥土修坝筑堤，父母也在年轻的队伍里参加劳动，散工前和各生产小队招呼一声，"今天帮谁家垫宅基地"，年轻人把工具带回，互助互利，趁业余时间帮工，不分穷富，没有怨言，相互团结帮工，在乡亲的帮助下，初冬填平了属于自己家的宅基地。

　　来年初春，准备在整齐平整村东窑坑，请村里能工巧匠脱坯烧砖，有脱带麦秸的大坯和烧砖用的砖坯，也称打坯子，之所以称打，因为工序烦琐，对泥土的要求高。故乡多胶泥，胶泥性烈易开裂，要搅拌柔和的沙土，父亲求生产队的车把式，从北洼的沙土地拉到脱坯的广场，再用推车土，均匀的搅拌成二性子土，晾干融合，积成大大的土堆，等待脱坯师傅洇池子和泥。

大堆的双性土，中心挖一坑，头一天就开始洇水，砖窑边一口老井，用辘轳灌满水，渗透泥土，开始和泥。和泥是把力气活，年轻人用齿镐搅拌多遍，铁锹反复糅合，待泥细腻干湿适度，翻腾黏合成熟泥，分除成堆，等扣斗师傅，开始脱坯。

木扣斗也称模子，有二联斗，三联斗，泥用瓦形铁板，等均匀的分成三份，为了不沾模子，在潮湿的方斗内撒上剥面，在一个专用板凳上用力填满，木扣斗内的四角装满泥土，满满当当，用一个锯弓划平多余的泥，端起三联斗向平整的地面，轻轻的一扣，整齐地脱在土地上，连续工作反复劳动，工人干了一天感到腰酸腿疼，感受到那个年代的不易。

经过两天的风干，要快速地码垛，太阳长晒将开裂，三五万坯子，整齐地码放在窑前，等待壮窑，父母为防止雨天淋架，将家里所有遮风避雨的物件，都拿到窑场，准备随时遮挡下雨，不分昼夜地观察天象。

烧窑，是一专业技术，父母用积蓄从供销社买来煤和劈柴，准备烧砖的材料。

冬天，一切准备完成，先批的窑已出完，就开始了我家装窑，一圆形装有内胆的砖围子外培土，像大型坛式建筑，坯子整齐地码放在窑内，中间留出火道，而且坯与坯间装上煤和劈柴。

开火那天，是一个隆重的日子，父亲买来酒肉请来亲朋，在窑门，摆放香案挂红披彩，鸣放鞭炮，跪地磕头礼拜，祈福。老窑工手捧香火，围着窑坛躬身祭拜，祈求四方神仙，之后点火起窑。

那老窑工站在窑坛，扯开嗓子，高喊："点火起窑了……"

长长的喊声，伴随着熊熊燃烧烈火，一股浓烟升起在华北平原。

要蓝砖还渗水，将烟锁住，使砖的外观呈现蓝色，通过水的降温，改变了泥土的分子结构，大大提高砖的质量，后期因渗水麻烦，取消了蓝砖闷火的方法，直接出现了大量红砖。

贫困的年代盖房子因砖不足，使有夹壁的墙的做法，也就是在烧出的砖，只够用碱下净砖，碱上用大坯加芯，消减了用砖量，改大坯填补。

大坯和坯子做法不同，大坯的材料可使用黄土，同样洇池子和泥，不同的是泥内要加入平原上家家都有的麦秸，当作筋加入大坯里。模具也有所不同，将泥捧入模型池内，抓把麦秸加在中间，上边再捧泥块加入，握拳将四周角充满，多余泥挖去，捧上水抹平，轻轻上提，方整的大坯晾在广场，两天翻坯立起，整齐地排列广场，等待码垛。

准好的砖出窑了，大坯也脱好，整齐地码放在盖房的空地，来年的雨季，母亲冒雨顶一块塑料布，将准备盖房材料盖好，就等来年的春天动工，在脱的大坯里，行家都懂，要多脱出二三百块，为房子盖好后盘炕用。

童年故乡的火炕，也是用大坯盘炕，用猴丁灯，下边竖着开通火道，立着排列，在上面横着码放，上边再抹上花秸泥，坚固耐用，小的时候孩子淘气，总爱在炕上跳高，把大火炕，当成童年的舞台，大坯经常跳折，往往每年都要换坯，不然炕上将冒黑烟，熏得满屋漆黑。

头年的雨季，母亲冒雨，肩披化肥袋雨布，头戴草帽，筑堰存水沉浸地基，确保牢固。

春天来了，万物复苏。

只要听到宅基地传来打夯的声音，便知房子开始建了。

夯歌的声音里，满带着故乡的情怀，饱含深情吼出惊天动地。

领唱："打起那夯来。"

合唱："哀呀来嗨。"

用一个碌碡捆绑上几条杠子，正适合八个男青壮汉，高高地抬起，用力地摔在槽坑，轻软的土地立刻下沉，撒上白灰，一层土，几下便无比的夯实，那首打夯歌，永远地储存在脑海，如同童年生活的一道音符。

领唱："东方一出亮了天。"

合唱："哀嗨，亮了天哪！"

领唱："穷苦百姓把身翻哪。"

合唱："把身翻哀吆。"

听到夯歌声，全村的男女老少，扛着铁铲，拿着瓦刀，尽力的帮工。

母亲也会用素菜汤，蒸玉米窝窝头招待大家，大家蹲坐在现场，毫无怨言的品味着那个时代的快乐。

而且你帮我，我帮你成为当时的一种风尚，父亲省吃俭用从生活费中挤出经费，买上几条"八达岭"牌香烟分发给帮工的乡亲。那时人们从不吝啬自己的力气，都满头大汗，渴时喝一碗绿豆汤，算是高档的茶饮。

上梁时：大红绸缎挂在脊檩中闷，一副对联"上梁喜逢黄道日，盖房正遇紫金星"贴在檩上，点燃一挂鞭炮，炮声驱魔治邪，家丁兴旺。

记得那时盖房，从打夯，砌基础，起房架，上梁，从没有超过两天，四破五的大房在第二天午后，已经上完头遍大泥。

整齐里生外熟的农家院，主房建设完成，等待着秋后的装修。

这是童年脱坯盖房的过程，现在都变成了机械化制造，这种房屋结构已经不多见，现代化的新农村别墅，改变了旧时模样，今撰文也是为留下失去童年的记忆。

脱坯筑巢

河笛声

笛声在心里荡漾。

杨河是镇北的一条泄洪渠，因河边栽上了成排的杨树，所以取名杨河。惊奇地发现在大魏庄村南干涸多年的河坡杨树下长满了茂盛鲜嫩的野草，丛中开满各色的野花。

春天，踏在软绵绵的草丛上，感到故乡大地是那么地神奇，养育着这片勤劳朴实的人。

今天我说的人叫刘庆年，少年就认识的一个邻村孤儿，他的命很苦，听人说他两岁时就没有了娘，和父亲相依为命，经常饥一顿饱一顿。在他七岁那年，父亲也因劳累过度而撒手人寰，孤苦伶仃的小庆年，居住在不挡风遮雨的破房，靠叔婶照顾生活。这孩子天资聪明，在本村勉强读完初中，辍学在家，借看杂文书籍，勤奋中积累浅薄的文化知识，他在惨淡中生活，是一位发光的文艺少年。

那时我刚上高中，由于本人热爱诗歌，经常向老师请教，闲谈中老师提起了也热爱文学的本村孤儿刘庆年，说有一首《寒门学子》的诗歌很打动人，"孤居寒风漏雨房，辘辘睡梦见爹娘，醒来灯下书半卷，唯有嚼文度饥荒。"他曾请老师修改，老师便把此诗介绍给我，我有兴趣地记在日记中。

三十年后闲暇翻阅，忽见少年笔记，想起此人。

说的刘庆年，他住在学校向北，五里地的大魏庄村，沿着那条长满杨树的河堤，隔一个小邢庄村，就是大魏庄村。

　　　　　　　　　　　　　　　　　　　　家

那年冬天，放寒假了，母亲让我带上一袋小麦，去一个叫岔河集的镇上换面，中途转个弯子，顺河岸向西就是大魏庄，我想拜访这位少年才子。

　　下了堤坝，走了段泥泞的路，遇上一位放羊的大娘，询问刘庆年家住处，大娘手指三间破败低矮的房子，那就是刘庆年的家。将车停靠在一棵杨树旁，步行在残雪未消的羊肠小道，向他家走去，当临近那座用破布遮挡的窗户，轻声喊他的名字，门在"吱呀，吱呀"的沉闷声中开启一条缝隙，露出一个脑袋，问："你找我吗？"我应声回答说："听于老师说你写诗，我想和你交流一下。"他回答很干脆："好，好，你等等。"随手又关上了门。片刻，他上身穿一件破棉大衣，下身穿一条棉裤，脚上穿一双开了胶的旧鞋，从屋里走出，从神态里看出，他很不自然。

　　我俩站在寒风里，虽然有阳光的直射，也没有感觉温暖。

　　当谈起诗，他便收不住嘴，谈到何其芳那首《预言》"这一个心跳的日子终于来临！呵，你夜的叹息似的渐近的足音……无语而去了吗，年轻的神？"他激情澎湃，毫不掩饰自己的卑微，声声地唤醒着自己的灵魂。看他说得嘴边吐出白沫，才问我对诗的理解，愧疚地看着和我同龄的少年无语，问我在《河北文学》发表的小诗，我只是淡淡描述。

　　当时电台里常播放蒋子龙小说《拜年》，很巧刘庆年也写了中篇小说《拜年》，看我是老师介绍来的，便有幸让我先期拜读，厚厚的一摞作文纸，密密麻麻地写了很多文字，我用崇拜的心情接过了底稿。

　　拿到了稿子之后开始读，了解了他内心的苦涩。

　　"那是妈妈过世的第一年，我蜷缩在炕上，父亲也想妈妈，守岁，喝了一夜的愁沽酒，等到除夕的鞭炮声，父亲才想起过年吃饺子，匆忙点上火，把提前包好，冻了一夜的饺子，

河笛声

放到锅里，不知道为什么饺子皮和饺子馅像我和妈妈一样都分开，父亲端上连皮带馅的饺子一碗片汤，勉强地吃了几个，外面人声嘈杂，人们开始了新年相互祝福。没有了妈妈的孩子，没有新衣服，也没有新年礼物，更没有买鞭炮，只有思念的泪水和父亲失望的眼神。到了给爷爷奶奶拜年的时候，大街上已经很多拜年的人，因为我家有丧事，谁都不愿搭理我和父亲，总怕沾上晦气。当来到爷爷奶奶家，婶婶早早站在门外等候，看到我和父亲过来，直接将我俩拦截在门外，告诉我俩，'你和你儿子带重孝在身，就不要给老人磕头拜年了，怕不吉利'，父亲望了天，扭头又回到了想逃又逃不掉的破房子。"

"后父亲就以酒洗心，借酒消愁，天天生活在醉梦中，不知不觉，母亲去世的三年春节，没有等到拜年的上门，父亲也撒手人寰。"

时间长了，我大概记得是这么点意思，当年我哭着读完，看到了他没有父母，内心的孤独和委屈，苦在幼小心灵上结痂。

把稿件还给他，已经又是一个春天啦。

自从我离开故乡，再没有见到过，一次我秋天回老家，开着那辆热得要死的北京吉普，打着窗户，优哉游哉地从河岸的杨树林过，一阵悠扬的笛声吸引了我，笛声《扬鞭催马运粮吗》，那抒情的曲调吸引住了我的眼睛，定神看去，在河渠边一群羊围着一个三十多岁的年轻人，年轻人白汗衫红背心，盘腿坐在茂密的绿草上，双手握笛，中指和十指轻轻弹起，感觉到曲子，打动我的内心，出于好奇我把车停在路边，想把整曲听完再走，眼睛直勾勾地看着河堤上的吹笛人，原来是他，是多年没有见的刘庆年。

停好车，越过干涸的河床，看到对岸走过人，也用眼睛打量我，见到了少年的相识，倍感亲切，两人坐在河坡攀谈起近况，他说前几年也参加过市县级的笛子比赛，因姿势不标准没有获奖，后跟县梆子剧团伴奏，市场不好，也不开支，就回到了老家靠养羊生活，这么多年了还是一个人过，最近处上了一个二十几岁的小姑娘正在谈着恋爱。

当问他还有没有写文章，他的回答出乎我的意料。他写了很多，寄到各大报纸杂志，都被原封不动地退回，只要外边自行车的铃声一响，就知道是邮递员到了，下句话准是"刘庆年退信"。后来干脆就不写了。

又过了两年回老家，见到了一个邢村的老同学，无意间聊起了刘庆年，说他死了，我问为什么，老同学说他搞的那对象二十多岁，长得端庄大方，她非常喜欢刘庆年，就因年里太穷，已经到了谈婚论嫁时，庆年眼睁睁地看着自己心爱的姑娘上了别人的花轿，怨天怨地怨自己，在姑娘结婚后，接回门时，见上一面后，刘庆年晚上喝农药离开了人世。姑娘听后哭得死去活来，叔婶卖了他养的羊，买了口棺材，草草把他葬在了爹娘的身边。

人往往在闲暇时回忆，故乡的事永远勾引出压在心底的忧伤，酸酸地刺痛着我。

阳春白雪

那是我童年的时候。

除了村南、村西是肥沃的土地外，村北因地势低洼，多是盐碱的沙土地，春风刚刚潜入，徐徐的西北风，卷着盐碱似雪花飞舞，脚踩在结痂的土层上，发出"咯吱，咯吱"的声音，远远望去像是一望无际的大雪地。

真的不是夸张，盐碱地里种苗颗粒不收，故乡的乡亲就因为这片碱地而挨冻受饿，发愁这片辽阔的土地，没有种植的价值，即使播上种子长出的苗儿也被盐碱吞食枯萎而死。

20世纪70年代。

村里有下乡的知识青年，他们看到，即使在枯燥的春天，大片白色在风卷的白色里感到了浪漫，在盐碱上奔跑，欢呼，大城市年轻时的学生，不知道在这生存贫瘠的农民，因这片祖祖辈辈耕耘的土地而贫困，经受着无比心酸和苦难。

记得那年我十岁，乡里号召治理盐碱地大会，在北洼用沙稿搭台，周边上芦席，中间悬挂毛主席像，大字黄纸红字横幅贴在台楣"一定根治理盐碱地"，横楣上插着五颜六色的彩。冬闲季村里组织全村生产队社员，学校学生列队参加誓师大会，我们排着长队，跟着从村里涌向会场的社员，他打着背包，推着小车，扛着工具，走向北洼的会场，感觉到将要进行一次大的战役，像是当年的民工一样，浩浩荡荡的在解放军进行曲中，走进会场。

家

在大会现场，一个乡领导干部，身穿绿色军装，头戴解放军帽，闪披着蓝色栽绒大衣。

站在长条方桌前，桌上放着一个用红布裹着的扬声器，两条长长的线分别通向左右的大喇叭，喇叭里时而传出刺耳的声音。

"同志，开会了，请大家遵守纪律，不要大声喧哗。"

散漫惯了的社员都懒洋洋地站在台下，十二个生产小队一字排开，中间加着一至六年级的学生，站在寒冷的洼地，冻得全身颤抖，双手紧紧地揣在袖口，不自主地流出鼻涕，孩子的咳嗽声响成一片。

大会上讲的什么，我一句没听懂，但那豪情的口号记得很熟。什么"战天斗地，一不怕苦，二不怕死"的口号至今记忆犹新。

我知道，在生产队的治理队伍里，有我的父母，他们也怀揣着治理这片盐碱梦想，也精神饱满的参加了全村治理运动，而且根据县里要求，治理要吃住在地里，住在封大冻之前，挖出横竖的几道泄水渠。

根据地里自然条件，把整个辽阔的大北洼打成方格，沿格线挖成二米宽，二米深的大沟加上护坡约有三米深。

这群朴实倔强的村里人，在寒冷的冬天修建了半地下的男女宿舍，北方人称地窨子，向阳面有窗户，地下盘着火坑，可以烧火取暖，青年男女还成立了青年突击队，各生产队都建了食堂。生产队里食堂早晨供应粥，咸菜，窝头，中午菜汤馒头，能吃的小伙子们比赛，把馒头码在扁担上，真有人吃整整一扁担，那时的人们肚子油水少，吃上白面馍，自然敞开肚皮吃。

干工程，摆开了不治出效果不罢休的架势。在那个革命的时代，大冬天甩开膀子开展大规模兴修水利的工程。面对坚硬的土地，他们没有畏惧，肩扛人担，小车推，艰苦的情况下，很快在冬天完成了，村里还在现场召开了竣工大会，此时的农民等待着明年开春的效果。

第二年家乡大旱，修好的排水渠没有得到检验，整整一个春天，这里未落一滴雨，南洼小麦长得筷子高，不到小满便有些枯萎，靠机井边的麦田，不分昼夜地抽水浇灌。玉米点不上，山药不能栽，就连河岸边的小树一片片干了尖，黄了叶，村里的几眼机井，井台下降了一米多，开了停，停了开等着地下水的补给。

可北洼地里的盐碱更是疯狂肆虐，除碱性小的地方有几棵苗，坚强地活着，大部分都已经枯萎。渐渐的人们对北洼大片土地失去了信心。

说来也巧。

盐碱地上可以种植棉花，这种植物可能抗盐碱。自从包产到户，勤劳的母亲，用人力拉车，拉水点种法，在北洼种上了几亩棉花，经过母亲耐心打理——减苗，施肥，除草，打药，掐尖——成长还真的茂盛。到了秋天，棉棵上开满淡淡粉色和微黄的朵，茸茸的花儿给母亲带来了收获的喜悦，为防止病虫害，背着一台喷雾器，一遍又一遍地喷洒农药，那棉花在每朵上结上了一个含苞，不久生长成桃型的绿苞。

秋天，桃型的苞打开了，洁白的棉花噬开，朵朵盛开的白花，似一场白雪。

我和妹妹都参加了采棉花，母亲给我们做上一个布兜，挎在腰间采摘柔软的棉花团，望着丰收的景象，心想这肯定是前几年盐碱地治理的效果，也许再也看不到春天白雪皑皑的盐碱。

到了秋后，摘下洁白的棉花，又交到供销社的棉麻公司，它正建在北洼的盐碱地的马路边，用白布单包好的棉花包，装在双轮的排子车，小山似的，最壮观的是交棉花的队伍，似一条长长的大白龙，队伍排得很远很远。

排队是在深夜开始，全乡的雪白的棉花都汇聚在这里，农民们交的都是籽棉，价格是根据等级，按规定质量好价格就高，也未必，因为验收是看人下菜碟的，凭的是关系和情面。有些老实淳朴的农民一生忠厚，看到这样好拿捏的本分人，验收人用各种莫须有的名目，打压棉花等级，准备给次劣的关系户提价。母亲让我拉着双轮车，上面山一样的棉花包，在拥挤中进入收购大院，看着验花人歪戴着帽子，满脸的豪横，不客气地对待农民，我心愤愤不平，但我也无计可施，只能忍气吞声，好歹我爷爷也是供销社的小干部，他给了我家棉花高等级，算是高价购，总算下来能多出个块儿八毛，对于那个贫困的年代，可不是个小收入。

　　我在想起那片土地记忆犹新，农民不容易，从那片阳春似雪的盐碱地改造，种上了似雪的棉花，流过多泪，流过多汗，换得一点微薄的收入，真的不易。

烟雨福踪

春节临近，忙了一年的我停下手里的活，写春联，图的就是红红火火的喜庆，不可缺少地要写几副斗笔的"福"字，送给亲朋。他代表着一个心愿和来年的祝福。

"福"字，写出来的是心愿。

"福"字，不是吹出来的是干出来的。

"福"字，路是走出来的。

"福"字，是走向心想事成的感觉。

这次离京飞赴南方采风，也算是故地寻道，庄周梦蝶。在中国平安大地上寄情翰墨，上善若水。一路走来，思情故里；思念的雨水，敲打在我的胸中。

前追梦辞别时的沸腾闹市。我行走在雨中道情：烟雨迷漫访旧址……

站在陋室公园对面，拿着手机存影，这条由西向东的左巷口，就有一个热闹非凡的德胜菜场。然而就再往里走两米处，就有我的画屋，昨日才知道已经改庭换名了。想多留点记忆，就右拐到了公园，来回地踱步，仿佛同在舞者乐在其中。接着再将头伸长了往前看，东门板上已被建筑工地围墙拦住，赶忙回头顺势走进。想起七岁时捡了一篮子碎玻璃二十多斤，一不小心滑倒，从高坡上翻滚到山下的废品回收站的那条小路上，那夜的雨水，被我的流血染红了，但年少倔强风貌依然。那都不叫事，古之立大事者，不唯有超世之才，亦必有坚韧

家

不拔之志。同友书痕仿佛屹立在我的眼前，只是雨水将墨迹淡化成硝烟，我在思想中品吸着冲锋号响起的激烈音符。

边走边心思，逢物必思故。想到了家就在不远处，不知是否有人。看到工商银行旧址已变成熟食坊。想看看当年靠手艺挣到第一笔款的小市井，寻梯而上却被铁将军把门行不通，忽然联想到中央美院恩师钱绍武，为我题写："高山仰止，景行行止，虽不能至，然心向往之。"就在那左顾右盼时，一阵阵糖藕香味从巷口飘来，寻味而入，却惊喜失色！和州名食啊，小时候一毛钱一碗，一个老人挑着担子，敲着竹片吆喝着，一下子心思回到了小时候，曾经年少爱追梦，艺道天途畅春和。只是肚子已经吃饱了，相约改期。

看着天公重情重义，情绵绵，雨蒙蒙，我索性点上一支烟，埋头继续寻踪。老李家的烤鸭有名，老家的苗圃盆景，不知不觉走到了当年辞别的地方，想起了一同冲锋陷阵文艺战线的故交老友，又继续前行到看到老宅，回忆那一连串顽皮故事中的故事，不愿再多停留一秒，快步左转向南，眼前的旧景，风雨萧瑟。沉思片刻边遥想到我初中的同学音容笑貌，花儿在雨水的滋润下更加艳丽了。

我的思念未断，天空雨水未停。好在我穿的羽绒服，为我遮风挡雨。在等车的瞬间，我的父亲、老师的声音，在我耳边响起：做工要方正，做事稳重。

来正值清明节，烟雨弥漫访旧址。当我循声而转身时，看到指示牌，好一个，将心一横，继续前行。打破砂锅问到底，不到黄河不死心。

只为追寻一个人生的"福"字。

宋三算卦

村里有一户人家，姓宋，家里有三个儿子，自己是乡里干着公职干部，大概是科级干部，大儿子当兵后复员分配到派出所，当上了一名公安民警。二儿子在乡级信用社，当信贷员。只有老三，经过连续复读初中，都名落孙山。闲在家里无事可做，每天吃饱了睡，睡醒了吃。越吃越胖越胖越懒，路都懒得走一步，活不干，路不走，地不下，因排行老三，人送排号懒三，又名肥三。懒三，有名有姓，大号宋建国，公开称呼宋三，我们一群同年岁的孩子，称他为宋公明。

冬天，刚刚下第一场大雪，皑皑的积雪淹没了整个平原，徐徐的寒风，人们蜷缩在家里的被窝，谁都不愿意尝试冰天雪地威胁。在通向荒芜的雪地上，留下两道深深的印痕，远远望去，两个沿大河堤岸移动的黑影，村里人一看就知道，是宋三带着他那条狗，在雪地里逮兔子，都知道他游手好闲，他总肩扛一杆火枪，带一条大黑狗，沿着大清河岸，打野兔子，野鸡之类的野味，还别说到了夕阳落下前，他摇晃着疲惫的身体，肩膀上横着那杆猎枪，斜挎中装着死去的野兔，后边跟着那条吐着热气的黑狗。

宋三是个孝顺的孩子，打回来的猎物都给他爹、两个哥给领导送礼，多余的才自己吃，宋家父亲，看着儿子给全家创造送礼的条件心里自然是美滋滋的。

时间不长县里提倡发家致富，全家在一起商量，看谁能挑起这个经商的大梁，全家不约而同地把眼光聚焦在宋三身上，宋三。宋建国一听让自己经商开贸易公司，也非常高兴，说好了，老宋负责领取营业执照，宋老大负责找经营场所，宋老二负责筹措资金，经济基础决定上层建筑，如此牢固的经济基础，很快完成了上层建筑，将派出所隔壁废弃的院子租下，在工商注册领下了"大发贸易公司"的营业执照，注册资金200万，改革开放的初期200万，可是个天文数字。

公司开张那天，乡领导看着宋老爷子的面子，乡主要领导到场，气派的大门装饰一新，门口二哥派来了乡派出所的全体民警。大红地毯从大门口一直铺到了临时搭建的主席台，为了显示隆重，宋三还请了村里秧歌打鼓队和没事干的闲人，每人来开业现场二十元的活动经费，一下子把开张典礼提升到乡里最高级别，书记，村长，忙前忙后也跟着张罗，大拴子和村里的伙伴帮忙，买来整拖拉机的鞭炮，爆花雷。

这天，宋三也穿得人模狗样，一身光鲜靓丽的浅红色条格西装，穿在大肚便便的身上，白色内衬衫裸在胸前，红色领带挂在脖子上，裤腿一个垂下，一个卷着，鞋上穿着名牌进口的运动鞋。老宋一看三儿子服装，告诉他整理一下，聘请村里大队会计，刚刚高中毕业的女儿，任总经理助理兼公司会计，听老宋这么说，赶紧帮助整理，这一整还真有了老板的派头。

开业典礼由大队书记主持，总经理宋三，宋建国致辞，虽然是初中毕业，可随着这几年打野鸡套兔子的事业，学问早就忘得一干二净，昨夜老宋给他写发言的稿子，反复地读了几遍，一上台由于紧张，身体颤巍巍的有些发怵。

站在台上"尊，尊敬的……的各位领……导。"念稿吞吞吐吐。

老宋坐在台上，心想三儿昨夜不是念得挺好的吗？一上台怎么就不灵了，急得老宋手心直出汗。

宋三，脑壳瓜子灵，"我就别照稿念了，就跟大家讲逮兔子吧，实际上吧做买卖，做贸易就跟逮兔子一样，要先看好兔子行动轨迹，比如说下雪天的脚印和兔窝的痕迹，只要找到它的规律，就能一逮一个准。但也许要智慧和充足的弹药铁沙，搞买卖，贸易也许要大量资金，只要有大笔资金才能打更多的猎物，但我们也要瞄准目标敢于出手才能有更大的收获。"

老宋坐在台上一听，儿子讲得有点道理，紧张的内心，才慢慢地放松下来。

宋三又说："我们做买卖挣了钱，不要独自享受，要想着大家，想着全村老百姓，就像我打来兔子，让我爸送给乡长，书记。我哥送给公安局局长，二哥送给行长一样。"

老宋一听，立刻站了起来，打断了宋三的发言，说："三儿的意思是发家致富了，不要忘了乡亲们。"

大会没有开完台上的领导没有讲话，说有事匆匆退场，村书记和老宋强撑着揭牌，秧歌队敲锣打鼓，在公司转了两圈草草收场。

刚刚改革开放，老宋通过信用社的二儿子贷款贷了 50 万，平价从市物资局进了一批直径为 20 厘米钢檩条，码放在公司院里，时间不长全部卖出，小会计一算账净挣 10 万元。

老宋一看，宋三做买卖有一套，便想扩大经营，想从源头进货，想让三去东北林业局一趟，看看林场直接进货不更便宜吗。

说干就干，宋三带上年轻的女助理，夹着大皮包上了去东北的火车，一路顺畅，当到了哈尔滨两人就住进大宾馆。看着出入的人群便打听怎么去加格达奇林业局，闲聊中遇见了说是大庆物资公司的主任，出手大方，说话客气，说有一批螺纹钢材处理，是计划内的价格，宋三一听时机来了，大庆物资主任请宋三和女助理一起去大庆看看货，做买卖心切，当即就和大庆物资领导坐车去现场，到了货物现场，大货场上码放整齐成垛的钢材，还有各种型号的圈条，是当时全国紧缺物资。

看完货，大庆物资主任，请他暂时住在宾馆，说明天要开会，开完会要向领导汇报，宋三，一听也只好听从，宋三马上发了电报给老宋。

老宋一看电文"大庆物资局有螺纹钢材处理，略高市场价急售，请速筹款提货"。

马上去找宋老二筹款，宋老二一听筹款100多万，心里有些打鼓，也不知是真是假和宋老大，爷仨一商量，说不行咱去一趟看看是真是假，别出了问题，老宋在乡里上班，老二筹措资金，只有在干公安的宋老大去一趟。

马不停蹄，分头行动，宋老大脱了那身官衣，坐绿皮火车三天两夜，到了大庆，见到了宋老三，又和物资主任联系，第二天一上班去了货场，确实见到成排成垛的钢筋，约好，上午到物资公司洽谈。

物资公司是一个气派的几层大楼，门前挂着ＸＸ物资公司的大牌子，到了门口说你等一下，我跟里边打个电话，问局长在不在，在就别进去，一会物资主任出来，走进一个会客厅，等待着局长的接见，这时进来一个人说是副局，说局长有事被叫走了，只有进来的和你们谈。他说："这批物资是国家调拨的物资，准备高于市场价一点，款到就能提货，但一定要快，不然要货得很多，既然和主任是朋友，那就优先于你。"

宋家哥俩一听这么急，也就没说什么，一吨能赚上三四百元，这一千五百吨拉回，当时国家划拨价800元一吨，合同价是9800元一吨，市场价是13500元一吨，账一算就知道，就是天上一掉下的大馅饼。

当夜在宾馆，就签了采购合同，宋老三连夜带着女助理，就赶回老家去筹款，宋老大在大庆联系车皮，准备往关里运货，一切就绪就等款到了。

家里的老宋和儿子宋二，去行长家谈好，只要宋三回来，马上办手续，三天的火车到了家，没有顾上休息，宋三骑摩托车就直奔银行办理手续，朝里有人好做官，当天就签订了贷款合同。银行很快履行了拨款手续，根据合同 1500 吨，单价 980 元，共计 147 万直接划拨到合同单位，那个时代汇款，需要一个礼拜或十天。

款汇后宋三去了大庆，替回了上班的宋老大，就等款到发货了。说来也巧这几天赶上了"五一劳动节"放假，宋三只有耐心地等，刚开始美滋滋地哼着小曲，喝点小酒。

拿着汇单去银行查询，一等也不来，二等也不来，直到过了节都二十天了还没有见到款。宋三买上了两条大重九香烟，托了个人去银行查，那人说款已经十多天前就到了，而且已经全部提现，至于账户余额，银行要为客户保密。

宋三一听就急了，赶紧去物资公司，物资公司人来人往，出出进进的人个个是当官派头，当进了那间接待室，另外一拨人在洽商其他业务。

宋三又到货场，那成垛的钢筋一动不动，整整齐齐地码放在那里，他急忙去找仓库的管理人，说明情况根本没有物资主任这个官衔，基本上将部门领导称部长，宋三一下子蒙了，连夜打加急电报回家，告诉老宋业务被骗。宋老大连夜请公安哥们立案来大庆追讨，骗子就像人间蒸发，假冒的物资主任无影无踪，银行提现没有留任何证据，开户提供营业执照是假的，身份证也是假的。

老宋一家，全被套进了被骗的枷锁，只能顶着外账的压力，求人寻找线索查找骗子。

老宋虽然是乡里干部，在无助的情况下也只能迷信，烧香拜佛求仙算卦。

一天，不知何路面黄肌瘦的神仙，一副墨镜，一根竹杠，一身肥大的对襟上衣，一副木板边走边打，在街上正巧遇到宋三，愁眉苦脸地行走，就听到算卦的先生喊："前面那位先生，我听你脚步沉重，必有千斤压身。"宋三正急，不客气问："瞎子你怎么知道？""天机不可泄漏，如你愿意找个僻静地方一聊。"宋三正愁想算算机遇，便请到家里，正好老宋也在家。

算命人掐指一算，说："你属马，黑夜生的是吧？"

"是呀，是呀。"老宋父俩望着瞎子，顿时生出满脸的尊敬，瞎子摸了摸宋三儿的手，又摸了摸三儿的下巴，额头说："你这'马'还没'出夜'。"

"什么叫没'出夜'呢？"

"没有'出夜'就是没有'天亮'出生，黑灯瞎火的，迷迷糊糊的，他还不省人事，在东北方绊住了马腿。"

"那么，他啥'出夜'如何解开马腿。"

"莫慌，莫慌，沉住气。"

瞎子又在宋三脸上摸了摸，掐指一算。

"这么办，你要回肚再造，方可躲过劫。"

"那不就是先死再生吗？"

"非也，也就是你，烧金元宝磕头求神，保护你到一个阴暗之地，千万不能说话，得庇护七七四十九天，要好吃好喝供养着，到数后天大亮你再出来，方可变你命运。"

说来也巧，老宋家院子里正好有一个又宽又深的白薯窖，老宋和老伴就把宋三，搭上一床铺，把宋三送进了阴暗潮湿的地窖，为了防止逃跑，把上下的梯子给撤了，一个人在黑漆漆的，在地窖里不分昼夜地修行，老宋老伴心疼儿子，好吃好喝的养猪似的住在那里，每天还要给宋三倒马桶，宋三在地窖里待了整整四十七天，天刚亮，宋三求爹妈放下梯子要出，他攀登在梯子眯着眼睛，向上爬，一蹬，二蹬，三路当爬第四蹬，也不知是梯子年久失修，还是养得太胖，宋三一下从梯子上摔下去，头正撞在垫床的砖头上，一下流了很多血。

也不知道是摔坏了神经，还是出了什么毛病，说话语迟眼神呆滞，把贷款的事忘得一干二净。

后来八几年严打骗子，行骗之人在东北因又再次诈骗，逮住了犯罪嫌疑人，只因资金挥霍一空，无法赔偿，也只能自认倒霉。

后续的二百多万贷款利滚利，只有父亲承担，傻子宋三，傻吃，傻喝，体重二百多斤，越来越懒。

唯一的嗜好就是游逛在小镇的大集，无非在集上卖好吃的，猪尾大肠头肥肉膘，他跟一头怀孕的母猪似的，挺着大肚皮，迈着外八字脚，哈巴，哈巴地提着买好肉往家走。

家

桑葚红了

　　春天草木绿了的时候，畦垄里的麦苗，吐出含苞带刺的麦芒。那片绿叶里叠影的桑树枝里，像是有无数颗星星在绿云中闪耀。

　　它就是桑树。

　　片片碧绿的桑叶，是蚕的食物。收购站收蚕茧鼓舞了大家养蚕的热情。母亲在苇编席上，铺一层薄薄纱布，养上蠕动着如同蚂蚁的小蚕，母亲告诉我这就叫蚕卵。她让我每天到桑树上采来新鲜的桑叶喂蚕，出于对生命的爱护，每天到桑树下摘叶喂养，铺上一层很快蚕食待尽，无穷的采集而桑树神奇的长出片片新叶，"春蚕到死丝方尽"，春蚕无私奉献鞠躬尽瘁的精神令我印象深刻，鼓励我不得不在桑树上采集供养这些小生命。

　　转眼到了桑葚熟的时候。

　　桑葚是故乡农田边上最早古老的果蔬，不是刻意种植，因带一个"桑"字与"丧"同音，没有人种生房前屋后，多在荒郊野外，坟场沟壑，待到麦子吐穗，它先成熟了果实，它不光甜美诱人，所内含的趣味更优于其它果品。

　　记忆里，坡地村头到处有自生的桑树，最大的一棵在村东坡，西河岸有一棵，两棵树有所不同的是，东为紫红桑葚，西为白桑葚，颜色不同，但味道相近，人们非常熟悉甜甜的带点酸，女人们从来不去摘紫桑葚吃，吃多了嘴上会被染色留下痕迹，染黑的唇齿无法掩饰，只有不顾及美观的孩子采摘，吃完脸上就像戏台上的包公，相互观看指着对方大笑，所以少有女人观看。

而西河岸那棵白桑葚截然不同，硕大的树干，成了女人们的天地，从低到高，从树干到树梢，可以说从头到脚，被她们掠食得干净，最令人生气的是，还要折断树杈，我担心来年采叶喂蚕吃什么呀，还会不会长出新枝。

完全不顾及养蚕人的心情。

往往到了摘桑葚时，吃桑葚是最让人兴奋的时候，自然的旷野里也有别的打桑葚主意的人。

桑树上居住的黄鹂发现后，黄鹂像箭似的飞回来，"喳，喳喳"的叫声由远而近，黄鹂努力地捍卫自己的主权，意识非常明确，你占领了它的领地，掠夺了它的食物，勇猛地从空中俯冲下来，它瞄准树上的人，扇动翅膀发动攻击，树上的摘桑人没人理会它的行为动作。

遭遇黄鹂袭击，是每年都发生的常事，桑葚熟了急坏了不会上树的童儿，仰着头，眼睛追逐飞翔的鸟儿，音腔跟黄鹂似的叫喊，欧阳修《再至汝阴三绝》"黄粟留鸣桑葚美"的诗句。

吃足了桑葚，小伙伴们满意而归。

再看桑树下落了一地的果实，会回头瞧地上一眼，地上大蚂蚁你推我拉，正往家搬运。

我们童年的乡土气息，永远改变不了，记忆永远保留着家乡的童年。

捡豆拾穗

人老了总爱回忆童年的事，回忆多了还有点返老还童的感觉，可总挂在嘴上也让人心烦，所以我就把它写下来，也算是个纪念，闲时翻开看看，觉得挺有意义。

又到秋天，不觉想起了童年野跑的时光。最让我开心的是和小伙伴在野地里烤玉米和毛豆。老家的秋景是迷人的，蓝蓝的天空下，一望无际的田野像一幅美丽的油画。绿的是玉米，红的是高粱，黄的是谷子，低矮的是豆子，更矮的是白薯，开着粉色喇叭花的是芝麻……若从下向上看，层次有序；从上向下看，色彩斑斓。回想起那个时光，简单而热烈，单纯而奔放，孩童们的笑声洒在大平原上。

跟随母亲到田野里捡毛豆。一会儿捡一个，一会儿捡一个，把皮剥下，把豆装入一个兜儿里，捡到成熟的青豆枝就放在一起，渐渐地成了捆儿。看到小伙伴儿要往自己捡豆多的地垄来了，就会装着腿疼腰疼地躺下歇会儿，使一个小心眼儿。有小伙伴提出到远处路边烧毛豆吃，大家把各自捡到的青豆凑到一起，便忙活起来，有的找大土块搭炉子，有的捡柴火，我负责抱着青豆枝。可能是柴火不太干，大虎划了几根火柴都没点着。二军找来一些干叶子，先慢慢点，再一点一点地把干叶子加上。大亮鼓起腮帮子吹呀吹，像个鼓风机，呼，呼，呼，噼噼啪啪，火终于烧了起来。一缕青烟直升天空，漫过了青天，漫过了童年的幻想。祥子像个老练的炊事员，用根高梁秆当烧火棍拨着火，一阵风儿吹来，祥子被烟呛得直流眼泪。风助火势，豆荚在柴火中噼里啪啦地炸响了，豆荚咧着嘴，好像在朝我们大笑。

豆烧熟了，伙伴儿们灭了火。豆荚焦黄，浓郁香味儿让人直咽唾沫。小伙伴脱下衬衫，又开腿，呼呼地使劲扇，顷刻，豆子露了出来，伙伴们一拥而上，似一群饿狼抢食似的捡拾着熟豆。豆子吃在嘴里"嘎嘣""嘎嘣"，真香！小伙伴们又像小猪跳槽一样，蹦来蹦去，伸出满是黑灰的手你摸我一下，我摸你一下，越摸大家脸上越花，像极了戏台上的包拯和李逵，笑声一片。

夕阳西下，晚霞映红了半边天，小鸟唱着回巢的歌儿，我们背起捡豆的兜儿，说着笑着朝村子里走去。回到家，母亲看我灰头土脸的样子，哭笑不得。

过几日，大街上响起梆子声和卖酱豆腐的吆喝声，母亲把捡来的豆用簸箕簸干净，换豆腐、酱豆腐和臭豆腐。豆腐与小葱来凉拌，酱豆腐和臭豆腐直接夹在新出锅的玉米饼上，那叫一个香。再喝上一碗棒子面粥，天下的美食也没有这好吃。这么多年了，我记忆犹新。

自父母走后，一直没有回过老家，现今雄县、安新、容城及周边部分地区变成了雄安新区，通高速路也方便了，便经常回老家看望乡亲们，看望我童年的小伙伴。小伙伴们也都年过半百了。听说长生老弟已经走了，而且走得特别急；大虎半身不遂，走路不太方便；小亮身体好，做着杀羊的买卖，生意还不错，靠收入盖起了三层小洋楼；锁成已是头发花白。我很愿意跟他们聊天，聊童年的事，相遇上了会说个不停。

大片的土地已经种上了树，整排整排的，童年的大平原在不久的将来可能会变成大森林，为的是青山绿水。以后的生活肯定差不了，等我退休后一定回老家住，享受那份安适。

　　　　　　　　　　　　　　　　　　　　　家

村童进京

我六七岁就随太爷爷经常去往北京城，并久居珠市口大栅栏，老早就与北京结上缘。大栅栏是老北京普通人的居住地，与天桥不远和前门相连，离金鱼池的道儿也不算远。每年冬季，太爷爷都要来北京猫冬，二爷爷家有太爷的爷住房，带我自然方便。

小时候印象中的北京除了面目狰狞、露着獠牙的门兽，再有就是凌空的飞檐彩绘。北京城的中心是紫禁城，昔日皇城帝王独享的排场已成镜花水月，但整个京城所独有的老北京文化，依然在红墙外胡同里的四合院流转着。

太爷爷有喝早茶的习惯。他早晨起得早，洗漱完后就要吃早点。清楚记得天桥大街路西的庆丰包子铺。在那里，买包子、炒肝或豆汁，在方桌旁的长凳上坐好，等着服务员端来。第一次喝豆汁还真难以下咽，但喝得时间长了，那股味儿却成了喜欢的味道。太爷爷告诉我，吃炒肝是有讲究的，要有样，热的炒肝不能用勺，只能一手托碗底转圈喝，说这样喝不烫，也能使面糊状的炒肝那淀粉与大肠、肝不分离。早点过后遛弯儿，沿大街向前门方向走。

飞来飞去的鸽子盘旋在古老城市上空，街两边的商铺还没开门，早行的上班族急匆匆地穿梭在古老的石板路上。太爷爷跟我讲得最多的是珠市口的清华池和西边的丰泽园，以后再走过，都会勾起对太爷爷的回忆。

那时的北京城里只有张一元茶庄的高碎和功德林的素斋适合平民。普通市民喝不起高档茶叶，只能买高碎，从小喝惯了，至今仍然好这口。人能改变的是思想，而口味就像注入血液一样很难改变。

小时候总对人说："我去过北京，去过天安门，看到过天安门城楼上的毛主席像……"这让小伙伴们很是羡慕。在二十世纪六七十年代，农村人去北京的很少，我在同龄孩子中算是占了先的。

少年时也常来北京，特别是学会骑自行车以后，放寒暑假了跟父亲来帮做木工活，一住就是个把月。那时候，喜欢漫步在北京的胡同，看青砖、磨砖对缝垒砌的高墙大院，看雕刻细致的垂花门楼，看门前石鼓与石狮子，听头顶上一阵一阵的鸽哨，熟悉了每条有意思的街道和胡同。

与乡下相比较，北京人在待人接物的时候，总是客客气气，说话总是"您""您"的；请人帮忙，会说"劳驾""劳驾您了"或"劳您大驾"，显现出北京人的素养。

北京人还有一个别称——北京大爷。他们喜好闲散游逛，善把玩，热心肠儿。首善之区，天子脚下的人嘛，说话做事讲公道，讲正义，有一种大的器局。若走在街头巷尾胡同口，看见修鞋的、摇煤球的、卖菜的小买卖人，多是上了岁数的老年人；聊起天儿来，喜好说古，也喜好谈论政治。而年轻人对一些精工细作的工艺品有兴趣，如景泰蓝、鼻烟壶、京绣、绢人等，这可能是代际的差异吧。

北京人对吃有讲究。满汉全席那是大排场，小吃才是北京特色。上讲究的当数全聚德的烤鸭、东来顺的涮羊肉、六必居的酱菜、正明斋的糕点。但胡同里的平民百姓更偏爱豆汁儿、焦圈、咸菜、炒肝、卤煮、火烧、炸酱面。豆汁儿是普遍爱喝的，一股酸臭味儿，像一碗泔水，但老北京人愿意喝，越喝越上瘾。

卤煮火烧，也是老百姓的最爱，要一锅底两个火烧，锅底里面有大肠、肺头与浓酱汤，加点蒜泥、韭菜花、腐乳，再喝上一杯二锅头，既解饱又解馋，真是经济实惠的佳品。然而这些是上不了大雅之堂的，只有在街头小店才可以一饱口福。

仿膳就不一样。在北京北海公园北岸有一家老字号饭店，专门仿照清宫的御膳烹制菜品。仿膳中有名的小吃有豌豆黄、肉末烧饼、抓炒虾仁、鳝糊丝等。美食的美不仅在于味道，还要有菜形美、器皿美，杯、碟、碗、筷都十分讲究。

北京人的穿戴似乎都很随意。行走在大街上，看穿一身整洁西装、洁白汗衫的，一看就知道是外地进京的人员。胡同里真正的老北京人，夏天是裤衩儿、背心，趿拉着懒汉鞋，左手摇着大蒲扇，右手提着鸟笼，嘴里哼着京剧。冬天穿宽松的大衣、大棉裤。如今受西方影响，少男少女们紧随潮流，国外的流行时装在北京街头屡见不鲜。

我们全家已落户北京多年，没有了他乡异客之感。也许是从小就常来北京的缘故吧，我也称自己是老北京人。从生活习惯和见识与北京人融为了一体，就好像换了血，塑造出了我的"北京性格"。

麦场彩虹

农村的大场寄托着童年玩耍的梦，无忧无虑地奔跑在宽广的"打谷场"上，追逐着飞舞蝴蝶、蜻蜓，偶尔驻足观察母亲在场上的劳动，我不止一次在脑海里回忆，也许，这种场景会永远地保持在自由的童年。

打开《辞海》寻查"场"的解释："平坦的空地，泛指农家翻晒粮食及脱打脱粒的地方。"家乡也称打谷场，也俗称场院，所在地一般配套场房，为收存场上所用工具，也为守夜值更和躲寒避雨的地方，并建有临时粮食储存地的场地。

收成是农民最终的盼头，一年两季的丰收成果，都将汇聚在场里，把棵物碾压成谷物，都在这敞亮神奇的打谷地上进行。

麦收将至，未曾打场先杠场。

经历了一冬一春闲置，场上雨雪后留下车痕辗印，因工闲时在场上积肥和堆放杂物，场上一片狼藉。

此时，先招呼待等开镰收割的人，拾掇场院，清除一切堆放的物品，捡走砖头瓦块，让场里环境看上去干净利落。

准备开始杠场，头一项是泼场，用清水将整个大场泼遍。场近处挖一个水坑，就近取水从水井用水车打上水，存放在水坑，由年轻的壮劳力，扁担不下腰，侧身提筲梁，一摆，两桶满满地挑进在大场，似如弯月，带着一缕弧形，泼洒在地上湿漉漉的，洇透了，趁着潮湿开始耖场。十几把大锄，从一面齐头并进，伸开膀子，进行松土，大场上留下一道道翻开的新土，换上平耙，把场面镗平，直到凭视觉平整为止。

趁着泥土的柔软，抱来去年金黄的麦秸，铺撒摊匀，金晃晃一片，像是盖上一层黄金被，一声鞭响，两匹大牲口拉着圆的碌碡，车两端有一个轴眼，与碌碡连接家乡称轴脐，以把式为中心，挥动着鞭子，沿圆圈碾压在潮湿的泥土上，与柔软的麦秸粘连在一起，经过碾压板结坚硬，平整坚硬的大场杠好，等待着作物的进场。

开镰了，随麦子的收割，盼到了麦个子进场。马车上为了更多的拉麦个子，在车厢捆绑上了井字马架，为了多装，使车又宽又长，压插码放的车上像一座小山似的，大绳勒得紧紧的，摇摇晃晃地向大场驶，清脆的鞭哨声，告诉我们盼到了丰收的景象。

场头一声令下："卸车了！"跟车地解开绳子，几把杈子插进车垛，齐心协力把车垛推倒，车把式扬鞭催马，整车的麦垛倒向一边。

一口铡刀放在切，掌刀人提起手握，入刀人将麦个子入进三分之一，掌刀人用力铡为两段，带穗的部分摊在场上，连续地切铡推满整场，暴晒在太阳底下，摊开的麦秸晾晒到大场，等待太阳晒到干脆。

"翻场了，翻场了"场头一声令下，人们有序的排成一排翻腾麦秸，持木杈一字排开翻腾，一个跟着一个，把摊开的麦子，从一侧翻到另一侧，一回回地翻腾是为蓬松晾晒。

晒了一天的麦子，准备开始轧场了，队上所有劳动的社员，都汇集在场边，如临一场决战的开始。

两匹英俊的枣红马，拖长的缰绳，把式立在大场中心，戴一副墨光眼镜，一顶遮阳的蘑菇草帽，脖子搭一条洁白的笔巾，甩开鞭子，"叭，叭得几声"，马匹翻蹄亮掌拉着碌碡碾压在大场，挥汗如雨，在骄阳下的把式，擦一把脸上的汗水，挥动大鞭子驱赶，"驾"，伴随着马的嘶鸣，高扬着脖子，后撅着尾巴，旋转着滚压在成片的麦场。

偏离的旋转压在麦秸上，从麦穗里挤出饱满的麦粒，懂行的场头，从麦秸下抓起一把麦粒，吹去麦芒，嚼在嘴里感到了今年的饱满，脸上露出久违的笑容。

翻场了，翻场了，全体人员拿着杈子再次翻腾麦秸，这时车把式放下鞭子，此时的马儿打着响鼻，吼叫出饥渴，此时懂行的庄稼人都知道，不能饮牲口水，听有经验的人讲急饮会炸肺。

经过反复的碾轧，已经把麦秸压成金黄的丝条，柔软得似软黄金，家乡人称它为花秸，他是我们日常生活中，脱坯打墙盖房的结构拉力的重要材料。

往往在麦收的季节，正是杏儿熟了的时候，场头会收起簸箕麦粒换杏给大场上的社员，孩子们自然也跟着沾光。

起场是糙活，却也要求细致，每一杈子上下都要抖搂干净，抖下的麦粒才是最后的粮食，挑走麦秸垛在场角，场上剩下一层麦粒，用木蹚耙拉去长短的麦芒，用拖板两人连拉带推，将麦粒堆在一起，准备扬场。

扬场是一件技术活，除了扬场的把式，另配备两人打下手，一人用木锨供料，一人用扫帚浮扫，都必须是行家里手。

扬场要看风向、风量，来定扬起的高度，角度和长度，撒泼出去的粮食，从远近能辨别出麦粒的等级，最近是大块的石头瓦块，头上是干瘪粮食，中间落下才是饱满成熟的优质粮食。

扬场都是在下午，在夕阳余晖下，金闪闪的阳光洒在麦粒上，扬场抛出的弦线像一道彩虹，此时场上的人已经分成两组，一组扬场，一组码垛，麦秸垛也有讲究，圆圆的从底层层叠叠，结实地做成艺术形状，在平原上像大型建筑物，给场上的余晖和扬起的彩虹，在我脑海里是一道最美的风景线。